MARIE CORDONNIER

Die Sterne von Armor

Graciana

Das Rätsel der Perle

Roman

BASTEI LÜBBE

BASTEI LÜBBE TASCHENBUCH
Band 18 193

Erste Auflage: Februar 1999

Lektorat: Katharina Woicke
Titelbild: Dino Daeni/Agentur Schlück
Umschlaggestaltung: QuadroGrafik, Bensberg
Satz: KCS GmbH, Buchholz/Hamburg
Druck und Verarbeitung:
Brodard & Taupin, La Flèche, Frankreich
Printed in France
ISBN 3-404-18193-X

Der Preis dieses Bandes versteht sich einschließlich der gesetzlichen Mehrwertsteuer

Sainte Anne d'Auray – September 1364

In den Messingleuchtern brannten dicke Honigwachskerzen. Ihre Flammen bewegten sich unruhig und sprühten leuchtendes Feuer über die riesigen Juwelen. Bunte Lichtfunken glühten auf und geisterten an den Wänden des niedrigen Gewölbes mit den gedrungenen Pfeilern entlang. Eingefangene Sterne, von einem Rubin, einem Saphir, einem Jadestein, einem Diamanten und einer milchig glänzenden Perle verursacht. Ein jeder für sich das Lösegeld eines Königs wert, gemeinsam ein Schatz, um den sich Sagen und Mythen rankten.

Die Steine schmückten ein altertümliches Goldkreuz, nicht viel größer als die Hand eines kräftigen Mannes. Auf den vier Balken des Kruzifixes umgaben sie die riesige Perle in der Mitte und verliehen dem christlichen Symbol die Pracht eines heidnischen Amulettes. Man konnte es sich gut auf dem Mantel eines Zauberers vorstellen. Auf dem Mantel Merlins, der im Wald von Brocéliande in Liebe zur schönen Fee Viviane entbrannte …

»Die Sterne von Armor!« flüsterte die schlanke Novizin in der schmucklosen, schwarzen Kutte tonlos. Sie bekreuzigte sich hastig, als müsse sie einen Zauber abwehren. »Es gibt sie tatsächlich!«

»In der Tat«, Mutter Elissa nickte grimmig. Das feine Netz der Falten, das ihr ebenmäßiges Gesicht alt und verwelkt aussehen ließ, schien sich beim Anblick des kostbaren Kreuzes noch zu vertiefen. »Du kennst die Legende, die sich um dieses Kreuz rankt!«

»Wer kennt sie nicht?« entgegnete die Jüngere und

berührte wie magisch angezogen die makellose Rundung der Perle. »Man sagt, das Schmuckstück habe die Brust von König Gradlon geziert, als er noch in seiner Stadt Ys über die Bretagne regierte. Man sagt, die fünf Sterne von Armor verleihen ihrem Besitzer die Macht, in Frömmigkeit, Tapferkeit, Gerechtigkeit, Güte und Stärke über die Bretagne zu herrschen. Man sagt … das Kreuz sei für immer untergegangen, als die große Stadt Ys ins Unglück stürzte und im Meer versank. Man sagt, es gibt erst wieder Frieden in der Bretagne, wenn ihr Herr das Kreuz von Ys trägt!«

»In der Tat«, Mutter Elissa nickte. »Unser Kloster hat das Geheimnis von Generation zu Generation gewahrt, aber ich fürchte, daß es nun ein Ende damit haben wird.«

»Jean de Montfort würde seine Seligkeit für dieses Kreuz verkaufen!« Das wußte sogar eine junge Novizin, die das Kloster noch nie verlassen hatte. »Ebenso Charles de Blois oder vielleicht auch der tapfere Seigneur du Guesclin. Wollt Ihr es dem Sieger anvertrauen, wenn vor den Mauern von Auray die Entscheidung gefallen ist, damit endlich Frieden herrscht?«

»Wahrhaftig nicht!« Das grundlose Lachen der Äbtissin klang wie das Rascheln von Pergament. »Nein, die Sterne von Armor müssen eine Legende bleiben, um jeden Preis. Es gibt keinen König Gradlon mehr. Nur sterbliche, schurkische Männer. Männer, die mit dem Schwert Tod und Verzweiflung über das Land bringen!«

»Aber …«

»Schweig!«

Die Äbtissin ließ sich auf keine Diskussionen mit der Novizin ein. Sie hatte ohnehin schon zuviel gesagt.

Sie richtete sich auf. Eine müde, alte Frau, auf deren Schultern eine viel zu schwere Last ruhte.

»Stell keine Fragen, ich weiß, was ich tue. Lauf in die Werkstatt und sieh nach, ob du dort einen Hammer und einen Meißel findest. Aber kein Wort zu einer Menschenseele, wofür du sie benötigst!«

Die angehende Nonne raffte ihre Kutte und eilte die ausgetretenen Stufen hinauf, die aus der niedrigen Krypta der Klosterkirche von Sainte Anne d'Auray in das Kirchenschiff führten. Ihre Gedanken überschlugen sich. Sicher, es hatte Gerüchte gegeben über ein Geheimnis, das im Kloster der heiligen Anna von Auray bewahrt wurde, aber niemand hatte je Genaueres darüber zu sagen gewußt.

Am Ende hatte sogar sie das Getuschel für ein Hirngespinst gehalten. Für die müßigen Illusionen von Frauen, die in einer für sich abgeschlossenen Welt hinter hohen Mauern lebten und sich manchmal nach ein wenig Aufregung und Abwechslung sehnten, so wie auch sie es heimlich tat.

Ein sündiger, frevelhafter Wunsch, den ihr der heutige Tag auf grauenvolle Weise erfüllte. Der Lärm hatte das Kloster im Wald aus seiner beschaulichen Frömmigkeit gerissen und seine Bewohnerinnen in Angst und Schrecken versetzt. Der Lärm der erbarmungslosen Schlacht, die vor den Mauern von Auray tobte.

Seit dem Vesperläuten vernahmen sie nun schon das Klirren der Waffen, die Todes- und Schmerzensschreie der Männer. Die letzten Laute von sterbenden Kriegern, von Pferden, die tödlich verletzt in höchster Qual wieherten. Es war nur eine Frage der Zeit, wann das gräßliche Gemetzel auch das ehrwürdige Kloster der heiligen Anna erreichte, das geschützt im Kiefernwald zwischen der Stadt und dem kleinen Meer lag.

Die schmale Gestalt in der schlichten Kutte blieb lauschend mitten im Hof stehen, versuchte, trotz Mauern mehr von der Außenwelt zu erkennen, und wieder erhob sich ihr rebellischer Geist.

Wozu hatte ihr Gott das Leben geschenkt, wenn sie es nur in diesem Mauergeviert verbringen durfte? Gegängelt von Glocken, die von früh bis spät ihren unnachgiebigen Ruf ertönen ließen. Den Ruf von Pflicht und Gebet, von Arbeit und Bescheidenheit. Von Schweigen und dem so schwer fallenden Gehorsam.

Hastig bekreuzigte sie sich noch einmal und bat den Himmel um Vergebung für die aufrührerischen Gedanken. Sie hatte einen Auftrag. Mutter Elissa schätzte es nicht, wenn man sie warten ließ. Sie schlüpfte in die winzige Werkstatt, die sich ein wenig windschief an die Klostermauern drückte. Im normalen Alltag kümmerte sich Schwester Berthe hier um die Stiele der Hacken, die man für den Garten benötigte. Um neue Holzlöffel oder Schalen und um leichtere Reparaturen.

Heute indes kniete Schwester Berthe mit den anderen Frauen zusammen vor dem Altar und betete in endloser Litanei um die Blindheit der Mächtigen. Um das Wunder, daß die Schlacht dort draußen das Kloster verschonte. Die Novizin vermochte nicht, in das Gebet einzustimmen. Je länger der Lärm dort unter freiem Firmament tobte, um so sinnloser erschien es ihr, passiv und fromm das eigene Schicksal nur im Gebet abzuwarten. Ihrem kritischen Geist schien solche Frömmigkeit gleichbedeutend mit gefährlicher Dummheit!

Sie fand die gesuchten Werkzeuge in einem hölzernen Kasten und packte ihn mit seinem gesamten Inhalt, um ihn zu Mutter Elissa zu schleppen. Als sie zurück in die feuchte Düsternis der Krypta tauchte, mußte sie ein Schaudern unterdrücken. Zwischen den Sarkophagen längst verwester, bedeutender Äbtissinnen kam sie sich noch fremder als sonst vor.

»Geh zu den anderen und bete!« befahl Mutter Elissa knapp. Sie ließ den hölzernen Kasten auf den Stein neben dem Kreuz fallen. »Und schick mir die Novizin Jorina, sobald du den ersten Rosenkranz beendet hast. Keinen Augenblick früher, hast du verstanden?«

»Ja, Mutter Äbtissin!« wisperte die junge Frau und lief hinauf in die kleine Kirche, die wie das gesamte Kloster aus Granitsteinen erbaut worden war und in ihrer schmucklosen Schlichtheit bewies, wie arm die Nonnen dieses Klosters waren.

Für wie arm sie sich gehalten hatten, korrigierte die Novizin, während sie das schmale Antlitz über die gefalteten Hände neigte. Wer hätte gedacht, daß ausgerechnet in diesen Mauern ein Schatz verborgen lag, um den sich Sagen und Legenden rankten?

Aus den Augenwinkeln verfolgte sie neugierig das Kommen und Gehen zur Krypta, nachdem sie Jorina zur Mutter Äbtissin geschickt hatte. Sie kam nur zurück, um eine andere Novizin zu holen, ehe sie mit ihr gemeinsam verschwand. Am Ende war sie die einzige Klosterfrau unter den ununterbrochen betenden Nonnen, die noch nicht das endgültige Gelübde abgelegt hatte.

Es war Ysobel Locronan, die ihr den Befehl der Äbtissin überbrachte, erneut in die Krypta zu kommen. Ysobel, die von ihrem schurkischen Bruder in das Kloster abgeschoben worden war, damit er ihre Mitgift an sich bringen konnte. Die stolze Ysobel, die auch noch nach Jahren gegen ihr Schicksal rebellierte und sich nicht damit abfinden konnte, daß sie ihr Leben mit endlosen Gebeten an die heilige Anna verbringen sollte. Jetzt verschwand sie in dem schmalen Seitenschiff, das die Sakristei barg. Dort brannten keine Kerzen, und die Dunkelheit verschluckte ihr Gewand.

Die Novizin erhob sich von den schmerzenden Knien und schritt zögernd zum Eingang der Krypta. Es kam ihr vor, als sei der Lärm draußen lauter geworden. Als kämpften die Männer bereits vor den Mauern des Klosters. Würden sie den heiligen Ort respektieren?

»Graciana?« Die Stimme der alten Äbtissin klang unwillig von unten herauf. »Wo bleibst du, Mädchen? Hörst du nicht, daß wir keine Zeit mehr haben, die du vertrödeln könntest?!«

Der ungerechte Vorwurf trieb der jungen Frau die Röte in die Stirn. Es war ohnehin schwer, Mutter Elissa etwas recht zu machen, aber heute schien es noch unmöglicher als sonst zu sein.

»Ich komme«, rief sie und trat in das schattige Halbdunkel der Treppe.

Ihrer ungewöhnlichen Größe wegen mußte sie den Kopf einziehen, damit die Spitzen ihrer Haube nicht gegen die Schlußsteine streiften. Es verlieh ihr eine fromme Haltung, die in krassem Gegensatz zum rebellischen Feuer ihrer Augen stand. Mutter Elissa entdeckte eine verhängnisvolle Ähnlichkeit in ihren Zügen, auf die sie ausgerechnet in diesem Moment gerne verzichtet hätte.

Gracianas suchender Blick glitt vorwitzig durch den kleinen, unterirdischen Saal. Sie entdeckte weder die Werkzeugkiste noch das fabelhafte Kreuz, das sie vorher so wenig hatte übersehen können. Es kam ihr vor wie ein Spuk. Unwillkürlich heftete sie ihre Augen auf das Gesicht der Äbtissin, die ihr, seit sie denken konnte, einziges Maß aller Dinge gewesen war. Im Kloster zur Welt gekommen und aufgewachsen, hatte sie gelernt, ihren Befehlen und Wünschen unbedingten Gehorsam zu leisten.

»Ich hätte mir gewünscht, nie wieder davon sprechen zu müssen«, begann die betagte Nonne unerwartet und machte eine Geste, als suche sie nach Halt an einer anderen Hand. »Aber ich denke, es ist besser, ich gebe dir mein Wissen mit auf den Weg, ehe ...«

»Welchen Weg?« unterbrach Graciana verwirrt und vergaß einmal mehr, daß es sich nicht gehörte, die Äbtissin zu unterbrechen.

Doch der übliche Tadel blieb in diesem Moment aus. Ein Anflug von Ungeduld zeigte sich auf der Miene der Ordensfrau, dann sprach sie mit betont unpersönlicher Stimme weiter.

»Uns beide verbindet mehr als nur die Gemeinsamkeit des frommen Lebens hinter diesen Mauern, Kind. Hast du den Namen Paskal Cocherel schon einmal gehört?«

»Natürlich. Wer hat das nicht ...«, murmelte Graciana verblüfft.

Sogar in der stillen Besinnlichkeit von Sainte Anne sprach man über die Greueltaten des Söldnerführers, der sich selbstherrlich Herzog von St. Cado nannte, weil seine Burg diesen Namen trug, und nicht weil er aus edlem Geblüt kam. In den verheerenden Erbfolgekriegen, welche die Bretagne seit Jahren verwüsteten, verkaufte er seine Männer an jeden, der genügend Gold dafür aufbringen konnte, aber im Grunde ging es ihm nur darum, die eigene Macht zu stärken.

»Dieser Schurke hat schon vor fünfundzwanzig Jahren das Leben eines räuberischen Bastards geführt«, zischte die Äbtissin, und ihre Zuhörerin zuckte sowohl vor der Ausdrucksweise wie dem Haß in der Stimme

Elissas zusammen. »Er nahm sich, was ihm gefiel, ohne Rücksicht auf ritterliche Ehre oder christliches Gewissen. Als ihm ein edles, junges Mädchen aus bester Familie ins Auge stach, überfiel er kurz vor ihrer Hochzeit die Burg ihres Vaters und metzelte alle Bewohner nieder. Dann vergewaltigte er das arme Kind und schickte es fort, als es ihn langweilte. Er hatte ihm die Heimat, die Eltern, den Bräutigam, die Schönheit und das Glück geraubt, aber es kümmerte ihn nicht.«

Mutter Elissa machte eine Pause, und dieses Mal unterbrach die Novizin sie mit keiner Silbe. Graciana lauschte dem Schlag ihres eigenen Herzens und versuchte die Furcht unter Kontrolle zu bekommen, die sie bei dieser Erzählung beschlichen hatte.

»Das Edelfräulein, von dem ich spreche, hieß Graciana de Cesson«, sprach die Ordensfrau hastig weiter. Sie schien zu spüren, daß ihr nicht mehr viel Zeit blieb. »Sie war die einzige Tochter des Herrn von Cesson und einem Ritter des Herzogs von Montfort versprochen – und sie war meine geliebte Nichte. Das einzige, sanfte und fromme Kind meiner Schwester. Von Paskal Cocherel verstoßen, suchte sie Zuflucht in meinem Kloster. Hier brachte sie ihr Kind zur Welt, und hier stürzte sie sich von der höchsten Zinne des Glockenturmes in den Tod, sobald ihre Beine sie die Treppe hinauf zu tragen vermochten. Sie konnte die Schande ihres Schicksales nicht länger ertragen ...«

Graciana schluckte trocken. In einem Atemzug eine Mutter zu bekommen und sie ebenso schnell wieder zu verlieren raubte ihr die Fassung.

»Aber ... man hat mir stets gesagt, ich sei ein Findelkind, das die Nonnen vor der Klosterpforte gefunden haben?« flüsterte sie.

»Es schien mir vernünftiger, dich nicht mit der Last vergangener Sünden zu beschweren.« Die Äbtissin seufzte. »Und ich wäre diesem Entschluß nie untreu geworden, wenn du bereits dein Gelübde abgelegt hättest. Wir sind alle Kinder des einen allmächtigen Gottes, und deine Gebete hätten sicher dazu beigetragen, deine arme Mutter aus dem Fegefeuer zu erlösen.«

Graciana fehlten die Worte. Schockiert begriff sie, daß die Frau im schwarzen Habit ihre Großtante war! Eine Verwandte, die ihr in den vergangenen vierundzwanzig Jahren ihres Lebens jede Umarmung, jeden Kuß und jede Zärtlichkeit verweigert hatte.

»Wie konntet Ihr ...«, stammelte sie aus diesen Gedanken heraus, und die Äbtissin wußte genau, was sie damit sagen wollte.

»Gott liebt seine Kinder, das muß einem jeden von uns reichen«, erklärte sie knapp. »Dir muß es noch mehr als jeder anderen Seele reichen, denn in deinen Adern fließt das böse Blut eines Mannes, der das verheerende Handwerk von Mord und Gewalt ausübt. Da ist eine Empörung in dir, eine Unruhe, die du seinem Erbe verdankst. Deswegen habe ich auch immer noch gezögert, dir die letzten Weihen zukommen zu lassen, obwohl ich dich zu meiner Nachfolgerin ausbildet habe. Gib mir dein Wort, daß du so schnell wie möglich die Sicherheit eines anderen Klosters suchst, wenn du diese Mauern verläßt. Lege das Gelübde ab, denn du hast die Pflicht, die Tage deines Lebens für dein eigenes Seelenheil und das deiner Mutter im frommen Gebet zu verbringen!«

»Ich soll in ein anderes Kloster?«

Graciana hatte Mühe, zwischen Vorwürfen und Auskünften, zwischen Befehlen und Vermutungen zu unterscheiden. Verwirrt starrte sie die Äbtissin an, die nicht einmal in diesem Moment ein einziges Zeichen der Zuneigung zu ihr erkennen ließ.

»Du hast keine andere Wahl, als dein Leben dem Gebet zu weihen. Wer jedoch in diesen Mauern bleibt, wird sterben!« verkündete Mutter Elissa gottergeben, und ein schreckliches Krachen, das sogar bis in die Stille des versteckten Gewölbes klang, gab ihr recht. »Du mußt leben. Deine Mutter hat gesündigt, als sie Hand an sich legte, sie ist auf deine Gebete angewiesen. Zieh dein Nonnengewand aus, dort in der Truhe findest du die einfachen Kleider einer Magd. Sie werden dir bei deiner Flucht bessere Dienste leisten. Geh durch die Pforte hinter dem Kräutergarten in den Wald und versuche dich so weit wie möglich vom Kloster zu entfernen. Versteck dich! Erst wenn die Straßen wieder sicher sind, versuchst du, so schnell wie möglich das nächste Nonnenkloster zu erreichen. Hier ...«

»Heilige Mutter Gottes!«

Graciana starrte auf die makellose, schimmernde Perle in der Hand ihrer Großtante. Die Äbtissin hatte die Sterne von Armor aus dem Kreuz gebrochen! Sie hatte den Schatz zerstört! Sie hatte alles in Scherben geschlagen! Das Kreuz von Ys ebenso wie ihr Leben!

»Nun nimm schon!«, mahnte die Ordensfrau nervös und horchte nach oben. »Du wirst im Saum des Rockes vermutlich eine Möglichkeit finden, das Juwel zu verstecken. Biete es den Nonnen von Rennes oder den frommen Frauen von Lorient als Mitgift an, dann werden sie dich zweifellos in ihre Reihen aufnehmen. Gott segne dich, Kind und die heilige Anna möge dich auf deinen Wegen beschützen!«

Unter dem strengen Blick der unerbittlichen Klosterfrau schlüpfte Graciana aus der groben Kutte und zog die Flügelhaube vom Kopf. In der erwähnten

Truhe fand sie ein verschlissenes und mehrfach geflicktes sauberes Leinenhemd, ein Paar braune Wollstrümpfe mit einfachen Strumpfbändern, Holzpantinen, einen braunen, schweren Wollrock und ein kupferfarbenes Mieder. Ein schwerer, schlammfarbener Umhang mit Kapuze, dessen Gewebe so verfilzt war, daß er mit Sicherheit den schwersten Regenguß abhalten konnte, vervollständigte ihre Erscheinung.

»Beeile dich. Ich fürchte, sie haben das Tor aufgesprengt …«

Die Äbtissin lief an ihr vorbei die Treppe hinauf, noch ehe die junge Frau mit den Miederverschlüssen zu Rande gekommen war. Graciana hatte derlei noch nie getragen, und die Kerzen waren bereits so weit herabgebrannt, daß sie kaum noch Licht gaben. Sie stopfte hastig die verräterische Perle in eine Lücke des Rocksaumes und füllte den Spalt mit dem Haubenband, das sie nicht mehr benötigte.

Oben an der Treppe gellte eine Frauenstimme auf und brach in entsetzlichem Gurgeln wieder ab. Graciana hörte Waffenklirren und Schreie. Angstvoll drückte sie sich gegen die Wand.

Fliehen? Wie kam die Mutter Äbtissin auf den Gedanken, daß unter diesen Umständen überhaupt noch eine Flucht möglich sein könnte?

1. Kapitel

Die Flammen schlugen aus dem hölzernen Dachstuhl, und ihr Funkenregen fiel auf Schindeln, Strohdächer und trockenes Brennholz. Sogar die Nebelfetzen, die vom kleinen Meer herübergeweht wurden, wurden jetzt zu rötlich purpurnen Schleiern. Sie verzerrten die Schatten der glühenden Balken zu gespenstisch mahnenden Fingern und beleuchteten eine wüste Szenerie von Vernichtung und Tod. Graciana blieb stehen, als wäre sie gegen eine unsichtbare Wand gerannt.

Die plötzliche Stille hatte sie dazu verführt, ihr sicheres Versteck in der Nische des steinernen Glockenturms aufzugeben, das sie im letzten Moment noch erreicht hatte. Ein Fehler, denn es war nicht die Ruhe eines menschenleeren Schlachtfeldes. Es war das kurze Atemholen zwischen Mord und Verderben. Viel zu spät sah sie die Männer, die durch das zerstörte Tor strömten, die das brennende Wohnhaus des Klosters plünderten und auf der Suche nach dem Kirchenschatz auf das bescheidene Gotteshaus zuliefen. Plötzlich drangen wieder Flüche, Waffenklirren und das Weinen verzweifelter Frauen an ihr Ohr.

»Treibt sie zusammen!« brüllte vor dem Haupthaus eine wütende Stimme. »Vorwärts! Bringt nicht alle um, vielleicht sind ein paar ganz ansehnliche Dinger unter diesen Kuttenträgerinnen!«

Es war weniger der Inhalt dieser Worte als das gemeine Lachen, das sie begleitete, welches Gracianas Schock in Verzweiflung wandelte. Sie erstickte ihren Aufschrei mit der eigenen Hand und sah sich ratlos im Schein des Brandes nach einer Fluchtmöglichkeit um.

Unmöglich, jetzt die Pforte im Garten zu erreichen. Das Kloster war zum Sammelpunkt aller Dämonen der Hölle geworden.

»Habt Mitleid, ich bitte Euch!«

»Halt's Maul, Alte!«

Ein erbärmliches Grüppchen schluchzender Frauen, die sich gegenseitig stützten, taumelte aus dem Gotteshaus. Bewaffnete Männer stießen sie rücksichtslos nach draußen. Graciana erkannte Schwester Berthe unter ihnen. Auch Schwester Adela, deren feine Hände die reinsten Zauberwerke mit Sticknadel und farbigem Garn vollbrachten. Schwester Petronille, die Pförtnerin, hatte eine blutende Schramme quer über der Stirn, und Schwester Maria, unter deren strenger Obhut sie schreiben und lesen gelernt hatte, schleppte sich mit letzten Kräften dahin.

Wo waren die anderen, die mit ihnen vor dem Altar gebetet hatten? Graciana versuchte in der rotglühenden Dunkelheit dieser schrecklichen Nacht Einzelheiten zu erkennen. Die meisten der Nonnen kannte sie ein Leben lang. Gütige und weniger gütige Seelen waren unter ihnen, und das mutterlose Waisenkind hatte sie bisher für seine einzige Familie gehalten.

»Schau an, wen haben wir denn da?«

»Wa…«

Gracianas Schrei erstarb. Eine schwielige, ekelerregende Hand legte sich über ihren Mund, und kaltes Entsetzen lähmte die junge Frau so sehr, daß sie sich nicht einmal wehrte, als sie mitten in den Hof gezerrt wurde, wo ein bulliger Kerl im zerbeulten Harnisch wütende Befehle bellte. Ein Hieb zwischen die Schulterblätter warf sie in die Knie.

»Noch eine, Hauptmann! So wohlgerundet, wie sie sich anfühlt, scheint es eine von den Jüngeren zu sein.

Zeig dich, Schätzchen, damit wir unsere Beute betrachten können!«

Ein grober Ruck fegte ihr die Kapuze vom Kopf, und Graciana stieß einen Schmerzensschrei aus, weil ihr dabei auch ein paar Haare ausgerissen wurden.

»Zum Henker … ein hübscher Leckerbissen!«

Der untersetzte Hauptmann beugte sich näher über das ovale, bleiche Gesicht, in dem zwei helle Augen brannten, welche die Farbe der Flammen zu haben schienen. Die dicken, fahlen Zöpfe, die in aller Eile geflochten worden waren, lösten sich bereits wieder und umgaben das Antlitz mit lebendigen, lichten Strähnen, die je nach dem Flackern des Feuers golden oder silbrig schimmerten.

»Donnerwetter!« brummte er zufrieden. »Das hast du gut gemacht, Cul Sec! Wolltest du etwa den Schleier nehmen, Mädchen? Du kannst uns dankbar sein, daß wir dich vor einem solchen dummen Irrtum bewahren! Bei uns wirst du dich sicher wohler fühlen!«

Rohes Gelächter zeigte an, daß hinter diesen Worten ein Sinn stand, den Graciana nicht zu begreifen vermochte. Sie konnte ohnehin keine Antwort geben. Einen Arm schmerzhaft auf den Rücken verdreht, mußte sie hilflos zappelnd die weitere demütigende Bestandsaufnahme über sich ergehen lassen. Cul Sec zerrte den Umhang vollends herab und enthüllte das flüchtig verschnürte Mieder, das von ihren Brüsten provozierend viel zeigte, weil sich Mutter Elissa nicht darum gekümmert hatte, daß sie überraschend üppig und voll für eine so schlanke Person waren.

»Laßt sie in Frieden!« mischte sich in diesem Moment Schwester Berthe empört ein. »Habt Ihr denn gar keinen Anstand im Leib?«

Der Hauptmann fuhr herum, und die buschigen

Brauen über seinen tiefliegenden Augen schienen sich noch mehr zu sträuben. »Willst du dich für die Kleine anbieten, Betschwester?« fragte er gereizt. »Zieht sie aus, damit wir sehen, was sie zu bieten hat!«

Das wüste Gejohle der Männer wurde von einer peitschenscharfen Stimme abgeschnitten!

»Pech und Schwefel, Gordien! Hast du meine Befehle vergessen? Treibt die Weiber zusammen und schafft sie fort. Wir haben gesiegt, aber ich möchte nicht, daß Montfort etwas von unserem kleinen Privatkrieg in diesem Kloster erfährt!«

Sogar Graciana spürte in ihrer namenlosen Angst die uneingeschränkte Autorität, die hinter diesem Befehl stand. Nicht einmal der Hauptmann wagte Widerspruch. Der Griff um ihren Arm lockerte sich, und sie konnte das Mieder hastig zusammenzerren. Sie richtete sich auf und sah zu dem Mann hoch, der alle beherrschte. Er saß im Sattel eines grobknochigen Streitrosses und bildete gemeinsam mit ihm eine kompakte, grausame Silhouette vor dem lodernden Feuer.

»Da, stell dich zu den anderen!«

Sie stolperte unter dem unerwarteten Hieb über die eigenen Füße und stürzte erneut hart auf die Knie. Eine helfende Hand streckte sich ihr entgegen, und sie griff blind danach. Es war Schwester Berthe, die ihr aufhalf und sie mütterlich in ihre Arme zog.

»Arme Kleine, ich hatte so sehr gehofft, du seist entkommen, ehe diese Marodeure auftauchten«, meinte sie resigniert.

»Die Mutter Äbtissin? Wo ist sie?« forschte Graciana, sobald sie wieder sprechen konnte.

»Wir wissen es nicht, Kind«, entgegnete Schwester Berthe bekümmert. »Sie war mit uns in der Kirche. Vielleicht ist sie unter den Schwestern, die sich den

Schwertern entgegengeworfen haben. Ich neige zu der Ansicht, daß sie es besser getroffen haben als wir!«

»Aber dies ist ein Kloster«, erwiderte Graciana mit einem Anflug von verzweifeltem Trotz. »Sowohl der Herr von Montfort als auch der Herr von Blois sind christliche Ritter. Sie werden doch nicht das Kloster der heiligen Anna von Auray schänden wollen?«

»Diese Herren vielleicht nicht«, antwortete Berthe schmerzlich. »Aber so, wie es aussieht, sind das hier die Söldner des Herzogs von Cado. Diese Männer halten sich an keinen ritterlichen Ehrenkodex, sie machen ihre eigenen Gesetze: die Gesetze Raub und Mord!«

»Woher ...«

»Der Mann auf dem schwarzen Pferd ist Paskal Cocherel!« Schwester Berthe rang nach Atem. »Der Himmel wird es mir nie erlauben, diesen elenden Schurken zu vergessen. Ich hoffe inständig, daß er irgendwann die gerechte Strafe für seine Verbrechen erhält!«

Graciana vermochte nur mit Mühe, ihre aufgewühlten Gedanken unter Kontrolle zu bekommen. Der verblüffende Haß in Berthes Stimme paßte zu dem Haß in einer anderen Stimme, die ihr vor kurzem etwas gestanden hatte. War es möglich, daß ...

»Meine Mutter?« wisperte sie fassungslos und packte Berthes Arm. »Du weißt von dem, was er meiner Mutter angetan hat?«

Schwester Berthe hob eine rauhe, schwielige Hand und strich in unerwarteter Zärtlichkeit über Gracianas seidige Wange. Eine Berührung, die sie nie wieder gewagt hatte, seit das Kind erwachsen war. Die sie beide für einen Moment die Schrecken ihrer Umgebung völlig vergessen ließ.

»Wir waren Milchschwestern«, sagte sie mit einem

leisen Seufzer, in dem Wissen, daß es keinen Sinn mehr hatte zu schweigen. »Ich ging mit ihr an jenem verhängnisvollen Tag, und ich blieb bei ihr auf ihrem harten Weg. Ich brachte es nicht über mich, das Kloster zu verlassen, nachdem sie ihre letzte Ruhe unter den Steinplatten der Krypta gefunden hatte. Wir mußten sie in aller Heimlichkeit dort begraben, denn du weißt ja, was die Kirche von Selbstmördern hält ...«

Graciana strich sich geistesabwesend eine Haarsträhne aus der Stirn. Ihre Schweigsamkeit verriet mehr über den Schock, unter dem sie stand, als alles andere. Die alte Nonne versuchte sie zu trösten.

»Ihre Tante hat dafür gesorgt, daß sie unter dem Gotteshaus ihre letzte Ruhe fand. Ich bin sicher, der Herr wird ihre Sünde vergeben. Es gab keine frommere und sanftere Seele als sie ...«

»Aber sie hat mich allein gelassen«, murmelte Graciana mit einem Anflug von plötzlicher Bitterkeit. Es kam ihr nachgerade so vor, als brächte alle Welt der Toten mehr Liebe entgegen als dem Kind, das nicht darum gebeten hatte, auf diese Welt zu kommen.

»Warum hat sie es dir nach all den Jahren nur gesagt?« fragte sich Schwester Berthe verwirrt. »Sie hat mich bei meiner ewigen Seligkeit schwören lassen, daß ich die Vergangenheit für mich behalten werde. Warum jetzt wieder alles aufrühren?«

»Vielleicht, weil ich ein Recht darauf habe, zu erfahren, wer ich bin!« murrte Graciana in einem jener Anflüge von Trotz, die ihr bei den frommen Frauen schon so viele Schwierigkeiten bereitet hatten.

»Die heilige Anna steh mir bei«, seufzte Schwester Berthe resigniert und sah den Männern nach, die den silbernen Altaraufsatz und das goldene Tabernakel davonschleppten. »Eine verlorene Seele bist du, mein armes Kind. Die Tochter des größten Mordbrenners, der die Bretagne je verwüstet hat, und eines armen Edelfräuleins, das er mit seiner Schurkerei in den Tod getrieben hat. Wenn du mich fragst, es wäre gnädiger gewesen, dir eine solche Wahrheit zu verschweigen. Aber Mutter Elissa hatte schon immer ihre eigene Art, die Dinge zu sehen ...«

Ihre letzten Worte verloren sich in neuerlichem Lärm. Die ersten ausgeglühten Balken und Decken des Wohnhauses stürzten in einem Funkenregen zwischen das Viereck der rußgeschwärzten Granitmauern. Ein Söldner trieb die kleine Ziegenherde des Klosters und die Milchkühe zusammen, und die verstörten Tiere trugen das ihre zu den Mißklängen des Schreckens bei.

Graciana wünschte sich ihren Umhang zurück, über den die Männer dort achtlos hinwegtrampelten. Die Berührung der groben Wolle schien alles an Geborgenheit zu sein, was ihr das Leben zugestand. Sie kam sich schutzlos und ausgeliefert vor. Völlig unerwartet in eine Wirklichkeit gestoßen, die ihre Sinne jedem Empfinden viel zu intensiv auslieferte. Das Licht erschien ihr zu blendend, der Lärm zu grell, die Luft zu scharf vom Rauch.

»Vorwärts, beweg dich, Schätzchen!«

Ein roher Tritt riß sie aus ihrer Lähmung, und ehe sie begriff, was man von ihr wollte, wurden ihre Handgelenke von einem groben Seil umspannt und hochgerissen. Ein Kerl mit einer gräßlich blut- und dreckverschmierten Visage fesselte die Frauen aneinander, ohne sich um ihre Schmerzensschreie zu kümmern.

Nur wenige Herzschläge später stolperte Graciana hinter Schwester Berthe und den anderen zwischen toten Glaubensschwestern und zerstörten Mauern hindurch auf die Straße nach Auray. Unweit vor ihnen, dort, wo sich die Stadt hinter den Bäumen befand, glühte der Nachthimmel in gefährlichem Rot.

»Gütiger Jesus, die Stadt brennt«, murmelte Graciana fassungslos.

Einer der Söldner, die sich einen Spaß daraus machten, sie vorwärts zu stoßen, hörte es und lachte rauh auf. »Was hast du erwartet? Gauklerspiele und Ritterturniere? Wir führen Krieg, Mädchen!«

Die Frage riß Graciana für kurze Zeit aus ihrem schockierten Entsetzen. Was hatte sie erwartet? Sie suchte vergeblich nach einer Antwort, während sie fassungslos durch die Nacht taumelte. Sobald eine der betenden und stöhnenden Frauen ausrutschte, drohte sie die anderen mit sich zu reißen. Die rauhen Hanfseile rissen an ihrer zarten Haut, und in den ungewohnten Holzschuhen fand sie kaum Halt.

Wenn es etwas gab, das Graciana trotz allem verwunderte, dann war es höchstens die vage Frage, weshalb sich die Männer die Mühe machten, sich mit diesem jämmerlichen Trupp zu belasten. Weshalb hatte man sie nicht einfach an Ort und Stelle umgebracht?

Je näher sie der Stadt kamen, um so mehr konnte man im allgemeinen Tumult einzelne Geräusche unterscheiden. Das Prasseln von Feuer, schrille Schreie gemarterter Menschen, Gebrüll, das Weinen der Kinder, klirrende Waffen und das unverkennbare Splittern eingeschlagener Türen. Durch den feuchten Nebel klang es bedrohlich nahe und gleichzeitig wie aus einer anderen Welt.

»Was tun sie?« fragte Graciana verwirrt und glaubte schon, daß ihr niemand antworten würde, als Schwester Berthe ächzte.

»Gott sei den armen Seelen von Auray gnädig. Sie plündern die Stadt!«

Graciana blinzelte verwirrt. Sie kannte nur das Leben in Sainte Anne d'Auray, und was sie dort gelernt hatte, war auf das Leben der Nonnen bezogen gewesen. Die Schrecken des Krieges waren ihr ebenso fremd und unverständlich wie die Blicke der Söldner, die sie auf sich fühlte.

»Sie töten die Menschen?« fragte sie.

»Jene, die sie töten, haben das bessere Schicksal«, seufzte die Nonne. »Stelle keine Fragen, bete für sie ... und für uns auch ...«

Im Gegensatz zu Graciana wußte sie, was die lüsternen Blicke und die obszönen Scherze bedeuteten. Sie machte sich keine Illusionen über das Schicksal von Frauen, die zwischen die Fronten eines Krieges gerieten. Sie hatte es schon einmal erlebt.

Das Lager der Söldner befand sich bei der Mühle von Auray in unmittelbarer Nähe der zerstörten Stadtmauern. Bis der jämmerliche Trupp es erreichte, wurde es von einem wüsten Gelage beherrscht, das den erschreckten Nonnen alle Greuel des Weltunterganges vorgaukelte. Betrunken sowohl vom Sieg wie auch vom Wein, der aus den erbeuteten Fässern in der Stadt floß, schloß sich die johlende Menge um die zitternden Klosterfrauen.

Graciana drängte sich enger an Schwester Berthe, aber es war die arme Adela, der die erste Aufmerksamkeit des berauschten Pöbels galt. Sie hatte erst vor wenigen Monaten ihre Gelübde abgelegt, und die Haare, die ihr bei dieser Feier geschoren worden waren, wuchsen in zarten braunen Löckchen nach. Man konnte es erkennen, weil sie im Verlaufe der Ereignisse ihre Haube verloren hatte. Das fromme Gewand war über der Schulter eingerissen, und ein häßlicher, schmutzig verschorfter Riß zeichnete die bleiche Haut.

Rohes Gelächter brauste auf, und ein Hüne mit blutbeflecktem Hemd zückte sein Messer über dem weinenden Mädchen. Graciana schrie auf, aber er hieb lediglich das Seil durch, das Adela an die anderen Gefangenen band. Danach ging alles blitzschnell.

»Schau nicht hin«, murmelte Schwester Berthe mit belegter Stimme und zog Graciana hinter ihren stämmigen Körper.

Aber sie konnte die Augen nicht abwenden. Sie konnte auch nicht beten. Von Adelas erstem Wimmern an stand sie wie zur Salzsäule erstarrt da, und die abscheulichen Ereignisse brannten sich mit glühenden Messern in ihre Seele ein.

Seltsamerweise nahmen Gracianas Ohren nur die hilflosen Laute der mißbrauchten Nonne wahr. Wie konnte Gott das zulassen? Wo blieb seine Gerechtigkeit, seine Güte, seine ordnende Hand? Adela hatte ihm in Fleiß und Frömmigkeit gedient, sollte das ihre Belohnung sein? Das Martyrium durch die Hände von Männern, die sich in Bestien verwandelt hatten?

In diesen wenigen Herzschlägen zerbrach etwas in Graciana. Ein natürliches Vertrauen, das sie bisher trotz aller Schrecken noch aufrecht erhalten hatte. Der anerzogene Glaube an ein christliches rechtschaffenes Leben, in dem alles seinen Platz und seine Bestimmung hatte.

2. Kapitel

»Man könnte meinen, wir hätten diese Schlacht verloren«, murrte John Chandos, dessen englische Krieger Jean de Montfort in der Schlacht von Auray so erfolgreich beigestanden hatten. Wie sein Begleiter mied er lieber die Trauer des neuen Herzogs der Bretagne. »Das Land liegt zu seinen Füßen, er braucht es nur noch aufzuheben und zu regieren!«

Der andere Ritter schwieg. Chandos mochte recht haben, aber er war dennoch ein Fremder. Ein Waffengefährte, der nicht begreifen konnte, was es bedeutete, daß Karl von Blois den Tod auf dem Schlachtfeld gefunden hatte. Mochten sich die beiden Vettern auch eine politische Fehde geliefert haben, so trauerte Montfort doch um den toten Krieger, so wie es alle Menschen in der Bretagne tun würden, sobald die Nachricht von seinem Tode die Runde machte.

»Er kann nicht zugleich einen lebenden Vetter und das Herzogtum der Bretagne haben«, machte Chandos seinem Unmut erneut Luft. »Er sollte Gott und seinen Freunden danken, daß vom heutigen Tag an Frieden im Land herrscht!«

Kérven des Iles, der Herr von Lunaudaie, an den er sich mit diesen Worten wandte, zuckte mit den breiten Schultern. Eine Bewegung, die ihn daran erinnerte, daß er in der zurückliegenden Schlacht zwar keine schweren Wunden, aber doch eine Reihe von schmerzenden Blessuren davongetragen hatte.

Er sehnte sich inständig nach einem Ort, an dem er seine müden Knochen ausstrecken und für ein paar Stunden Vergessen finden konnte. Aber daran war im Moment nicht zu denken. Jean de Montfort mochte trauern, aber er erwartete, daß seine Befehle umgehend befolgt wurden. Besonders jene, die er an seine engsten Vertrauten richtete, und Kérven zählte zu diesem bevorzugten Kreis.

»Die Bürger von Auray würden Eure Sicht vom Frieden vielleicht nicht gerade teilen«, gab er dem Engländer zur Antwort und zeigte auf die brennende Stadt.

»Sie hatten die Wahl, auf wessen Seite sie sich schlagen«, stellte der englische Kriegsherr kühl fest. »Das Schicksal der Besiegten ist immer übel. Außerdem ist es ein geschickter Schachzug, dem Wolf von St. Cado Auray als Knochen zuzuwerfen.«

»Paskal Cocherel einen Wolf zu nennen, beleidigt die Wölfe«, widersprach der junge Ritter und rieb sich mechanisch eine blutige Schmarre, die quer über seine Wange führte. »Der selbsternannte Herzog von St. Cado ist im günstigsten Falle eine Ratte! Etwas so Übles und Gemeines, daß es keine passende Bezeichnung für ihn gibt.«

»Ratten sind besonders gefährlich, mein Freund! Ihr wißt, daß sich Montfort keinen neuen Konflikt leisten kann.«

»Wem sagt Ihr das«, knurrte der Seigneur des Iles und wandte sich zum Gehen. »Ich habe den Auftrag, diese Ratte auf schnellstem Wege zum Herzog zu bringen. Es fragt sich nur, wo ich ihn in diesem Chaos finden soll!«

»Versucht es an der Mühle beim Fluß, ein Teil seiner Männer feiert den Sieg dort mit einem wüsten Gelage. Einer ihrer Anführer wird wissen, wo der Alte steckt!«

»Habt Dank!«

Kérven des Iles eilte weiter durch das Lager Montforts, das seine Ordnung behalten hatte. Die Zelte und

Unterstände reihten sich in schmalen Gassen aneinander, und die erschöpften Männer an den Feuern schienen gleich ihrem Herrn keine besondere Lust zu verspüren, den tapfer erkämpften Sieg über die eigenen Landsleute besonders zu feiern. Die Plünderer, die Auray heimsuchten, gehörten zu den Söldnern, die nur ihre eigenen Gesetze respektierten. Wüste Haufen, die ausschließlich einem Herrn gehorchten – Paskal Cocherel!

Wie erbärmlich weit war es doch mit seiner Heimat gekommen, daß sie mit Hilfe eines solchen Mannes geeint werden mußte. Der junge Ritter verzog bitter den Mund und winkte dem Sergeanten und der Eskorte zu, die ihn auf Befehl des Herzogs begleiteten. Es war nicht ratsam, sich ohne diesen Schutz in die Reichweite des Söldnerführers zu begeben. An den schweigenden Wachen vorbei marschierte der kleine Trupp zum Flußufer.

Der Seigneur des Iles versuchte den Lärm und das Prasseln der Flammen zu ignorieren, deren Echo über die Stadtmauern von Auray klang. Es stand nicht in seiner Macht, etwas für die Menschen dort zu tun, und das ergrimmte ihn noch mehr als die Höflichkeit, die ihm der Herzog auferlegt hatte. Es mochte politische Gründe geben, das Plündern zu erlauben, aber es widerstrebte ihm trotzdem.

Je mehr er sich dem Söldnerlager näherte, desto näher schien er dem Inferno der Hölle zu kommen. Die Eskorte des Herzogs rückte unwillkürlich enger auf. Die glänzenden Helme und Hellebarden verschafften dem jungen Ritter immerhin soviel Respekt, daß sich die Reihen widerwillig vor ihm öffneten, bis er vor einem mürrischen Hauptmann stand, der eben einen leeren Weinschlauch sinken ließ.

Rund um die beiden Männer verstummte schlagartig der Lärm. Nur das Prasseln des Feuers war zu hören. Kérven des Iles konzentrierte seine Aufmerksamkeit einzig auf den Söldnerführer und brachte seine Botschaft knapp an den Mann. Er kannte ihn, es war Gordien Bonnet, Cocherels rechte Hand, der Mann, der ihm blind ergeben war und der in Grausamkeit nur von seinem Herrn übertroffen wurde.

»Seine Gnaden, Jean de Montfort, Herzog der Bretagne, bittet Paskal Cocherel zu sich. Ich soll Euren Herrn in die Burg geleiten!«

»So ... sollt Ihr ...«, knurrte der andere und wischte sich mit dem Handrücken die letzten Weinreste aus dem struppigen Bart. »Da werdet Ihr wohl unverrichteter Dinge wieder gehen müssen, Messire Ritter! Der Herzog von St. Cado ist nicht hier!«

Kérven knirschte mit den Zähnen. »Und wo finde ich ihn? Sprecht schon, Mann!«

»Das kann ich Euch nicht sagen!« Das Blitzen von Zähnen hinter dem Bart verriet ein Grinsen, wenngleich die Bewegung der Lippen hinter dem verfilzten Gestrüpp völlig verschwand. »Aber Ihr könnt gern hier warten, falls es Euch Vergnügen macht, mit uns zu feiern. Vielleicht kommt er ja, vielleicht auch nicht ...«

Der unverhohlene Spott, mit dem der Mann ihn behandelte, trieb Kérven das Blut in die Stirn. Es kostete ihn alle Beherrschung, die Worte des Schurken nicht mit der Faust zu beantworten. Feiern? Sein schneller Blick nahm die bedrückenden Einzelheiten des Söldnerlagers in sich auf. Die weiße, verkrümmte Gestalt eines vergewaltigten Mädchens, das so nahe beim Feuer lag, daß sie zu glühen schien. Eine Troßdirne oder eine Bürgerin von Auray? Er wußte, daß es besser war, diese Frage nicht zu stellen, aber er schmeckte die Galle, die in ihm hochstieg.

»Ich habe keine Zeit zu warten«, erwiderte er kalt und zwang sich, allein an seinen Auftrag zu denken. Dennoch legte er unwillkürlich die Rechte an sein Schwert. »Richtet Eurem Herrn meine Botschaft aus und gehabt Euch wohl!«

Er wandte sich eben wieder zum Gehen, als ein heller, wütender Schrei seine neuerliche Aufmerksamkeit erregte. Ein Mädchen. Eine schlanke Magd, die sich wild gegen die Fesseln wehrte, die ihre Hände auf den Rücken hielten. Die mit bloßen, schmutzigen Füßen gegen einen Kerl trat, der sich an ihrem Mieder zu schaffen machte. Ein heftiger Faustschlag gegen ihre Schläfe schleuderte sie in den Staub neben das reglose, nackte Geschöpf, dessen gebrochene Augen bewiesen, daß es im Gegensatz zu ihr das Schlimmste bereits hinter sich hatte.

»Zum Henker!« Nun verlor er doch seine Beherrschung. »Der Herzog mag über Euer Plündern hinwegsehen, aber er wird es nicht dulden, daß die Töchter von Auray geschändet werden! Laßt die Frau frei!«

»Den Teufel werden wir tun!« hob sich die Stimme des Hauptmannes über das protestierende Grölen seiner Männer. »Wir dienen dem Herzog als Krieger, aber er hat uns keine Vorschriften zu machen! Außerdem sind die Weiber nicht aus Auray!«

»Soll ich das glauben?«

»Wollt Ihr mich der Lüge bezichtigen, Ritter?«

Der aufkommende Streit zwischen Gordien Bonnet und dem Boten des Herzogs lenkte die Aufmerksamkeit für ein paar kostbare Augenblicke von dem verzweifelten Mädchen ab. Sogar der Söldner, der sich eben um den Inhalt von Gracianas Mieder gekümmert hatte, hielt inne, um die Auseinandersetzung zu beobachten.

Die streitenden, wütenden Männerstimmen rissen Graciana aus der gefährlichen Benommenheit. Ihr ganzer Körper war mittlerweile ein einziger Schmerz. Sie blinzelte und keuchte, als sie mitten in Adelas zerschundenes Gesicht sah, in dem die hellen, blauen Augen in namenlosem Schrecken blicklos offenstanden. Heilige Mutter Gottes, war sie tot? In einer mechanischen Geste zuckte ihre Rechte, damit sie sich bekreuzigen konnte.

Erst nach einem Moment begriff sie, was das bedeutete! Der Strick, der ihre Hände fesselte, war beim Sturz gerissen! Aus den Schürfwunden um ihre Gelenke sickerte Blut, aber Graciana achtete nicht darauf. Sie rappelte sich auf die Knie und verharrte zwischen den Beinen der Söldner, die reglos um sie herum aufragten.

Unwillkürlich duckte sie sich noch tiefer und begann, so schnell es ging, auf allen vieren zwischen ihnen hindurchzukriechen. Niemand achtete auf sie. Alle Blicke waren auf Gordien und die Männer des Herzogs gerichtet, doch der erhoffte Kampf blieb aus. Graciana spürte die aufkommende Enttäuschung der Söldner. Sie beeilte sich, ohne Rücksicht auf ihre blutenden Hände fortzukommen, gleich einem Aal schlängelte sie sich tiefer ins Dunkel.

Die Söldner hatten das Feuer im Schutze des steinernen Turmes entzündet, der das große Wasserrad für die Mühle trug, und der Zufall wollte es, daß sich Graciana in seiner unmittelbaren Nähe befand. Sie hatte eben die Hausecke erreicht, als die Auseinandersetzung am Feuer von einem neuerlichen Wutschrei unterbrochen wurde.

»Wo ist die Dirne?«

Man hatte ihre Flucht entdeckt! Graciana warf sich blind vorwärts und fiel ins Nichts!

Kérven des Iles schäumte vor Wut, aber er hatte keine andere Wahl. Gegen eine Rotte von mindestens fünfzig Söldnern waren seine Männer hoffnungslos in der Unterzahl, und Gordien wußte es. Er genoß den Sieg, während seine Männer Fackeln in das Feuer tauchten und sich auf die Suche nach dem flüchtigen Mädchen machten.

»Gehabt Euch wohl und überbringt Jean de Montfort unsere Ergebenheit!« höhnte der Hauptmann und krönte seine vornehme Rede mit einem ordinären Rülpser.

Kérven ersparte sich die Antwort. Er gab seiner Eskorte ein Zeichen und wandte sich zum Gehen. Glühend vor Zorn und bis in die Tiefen seiner Seele hinein beschämt, daß er nichts gegen diese Schurken ausrichten konnte. Wozu trug er ein Schwert, wenn er damit nicht die Schwachen beschützen und die Halunken bestrafen durfte? Zum Henker mit der Politik!

An der Steinbrücke über den Fluß warf er einen wütenden Blick zurück. Die tanzenden Fackeln um die Mühle bewiesen, daß man noch immer nach dem armen Wesen suchte, das sich so mutig gewehrt hatte. Hoffentlich gelang der Kleinen die Flucht! Mit einem lästerlichen Fluch warf er sich herum und wollte seinen Weg fortsetzen, als er mit dem Stiefel gegen ein weiches Hindernis stieß, das vor ihm im Staub kauerte.

»Was zum ...«

Im Dunkel der mondlosen Nacht fühlte er nur zierliche Konturen und hörte eine heisere, tödlich erschöpfte Mädchenstimme: »Helft mir! Im Namen der heiligen Anna, ich bitte Euch, helft mir ...«

Die Gestalt versuchte sich aufzurichten, sank aber mit einem herzzerreißenden Laut wieder in sich zusammen.

»Verdammt!«

Die Augen des Ritters flogen über den Fluß zur Mühle. Er begriff, welchen Weg das Mädchen gewählt hatte, und er traf in der Spanne eines einzigen Herzschlages seine Entscheidung.

»Komm mit! Ich werde nicht zulassen, daß auch nur eine einzige Magd in die Hände dieser Schweine fällt, wenn ich etwas gegen sie tun kann!« knurrte er und zog das taumelnde Mädchen hoch.

»Kannst du laufen?«

Die Antwort erübrigte sich, denn sie konnte kaum stehen. Sie triefte vor Nässe, zitterte vor Kälte und schien halb ertrunken zu sein.

Mit einem neuerlichen Fluch legte sich der junge Ritter die tropfende Gestalt über die Schulter und eilte auf das Lager des Herzogs zu. Es kümmerte ihn nicht, daß sich die Männer der herzoglichen Garde verblüffte Blicke zuwarfen. In diesem Moment gab ihm die Last auf seiner Schulter das tröstliche Gefühl, wenigstens nicht ganz versagt zu haben.

Graciana, deren feuchte Kleider das Wams des Ritters beschmutzten, hing halb ohnmächtig in seinem schraubstockartigen Griff. Wie sie es fertiggebracht hatte, nach ihrem Sturz in das Wasser das Ufer zu erklimmen und in seinem Schutz die Brücke zu erreichen, konnte sie selbst nicht sagen. Sie hatte Unmengen eisiges Wasser geschluckt, und ihre schmalen Füße bluteten vor Schnitten und Rissen, aber sie war längst über normales Schmerzempfinden hinaus. Was sie vor der Mühle von Auray erlebt hatte, war schlimmer als ein paar lächerliche Wunden.

Irgendwann fand der schwankende Lauf sein Ende, und sie wurde unsanft auf ihre schmerzenden Füße gestellt. Zwei Hände um ihre Oberarme sorgten dafür, daß sie nicht wie eine Lumpenpuppe in sich zusammensank.

»Woher kommst du, Mädchen? Wohin soll ich dich bringen? Du bist in Sicherheit, aber ich nehme nicht an, daß du mit mir ins Lager des Herzogs kommen möchtest.«

Die drängende, befehlsgewohnte Stimme des Ritters mußte die Worte noch einige Male wiederholen, bis Graciana begriff, daß sie damit gemeint war. Sie schöpfte zitternd Atem und strich sich mit bebender Hand die feuchten Haarsträhnen aus der Stirn. Gegen das Licht verstreuter Feuer und Fackeln sah sie die kantigen Umrisse eines großen Mannes, der nach Waffenfett, Leder, Schweiß und Pferden roch.

»Es ... Ich ...ich ...«

Graciana brachte keinen zusammenhängenden Satz über die Lippen. Der Schock der Ereignisse steckte so tief in ihr, daß sie den Mund öffnete, ohne daß ein Wort herauskam.

»Mit der ist nichts anzufangen, Seigneur!« mischte sich der Sergeant ein, der die Eskorte befehligte. »Sie gehört in die Hände einer erfahrenen Weibsperson oder wenigstens an einen ruhigen Platz, wo sie sich erst einmal ausschlafen kann!«

»Einer Weibsperson?« Kérven des Iles begann zu merken, daß er sich aus Mitleid einen gehörigen Klotz ans Bein gebunden hatte. »Wie stellt Ihr Euch das vor, Sergeant? Soll ich mich auf die Suche nach den Marketenderinnen machen? Die wollen sich das Geschäft dieser Nacht nicht von einem Küken stören lassen, das dummerweise zwischen die Fronten geraten ist. Und einen ruhigen Platz sucht man in Auray heute ohnehin vergebens …«

Durch den Nebel ihrer Erschöpfung nahm Graciana immerhin wahr, daß ihr Retter sich Gedanken um ihr weiteres Schicksal machte.

»Verdammt, ich muß zum Herzog, und da kann ich mich kaum mit diesem Bündel hier belasten. Am besten ihr schafft die Kleine in mein Quartier, Sergeant. Vermutlich trefft Ihr dort auf Ludo de Mar, meinen Pagen. Sagt ihm, er soll sich darum kümmern, daß sie irgendwo ein Lager, zu essen und zu trinken bekommt. Vermutlich wird sie morgen früh von selbst verschwinden, wenn sie wieder klar denken kann!«

»Wie Ihr befehlt, Seigneur!«

Wie ein Bündel frisch gegerbter Felle wurde Graciana von einer Hand in die nächste geschoben.

»Komm schon«, knurrte der Soldat, während sich die Schritte des Ritters entfernten. Er machte sich nicht die Mühe, die taumelnde Gestalt vor einem Sturz zu bewahren. Im Grunde seines Herzens hielt er den jungen Mann für einen Narren, daß er sich mit einer Hure abgab, die aus einem Söldnerlager kam.

Graciana stolperte aus reiner Verzweiflung hinter ihm her. Wohin sollte sie sonst gehen? Der scharfe Schmerz, der ihre Fußsohlen marterte, sorgte im Verein mit den Schürfwunden und Prellungen dafür, daß sie trotz ihrer Erschöpfung nicht in Ohnmacht sank. Ihr armer Kopf hatte es längst aufgegeben, einen Sinn hinter den Ereignissen dieses Tages zu suchen.

»Seid Ihr verrückt? Was soll ich mit einem Frauenzimmer hier tun?«

Der hoch aufgeschossene Page blieb wie eine Schildwache vor dem Eingang des Zeltes stehen, aber der Sergeant ließ sich auf keine Wortgefechte ein.

»Dein Herr hat mir befohlen, diese Person zu dir zu bringen. Gib ihr einen Strohsack, zu essen und zu trinken und laß sie in Ruhe, damit befolgst du seine Anweisungen! Gute Nacht!«

Graciana strauchelte und fand sich einmal mehr grob nach vorne geschoben. Immerhin landete sie dieses Mal mit ihren Handflächen nicht auf Erde und Steinen, sondern auf einem weichen Teppich, der ihren Sturz dämpfte.

»Wo in Dreiteufelsnamen hat er dich nur aufgetrieben?« fragte eine helle Stimme.

Sie blinzelte im Licht einer Stundenkerze in das mürrische Gesicht eines Jugendlichen, der ein schlichtes königsblaues Samtwams trug. Er hatte die Stirn in finstere Falten gelegt. Zwei schiefstehende Vorderzähne verliehen ihm das Aussehen eines aufmerksamen Feldhasen.

»Hast du Hunger? Durst?«

Graciana schüttelte stumm den Kopf. Es kam ihr vor, als könne sie nie wieder essen oder trinken. Nie wieder normal fühlen.

»Ist auch besser«, verkündete der Page ein wenig besänftigt. »Ich wüßte ohnehin nicht, wo ich um diese Zeit etwas für dich auftreiben sollte. Da, dort in dem Bündel sind Decken, wenn du schlafen willst!«

Graciana konnte keine Bewegung machen, geschweige denn ein fremdes Bündel öffnen. Sie zitterte vor Kälte, und ihre Zähne klapperten unkontrolliert aufeinander.

»Zum Kuckuck«, meinte der Junge, zwischen Erstaunen und Hochmut hin- und hergerissen. »Was denkst du eigentlich – daß ich dich bediene?«

Als er auch dieses Mal keine Antwort bekam, seufzte er und riß das Bündel doch auf. Er nahm zwei

Decken heraus und begann ein Lager an der Stirnwand des Raumes zu richten.

»Der Strohsack ist für dich, wenn ich den Befehl des Seigneurs richtig verstanden habe! Komm schon, leg dich nieder, du siehst aus, als könne dich ohnehin der nächste Windstoß umwehen ...«

Als ob er ein störrisches Pferd vor sich hätte, schubste er Graciana in Richtung eines Lagers aus mehreren Fellen mit Decken und Kissen – ein Luxus, wie Graciana ihn noch nie erlebt hatte. Sie war eine schmale, hölzerne Bettstelle mit einer Matratze gewöhnt, deren Stroh zweimal im Jahr gewechselt wurde. Diese Schlafgelegenheit bot einen Komfort, der ihr ebenso unwirklich vorkam wie alles andere.

Graciana sank auf die Knie und schloß die Augen, noch ehe ihre Wange auf der glatten, seidigen Unterlage des Kissens zur Ruhe kam. Es fühlte sich unerwartet sanft und angenehm an. Es paßte nicht zu den Ereignissen der vergangenen Stunden.

Aber vielleicht träumte sie ja und würde am Morgen auf ihrer Pritsche im Schlafsaal von Sainte Anne erwachen. Oder sie war inzwischen gestorben, und dies war die kleine, bescheidene Ecke des Paradieses, die der Himmel ihr zugedacht hatte.

3. Kapitel

Die morgendlichen Nebel hingen düster über dem Feldlager des siegreichen Herzogs. Es roch nach ausgebrannten Lagerfeuern, schalem Wein und Männern, die gekämpft und gezecht hatten. Kérven des Iles hätte nichts gegen einen jener Stürme einzuwenden gehabt, unter denen sich seine Heimat den größten Teil des Jahres duckte, aber ausgerechnet an diesem Morgen herrschte absolute Windstille zwischen den Zelten und Unterständen.

Übernächtigt, erschöpft und gleichzeitig hellwach, schritt er durch die Zeltreihen und registrierte gereizt, daß er nirgendwo das kleinste Zeichen von Aufbruch zu entdecken vermochte. Mit einem heftigen Ruck schlug er den Eingang seines Zeltes zurück und stolperte prompt über seinen zusammengerollten Pagen, der mit einem leisen Aufschrei und halb geschlossenen Augen hochfuhr.

»Verdammt! Wieso ist noch nicht gepackt, Ludo?« schnauzte er die schlaftrunkene Gestalt an, die sich vor ihm in die Senkrechte rappelte.

»Ich … aber … woher … wieso? Habe ich das Hornsignal überhört?«

So unfreundlich aus dem Schlummer gerissen, fiel es sogar dem gewitzten Ludo de Mar schwer, sich in der Wirklichkeit zurechtzufinden.

»Es gab noch kein Hornsignal«, beruhigte ihn Kérven des Iles und ließ die Morgendämmerung ins Zelt. »So wie es aussieht, hast du meine Botschaft gestern abend nicht mehr erhalten?«

»O doch«, Ludo räusperte sich und strich sich mit allen zehn Fingern durch die strohfarbenen, widerspenstigen Haare, die genau in Höhe seiner Ohren rundherum abgeschnitten waren. »Die Dirne schläft dort hinten. Sie wollte weder essen noch trinken!«

»Welche Dirne … ach, Gott!«

Erst in diesem Moment erinnerte sich der Ritter an die Vorfälle der vergangenen Nacht. Die stundenlangen Beratungen beim Herzog hatten den Vorfall in den Hintergrund seiner Gedanken gerückt. Es galt immerhin, Paskal Cocherel auf diplomatische Weise von weiteren Kämpfen abzuhalten. Bisher hatte noch keiner ein wirksames Mittel gefunden, den ehrgeizigen Söldnerführer zum Frieden zu bewegen. Mit einem Seufzer trat er an das Lager, auf dem sich die schmale Gestalt nicht bewegt hatte.

Gerade ausgestreckt, die Hände korrekt an den Seiten des Körpers, lag Graciana auf dem Rücken, wie man es sie im Kloster gelehrt hatte. Es hatte eine Zeit gegeben, in der ihr diese erzwungene Starre Probleme bereitet hatte, aber wie alle anderen Nonnen hatte sie gelernt, sich der eisernen Disziplin zu beugen, die Mutter Elissa für unbedingt erforderlich hielt.

Kérven des Iles verharrte mitten in der Bewegung. Hätte das Mädchen die Hände gefaltet, die Illusion einer Grabfigur wäre vollkommen gewesen. Er konnte kaum erkennen, ob sie noch atmete. Völlig reglos lag sie da, das schmutzige Gesicht von fahlen Strähnen umgeben, die das erste Licht des nebeligen Morgens jeder möglichen Farbe beraubte. Auch das Antlitz selbst wirkte wie aus blassem Marmor gemeißelt. Nur der dunklere Bogen der gewölbten Brauen und die Wimpern-Halbkreise der geschlossenen Augen brachten Tiefe und Kontur in die Züge. Trotzdem war es ein einprägsames, seltsam anrührendes Antlitz.

Die hoch angesetzten Wangenknochen, die stolze gerade Nase und die üppig verführerischen Lippen hatten nichts Gewöhnliches oder Grobes. Das runde Kinn wirkte vielleicht eine Spur zu eigensinnig, und solange er die Farbe der Augen nicht erkennen konnte, hielt er sich mit einem endgültigen Urteil zurück. Dennoch rührte sie eine Saite in ihm an, die seinen Unmut dämpfte.

»Du wirst sie wecken müssen, Ludo«, befahl er seinem Knappen. »Ich möchte in einer Stunde aufbrechen. Ich habe Botschaften des Herzogs nach Rennes zu bringen, und er hat mir die Erlaubnis gegeben, in Lunaudaie nach dem Rechten zu sehen!«

Er vernahm den scharfen Atemzug des Jungen. Ludo war nicht nur sein Page, sondern auch der Sohn des Burgvogts von Lunaudaie. Sein Vater hatte im Kampf um das Lehen sein Leben eingebüßt, und Kérven hatte dem Sterbenden in die Hand versprochen, daß er Ludo zum Ritter erziehen und das Lehen zurückerobern würde.

»Nach Hause?« erkundigte sich Ludo nun mit seltsam gepreßter Stimme und räusperte sich angestrengt. »Es ist wieder unser Zuhause?«

»In der Tat!« Der Seigneur versuchte, seine eigene Befriedigung über diese Tatsache hinter knappen Worten zu verbergen. »Lunaudaie gehört uns wieder, und seine Gnaden der Herzog war außerdem so freundlich, ihm den Status einer Grafschaft zu verleihen!«

»Ihr seid Graf!« rief der Knappe begeistert und stieß einen Kriegsschrei aus, der nicht nur die Schläferin, sondern auch die Zelte ringsum zum Leben erweckte. »Wir sind jetzt Graf!«

»Zügle deinen Jubel«, rief ihn sein Herr zur Ordnung. »Ich hatte im Verlaufe der Nacht eine Botschaft geschickt, daß alles zum Aufbruch bereit sein soll, wenn ich komme.«

»Bei mir ist niemand erschienen, seitdem das Frauenzimmer gekommen ist«, verteidigte sich der Knappe ein wenig beleidigt und nahm stumm den folgenden Hagel an Befehlen in Empfang.

Verwirrt entnahm auch Graciana dieser Aufzählung, daß sie es mit einem Manne zu tun hatte, der daran gewöhnt war, daß man ihm unmittelbar und ohne Widerspruch gehorchte. Von Ludos Schrei aus einem lähmenden Schlummer gerissen, hatte sie Mühe, sich zurechtzufinden. Ihr ganzer Körper schmerzte, ihre Fußsohlen standen in Flammen, und ihre Kehle fühlte sich an, als habe sie mit dem Wind um die Wette geschrieen und verloren.

Ihre Körperwärme hatte im Verein mit den Decken ihre nassen Kleider halbwegs getrocknet, aber trotzdem lagen die Stoffe klamm und grob auf ihrer Haut. Die Bewegung, mit der sie das Mieder zurechtzog, erregte die Aufmerksamkeit des Seigneurs.

»Ah, du bist wach!«, stellte er beifällig fest und trat näher.

Graciana wußte nicht, was sie darauf sagen sollte. Sie starrte ihn aus großen Augen an. Er war der erste Ritter, den sie aus solcher Nähe zu sehen bekam, und sie fand, daß kein großer Unterschied zu den Söldnern, die Sainte Anne d'Auray zerstört hatten, zu erkennen war.

Er wirkte ebenso hünenhaft und bedrohlich wie diese Männer, auch wenn das Wams, das er trug, aus dickem Samt zu sein schien und die kniehohen Stiefel aus weichem Leder. Ob er die schwere goldene Gliederkette, welche dieses Wams schmückte, erbeutet hatte? Ihr Blick wanderte über das Juwel hinauf zu seinem Gesicht und den dunklen Augen, die sie finster betrachteten.

Eine verkrustete Schramme zog sich quer über seine linke Wange und ließ seine kantigen Züge irgendwie gefährlich wirken. Schmal aufeinander gepreßte Lippen, eine lange, gerade Nase und dunkle Brauen sorgten für einen finsteren und strengen Eindruck. So, als überlege er, wie er sich ihrer am besten entledigen konnte.

Kérven des Iles hingegen starrte in ihre Augen, als habe ihm ein unsichtbarer Feind die Faust in den Magen gerammt. Noch nie hatte er solche Augensterne gesehen. Groß, klar und von reinstem Gold. Vom dunklen Gold eines Sonnenunterganges, aber auch vom gefährlichen Gelb eines gereizten Löwen. Eine flüchtige Erinnerung machte sich in seinem Kopf bemerkbar, aber er vertrieb sie wie eine lästige Fliege. Solche Augen gab es kein zweites Mal! Gütiger Himmel, welch ein Mädchen!

»Du bist wach«, wiederholte er fasziniert.

Graciana fühlte sich ganz eigenartig unter diesem intensiven Blick. Bedroht, ohne daß sie sagen konnte, weshalb. Von einem Sog gefangen, der sie davonzutreiben drohte wie das Wasser des Mühlbaches.

Die Erinnerung an den vergangenen Abend brach den Bann. Sie schauderte, schlug die Augen nieder und schlang die Arme schutzsuchend um den Oberkörper. Sie war es nicht gewohnt, dermaßen angestarrt zu werden, und sie kam sich nackt und ausgeliefert vor ohne die schützende Haube und die hochgeschlossene Nonnentracht.

Ludo machte sich im Hintergrund an den Bündeln zu schaffen, und als er mit dem Kettenhemd des Ritters scheppernd gegen den Brustpanzer stieß, fuhr

Kérven des Iles zusammen. Eine ungewohnte Röte stieg in seine Stirn, als ihm das Bild bewußt wurde, das er abgeben mußte. Der eben ernannte Graf von Lunaudaie starrte eine Magd an, als sei sie soeben vom Himmel gefallen. Hoffentlich war Ludo entgangen, daß sein Herr sich um ein Haar lächerlich gemacht hätte. Ungerechterweise gab er dem Mädchen die Schuld daran.

»Ich schlage vor, du erhebst dich und läßt Ludo seine Arbeit machen«, sagte er leicht unwirsch. »Vielleicht kannst du mir jetzt meine Fragen beantworten. Woher kommst du, und wohin möchtest du gehen? Wie bist du in die Fänge von Cocherels Männern geraten? Gehörst du etwa zu den Marketenderinnen?«

Sein verdrießlicher Tonfall weckte Gracianas Lebensgeister schneller als jedes Mitleid. Ihr Stolz bäumte sich auf, und sie überschlug in wenigen Herzschlägen die Möglichkeiten, die ihr blieben. Die Wahrheit sagen? Zugeben, daß sie eine Novizin aus Sainte Anne d'Auray war und darum bitten, daß man sie in das nächste Kloster brachte, damit sie dort Zuflucht suchen konnte? Damit sie ein Leben lang Mutter Elissas Auftrag erfüllte, für die Seelen ihrer armen Mutter und deren stolzer Tante zu beten? Noch mehr Gebete, die nichts bewirkten?

»Hast du überhaupt einen Namen, Mädchen?« fuhr der Ritter sie an, ohne auf eine Antwort zu warten.

»Graciana!«

Immerhin das konnte sie sagen, ohne zuviel zu verraten.

»Graciana? Wahrhaftig!«

Verblüfft von dem Namen, der ihm so gar nicht zu einer Magd oder Marketenderin zu passen schien, runzelte der Seigneur die Stirn. Er hatte Rose oder Pauline erwartet, Marie oder etwas ähnlich Normales. Kein Bauer oder Handwerker taufte seine Tochter Graciana!

»Ich hab' ihn mir nicht ausgesucht«, sagte Graciana kratzbürstig. »Ebensowenig, wie ich mir mein Leben ausgesucht habe. Ich wüßte nicht, wie ich das hätte bewirken sollen!«

»Je nun!« Entwaffnet von der unverhüllten Streitsüchtigkeit, mit der sie ihm begegnete, brach Kérven des Iles in ein unerwartetes Lachen aus. »Du hast nicht nur die Augen einer Raubkatze, mir scheint, du besitzt auch das Temperament eines solchen Tieres. Erinnere dich, daß du mich um Hilfe gebeten hast!«

Beschämt versuchte Graciana sich zu mäßigen, sich an die Beherrschung zu erinnern, die man sie gelehrt hatte. Von Kindesbeinen an war sie in Schwierigkeiten geraten, wenn sie ihren stürmischen Gefühlen nachgab und ohne nachzudenken handelte.

»Verzeiht«, wisperte sie heiser und schlug die Augen nieder, wie es sich gehörte. »Ich bin Euch auch unendlich dankbar für Eure Hilfe. Aber ... es gibt niemanden mehr, zu dem ich gehen könnte. Die Söldner haben alle getötet. Ich ... ich weiß nicht, was ich tun soll. Ich bin allein auf dieser Welt ...«

Sie hob den Blick erneut, und im zunehmenden Licht des Tages entdeckte sie, daß seine Augen nicht dunkel waren, wie sie anfangs gedacht hatte, sondern von einem tiefen, reinen Blau. Auch im Dunkel seiner Haare blitzten plötzlich braune und rötliche Lichter. Sie unterdrückte den närrischen Impuls, mit den Fingerspitzen durch diese dichte, wellige Mähne zu fahren.

Der Seigneur hatte derlei Skrupel nicht. Er faßte nach einer der dichten Strähnen, die sich wie ein wirrer Mantel um Gracianas Schultern legten. Sie erinnerten ihn an die Stränge schwerer Stickseide, die seine verstorbene Mutter in ihrem Handarbeitskorb gehabt hatte. Wie die Kleine wohl aussah, wenn man sie in eine Badestube steckte und ihr vernünftige Kleider anzog?

»Komm mit uns«, sagte er aus diesen Gedanken heraus spontan. »Ich möchte wetten, daß sich in Lunaudaie oder in Rennes ein Platz für dich findet!«

Das angestrengte Hüsteln, mit dem sich Ludo über die Gepäckstücke des Seigneurs beugte, sagte jenem, daß der Knappe sehr wohl die Hintergedanken seines Herrn in dieser Sache durchschaute. Kérven warf ihm einen strengen Blick zu, und der Page wandte sich mit hochrotem Kopf ab. Dann lächelte er Graciana an, und dieses Lächeln traf sie noch unvorbereiteter als die plötzliche Freundlichkeit in seiner Stimme.

Wenn er nicht knurrte oder befahl, hatte er die melodische Stimme eines Sängers. Und auch sein Lächeln veränderte ihn völlig, und diese Verwandlung sorgte für ein merkwürdiges, sehnsüchtiges Ziehen in Gracianas Herzen.

»Habt Dank ...«, murmelte sie verlegen und griff mit beiden Händen nach dem Strohhalm, den ihr das Schicksal mit diesem Angebot reichte.

In einer Mischung aus Ahnungslosigkeit und Eigensinn beschloß sie eines: Freiwillig würde sie sich nie wieder hinter die Mauern eines Klosters begeben. Egal, was immer sie Mutter Elissa versprochen hatte. Wenn es eine Sünde war, dieses Versprechen zu brechen, so nahm sie diese Missetat ohne das geringste Zögern auf sich. Schlimmer als das, was hinter ihr lag, konnten auch die Feuer der Verdammnis nicht sein.

»Ludo, sieh nach, ob du irgendwo etwas zu essen für uns auftreiben kannst«, kommandierte der Seigneur weiter. »Und dann sorgst du dafür, daß auf einem der Wagen ein Platz für Graciana geschaffen wird. Ich nehme nicht an, daß du reiten kannst?«

Sie schüttelte den Kopf. Sie besaß eine Menge Fähigkeiten für eine junge Frau, denn Mutter Elissa schätzte keinen Müßiggang. Aber niemand war auf die Idee gekommen, sie reiten zu lehren. Das Kloster besaß ohnehin lediglich ein altes Maultier, das gehorsam schwere Lasten schleppte.

»Gut, dann …« Kérven zögerte und runzelte erneut die Stirn. Das zerrissene Mieder, der schmutzige Rock und die bloßen, zerkratzten Füße des Mädchens nahm er erst jetzt wahr. »Zum Henker, man wird mich auslachen, wenn man dich in diesen Fetzen sieht. Da, leg das über, wenn wir aufbrechen!«

»Das« war ein weiter Reiterumhang aus feinster dunkelblauer Wolle mit einer silbernen Schließe, der Graciana zwar viel zu groß war, sie aber trotzdem himmlisch warm und weich umhüllte. Sie vergrub ihre klammen Finger in den dichten Falten und legte das Kleidungsstück hastig um. Sie zog sogar die Kapuze über die Haare, sie war es nicht gewohnt, ohne Kopfbedeckung zu gehen. Danach fühlte sie sich gleich besser, und jetzt erkannte sie auch, daß das eigenartige Gefühl in ihrem Magen schlicht Hunger war.

Ehe Kérven das Zelt verließ, drehte er sich aus einem plötzlichen Impuls heraus noch einmal zu ihr um. Von der dunklen Kapuze des Umhanges umrahmt, waren nur noch Gracianas Züge zu sehen. Kostbar wie die Elfenbeinschnitzerei eines Altarbildes mit Augen aus purem Feuer. Beileibe keine Magd und keine Dirne, auch keine Marketenderin. In diesem Moment war er überzeugt, daß sie jeder Dame am Hofe des Herzogs das Wasser reichen konnte.

Welch ein Segen, daß sie nicht in diese edlen Reihen gehörte. Daß sie nur eine Magd war, die ihm gehörte. Ein Gedanke, der ihn mit zunehmender Genugtuung erfüllte und ihn dazu veranlaßte zu pfeifen, als er sich abwandte, um nach den Pferden in der Koppel zu sehen. Er konnte sich nicht daran erinnern, wann er sich zum letzten Male so intensiv für ein weibliches Wesen interessiert hatte.

»Was gaffst du so?« fuhr Ludo das regungslose Mädchen an, das zum Zelteingang sah, obwohl der Seigneur längst verschwunden war. »Du könntest ruhig ein wenig mit anpacken und nicht mir allein die ganze Arbeit überlassen. Oder hältst du dich schon für eine hohe Dame, nur weil du die Aufmerksamkeit meines Seigneurs erregt hast? Laß dir gesagt sein, daß du nicht die Einzige bist. Alle Damen am Hofe des Herzogs lieben seine blauen Augen!«

Graciana starrte den wütenden Jungen verblüfft an. Sie hatte keine Ahnung, wovon er sprach. Aber sie dachte nicht daran, sich von ihm zurechtweisen zu lassen. Ihr Stolz begann sich langsam wieder zu regen.

»Für den Pagen eines Seigneurs hast du ein reichlich loses Mundwerk«, fuhr sie ihn an und reckte das Kinn noch ein Stückchen trotziger in die Luft. »Ich bin keine hohe Dame, ich bin Graciana!«

Ludo wollte über die selbstbewußte Feststellung lachen, aber dann ließ er es bleiben. Da stand eine Drohung in den goldenen Augen, die ihn einschüchterte. Diese Graciana mochte vielleicht kein Edelfräulein sein, aber sie hatte die Autorität einer Dame.

4. Kapitel

»Hier, es ist nicht besonders viel, aber die Bäcker von Auray haben an diesem Morgen Besseres zu tun, als gefüllte Pasteten zu backen!«

Ehe Graciana antworten konnte, fiel ein zusammengeknotetes Tuch in ihren Schoß, und Kérven des Iles sprengte an ihr vorbei an die Spitze des Zuges, der sich vor dem Lager des Herzogs formiert und auf ihn gewartet hatte. Obwohl die Zeit der Frühmesse längst vorbei zu sein schien, war der Tag nicht heller geworden. Im Gegenteil, im Nebel, der vom kleinen Meer hertrieb, war jetzt die Feuchtigkeit erster Tropfen zu spüren. Der Regen würde das Schlachtfeld säubern, die letzten Feuer in der Stadt löschen und die Erde lockern, damit die Toten beerdigt werden konnten.

Der würzige Duft von Anis drang an ihre Nase. Während der Fuhrmann den schweren Wagen, der Waffen, Vorräte und rätselhafte Bündel geladen hatte, mit einem »Hüah!« in Bewegung setzte, mühte sich das junge Mädchen mit dem Knoten des Bündels ab. Sie saß in relativer Bequemlichkeit unter dem Schutz einer Plane, die man über die hohe Ladung gespannt hatte. Vor sich den Rücken des vierschrötigen Mannes, der die Zugpferde führte, hinter sich die Wintervorräte von Lunaudaie, wie Ludo auf ihre Frage hin geantwortet hatte.

Endlich gelang es ihr, das Leinentuch zu öffnen, und sie entdeckte die runden Aniskuchen, die Kérven dem Haushofmeister des Herzogs abgeschwatzt hatte. Sie waren nicht mehr frisch, aber Graciana hatte gesunde Zähne, und die süßen Gebäckstücke mundeten ihr besser als der schlichte Haferbrei, den es im Kloster als

Morgenmahlzeit gab. Sie ließ nicht das kleinste Krümelchen davon übrig, und während sie bedächtig kaute, versuchte ihr Verstand, ein wenig Ordnung in die Dinge zu bringen.

Mit einem schnellen Griff an den Saum ihres Rockes hatte sie sich noch im Zelt des Ritters vergewissert, daß sich die kostbare Perle noch immer in ihrem Besitz befand. Wertvoll genug, um die Mitgift in einem großen Kloster zu bezahlen, das hatte Mutter Elissa behauptet. Demzufolge doch sicher auch teuer genug, um das Überleben eines Mädchens außerhalb von Klostermauern zu sichern.

Doch, wie sollte sie einen möglichen Verkauf bewerkstelligen? Sie wußte nur über das Leben in Sainte Anne d'Auray Bescheid. Was sie von der Welt wußte, stammte aus den Erzählungen anderer Novizinnen. Sie hatte gehört, daß sich Mägde und Spitzenklöpplerinnen, Näherinnen und Wäscherinnen ihren Unterhalt mit der Arbeit ihrer Hände verdienten. Aber man mußte zum Gemeinwesen einer Stadt oder eines Dorfes gehören, um dort für Lohn arbeiten zu dürfen. Eine Fremde ohne Namen würde man ins Arbeitshaus stecken, und dann wäre es um ihre Freiheit erneut geschehen. Im schlimmsten Fall hielt man sie sogar für ein leichtfertiges Frauenzimmer.

Aber wenn der Ritter für sie einstand? Wenn er einen Ort kannte, wo sie in Frieden leben konnte und er für sie bürgte? Durfte sie ihm so weit vertrauen? Er mochte den Söldnern gleichen, aber sie hatte bislang nichts Böses von ihm erfahren. Im Gegenteil. Er war nicht so barsch und unfreundlich, wie er sich zuerst gegeben hatte.

Am Ende lief es darauf hinaus, daß sie ohnehin keine andere Wahl hatte. Sie mußte aus den Gegebenheiten das Beste machen. Aber wenigstens konnte sie allein entscheiden, was sie tun wollte. Ein unerhörter Luxus für jemanden, dessen Leben bisher ausschließlich von Geboten, Arbeit und Pflicht bestimmt worden war.

Von den schweren Fuhrwerken behindert, kam der Troß des Grafen an diesem ersten Tag nur bis zur Burg von Josselin. Da sich unter den Botschaften, die Kérven des Iles beförderte, auch ein Brief des Schloßherren Olivier de Clisson an seine Braut Marguerite de Rohan befand, die diese Burg für ihn hielt, wurde der Seigneur in den Mauern der Festung herzlich willkommen geheißen.

Graciana bekam nur aus der Ferne mit, wie der Ritter das Knie vor einer Dame beugte, die ein wunderschönes Gewand aus dunkelrotem, pelzgesäumtem Samt und eine beeindruckende Spitzenhaube trug. Sie hatte Mühe, dem schnellen Schritt Ludos zu folgen, der sie in das Gemach seines Herrn brachte, das eben von kichernden Mägden vorbereitet wurde. Sie streuten duftende Kräuter über das frische Stroh, das den schweren Steinboden bedeckte, und die Laken auf dem mächtigen Kastenbett schimmerten in blendendem Weiß.

Ludo beaufsichtigte die Vorbereitungen mit der Miene eines Menschen, der sich seiner Wichtigkeit überaus bewußt ist. Er nahm gnädig zur Kenntnis, daß dic Knechte mit dem Badewasser für seinen Herrn unterwegs waren, und scheuchte die Mädchen hinaus. Graciana floh in die Fensternische, wo sie sich vorsichtig auf einem bestickten Polster niederließ, das dort bereitlag. Bis zur Kinnspitze in ihren Mantel gehüllt, saß sie da und wartete.

Sie fragte sich ratlos, was von ihr erwartet wurde,

als sich die schnellen Schritte des Seigneurs näherten und Ludo zur halbrunden Tür stürzte, um sie vor seinem Herrn aufzureißen.

»Gut!« stellte Kérven des Iles nach einem schnellen Blick in die Runde fest. »Man könnte in Versuchung kommen, den Herrn de Clisson um diese Eheschließung zu beneiden. Welch ein wohl geführter Haushalt – oder was meinst du dazu, meine goldäugige Schöne?«

Graciana blieb stumm, denn sie bezog seine Worte nicht auf sich. Sie hatte ihr Gesicht selbst nur als verschwommene Spiegelung in einer Waschschüssel gesehen; männliche Bewunderung war ihr unbekannt. Noch nie in ihrem Leben hatte jemand sie »schön« genannt.

Ehe der Seigneur jedoch ungehalten werden konnte, kratzte es an der Tür, und zwei Knechte schleppten eine mächtige, kupferne Sitzwanne in das Gemach. Ihnen folgte eine Reihe weiterer Lakaien, die Eimer mit dampfendem Wasser herbeischleppten. Eine üppige Magd, deren gewaltige Brüste kaum von ihrem Mieder gebändigt wurden, brachte Tücher und Seifentiegel. Sie schien durchaus bereit, dem gut aussehenden Gast bei seinem Bade behilflich zu sein, wie es sich gehörte, aber Ludo scheuchte sie in seiner ganzen Bedeutsamkeit davon.

»Mein Herr benötigt dich nicht«, erklärte er hochnäsig und hoffte inständig, daß diese Tatsache auch für ihn selbst zutraf.

Sein Magen knurrte, und er wollte rechtzeitig zum Mahl in der Halle sein, damit er noch seinen Teil von den Köstlichkeiten abbekam, die dort mit Sicherheit zu Ehren der Gäste serviert werden würden. Da ihm selbst kein Badezuber gebracht wurde, würde er zuvor noch das Badehaus der Burg aufsuchen müssen, und so war es ihm wichtig, keine Zeit zu verlieren. Kérven des Iles warf ihm einen verständnisvollen Blick zu und löste sein schweres Schwertgehänge, nachdem er den Umhang abgelegt hatte.

»Ich brauche dich im Moment nicht mehr, Ludo. Kümmere dich um dein eigenes Quartier und sieh zu, daß du ordentlich etwas in den Magen bekommst!«

Graciana sah sein Grinsen, als er dem Jungen nachschaute, der mit der Geschwindigkeit eines Kugelblitzes aus dem Zimmer sauste. Dieser Ritter hatte wahrhaftig die verschiedensten Gesichter. Kaum glaubte man, ihn ein wenig zu kennen, zeigte er sich schon als ein ganz anderer.

Jetzt wandte er sich indes wieder zu ihr und präsentierte ihr ein nachdenkliches, versonnenes Antlitz, was sie vage verunsicherte, obwohl seine Worte freundlich klangen.

»Mir will scheinen, daß dir ein wenig warmes Wasser auch nicht schaden könnte, Kleines! Vielleicht sollte ich dir den Vortritt in diesem Zuber lassen!«

»Baden? Hier?«

Die absolute Fassungslosigkeit, mit der Graciana dieses Angebot von sich wies, brachte ihn noch einmal zum Lachen.

»Soll ich mir nun aussuchen, ob dein Widerstreben der Tatsache der Reinigung oder meiner Person gilt?« erkundigte er sich mit einem Funkeln in den Augen, was Graciana erst recht verlegen machte.

»Ich wollte Euch nicht beleidigen«, entgegnete sie tapfer. »Aber ich bin es gewohnt, mich mit dem Wasser aus dem Brunnen zu waschen.«

»Wie bescheiden«, spottete der Seigneur und verbarg seine Verblüffung.

Irgendwie hatte er trotz allem nicht damit gerechnet, daß Graciana aus so einfachen, bäuerlichen Verhältnissen stammte. Die stolze Selbstsicherheit, die von ihr ausging, paßte nicht zu einem schlichten Bauernmädchen. Möglicherweise war sie der Bastard eines hohen Herrn. Es gab genügend Ritter, die sich nicht darum kümmerten, ob sie eine Magd schwängerten, wenn sie das arme Ding gebrauchten.

Kaum hatte er diese Erklärung gefunden, entdeckte er das sehnsüchtige Verlangen, mit dem sie den dampfenden Zuber betrachtete. Ihm selbst war es völlig egal, ob er sich hier reinigte oder wie sein Knappe das Badehaus benutzte, das für alle Burgbewohner zugänglich war. Es gefiel ihm, ihr diesen Gefallen zu tun, und er gestand sich ein, daß er zu gerne wüßte, wie sie aussah, wenn sie lächelte.

»Nun denn …« Seine Bewegung umfaßte das Gemach, in dessen Kamin inzwischen ein wärmendes Feuer brannte, und den dampfenden Zuber davor. »Bediene dich, meine Schöne! Wer weiß, wann ich dir wieder solchen Luxus bieten kann. Ich befürchte, Lunaudaie ist nicht mit der Burg von Josselin zu vergleichen. Es war lange Zeit belagert und besetzt, sicher wurde vieles zerstört.«

»Aber ich …« Graciana richtete ihre Worte an die geschlossene Tür. Der Seigneur war einwandfrei ein Mann schneller Entschlüsse und schneller Taten. Er war fort, ehe sie protestieren konnte.

Sie holte einmal tief Luft und erhob sich dann langsam. Sie trat vorsichtig an das hohe, glänzende Kupferschaff, das jetzt zur Hälfte mit dampfendem Wasser gefüllt war. Sie streckte die Fingerspitzen aus und tauchte sie in wohlig warmes Wasser. Wie herrlich!

Auf einem Hocker daneben hatte die Magd die

Tücher ausgebreitet und Töpfe mit den verschiedensten Essenzen bereit gestellt. Lavendel- und Wacholderdüfte umschmeichelten Gracianas Nase, in einem Steingefäß fand sich angerührtes Seifenpulver, und sie konnte der Versuchung nicht länger widerstehen.

Sie warf einen zögernden Blick zur Türe. Es gab keinen Riegel, aber wer sollte sie schon schelten, daß sie das Angebot des Seigneurs annahm? Im Nu löste sie die Schnüre des Mieders und des Rocks, zögerte jedoch beim Hemd. Es gehörte sich nicht, dieses letzte Kleidungsstück abzulegen, und die Nonnen wuschen sich normalerweise im Schutze ihres Hemdes. Aber sie war keine Nonne mehr! Es graute ihr davor, mit diesem schmutzigen, zerrissenen Hemd in das herrliche Wasser zu tauchen. Kurz entschlossen streifte sie es ab und stieg so schnell über die hohe Kante des Badezubers, als könne sie damit den Anblick der eigenen nackten Haut vor sich selbst verbergen.

Mit halb angezogenen Knien tauchte sie bis zum Hals in den himmlisch warmen Genuß. Ihre zahllosen Kratz- und Schürfwunden brannten im ersten Augenblick, aber das waren Kleinigkeiten im Vergleich zu dem unbeschreiblichen Wohlgefühl, das nach und nach durch ihren Körper zog. Vorsichtig streckte sie die Hand nach dem Lavendelfläschchen aus und goß eine sparsam bemessene Portion in das Wasser. Der Duft war himmlisch, und ehe sie darüber nachdachte, hatte sie gut die Hälfte der Essenz nachgegossen.

Von den betäubenden Lavendeldüften umweht, lehnte Graciana geraume Zeit einfach nur mit halb geschlossenen Lidern an der Wand des Zubers und genoß die Wonne dieses nie gekannten Behagens. Niemals in ihrem ganzen Dasein hatte sie so etwas empfunden. Schmeichelnde Wärme, Entspannung, angenehme Düfte und die Möglichkeit, nur den eigenen, angenehmen Empfindungen nachzuhorchen. Um sie herum schwammen ihre nassen langen Haare wie Schlingpflanzen in einem Teich, und in das Öl auf der Wasseroberfläche mischten sich bereits die unverkennbaren Spuren von Schmutz.

Halb bedauernd, halb pflichtbewußt, setzte sie sich irgendwann auf und griff nach der Seifenschale. Sie massierte die Flüssigkeit in ihre feuchten Haare, rubbelte sich von Kopf bis Fuß damit ab und spülte die letzten Seifenreste mit einem Eimer warmen Wassers ab, der neben dem Badezuber für diesen Zweck bereitstand. Dann stieg sie aus dem Wasser und hatte sich gerade in eines der weichen Tücher gehüllt, als sich die Tür öffnete. Mit einem erschreckten Aufschrei erstarrte sie mitten in der Bewegung.

Kérven des Iles, dessen Haare noch dunkel und feucht vom Bad schimmerten und der in einem frischen Hemd und einem grünsamtenem Wams vor ihr stand, blieb ebenfalls wie gebannt stehen. Zu reizvoll war das Bild, das sich ihm bot.

Anders als Graciana fing er sich jedoch schnell wieder. Sie war zu unerfahren, um das Glitzern in seinen Augen deuten zu können, aber ihre feinen Sinne warnten sie dennoch vor einer unbekannten Gefahr. Sie wich zurück, stieß aber mit den Kniekehlen gegen den Rand des Zubers, der genau hinter ihr stand. Sie taumelte, drohte zu fallen und fand sich in den Armen des Seigneurs, ehe sie auch nur bemerkt hatte, daß er sich in Bewegung gesetzt hatte.

»Ich bitte Euch, laßt mich«, rief sie bestürzt. »Ihr habt mir erlaubt, dieses Bad zu benützen. Ich habe nichts Unrechtes getan ...«

»Niemand behauptet das, und ich am allerwenigsten, meine Schöne«, raunte er mit einer Stimme, die sich wie beruhigender, dunkler Samt auf Gracianas vibrierende Nerven legte. »Ich mache dir keine Vorwürfe. Ganz im Gegenteil ...«

Graciana vermochte sich nicht gegen seinen Griff zu wehren, ohne das Tuch loszulassen, das ihren einzigen Schutz bildete. Ihr Atem ging heftig, doch der Seigneur schien weder ihre Panik noch ihr Widerstreben zu bemerken, so sehr faszinierte ihn der Anblick der rosig überhauchten, seidig zarten Haut, von der er so viel zu sehen bekam. Schließlich schüttelte er den Kopf.

»All das hast du unter diesen Lumpen versteckt? Bei Gott, es sieht so aus, als hätte mir dieser Feldzug eine Kostbarkeit geschenkt, mit der ich gar nicht gerechnet habe!«

»Lästert nicht den Herrn«, beschwerte sich Graciana unwillkürlich, aber es fiel ihr schwer, in den anerzogenen, frommen Bahnen zu denken. Würde Mutter Elissa sie so sehen, sie bekäme sicherlich einen Schreikrampf!

Es kam ihr vor, als spüre sie ihr Blut schneller durch die Adern rauschen, als habe sie mit dem Schmutz auch eine wichtige Schutzschicht verloren. Wo seine Hände ihre Haut berührten, schien sie zu brennen, während gleichzeitig ihre Knochen zu Wasser zu werden drohten. Wenn er sie losließ, wie sie es verlangte, würde sie hilflos in sich zusammensinken.

»Schscht!« sagte cr beruhigend. »Du brauchst keine Angst vor mir zu haben. Man hat dir übel mitgespielt, aber bei mir bist du in Sicherheit. Nicht alle Männer sind grob und brutal!«

Graciana nahm wahr, daß er nach frischer Minze und grünem Moos duftete, daß er sich glatt rasiert hatte und die schlimme Schramme auf seiner Wange in erster Linie verschorftes Blut und verklebter Schweiß gewesen sein mußten. Nun zog sich lediglich eine rötliche Spur bis zur Schläfe, die vermutlich binnen kurzem zu einer kaum sichtbaren Narbe verblassen würde.

»Komm, meine Kleine, wehr dich nicht länger gegen mich! Du willst es doch auch, ich kann es in deinen Augen lesen!«

Graciana hatte keine Ahnung, wovon er sprach. Sie wußte nicht mehr, was sie denken oder fühlen sollte. Sie hörte das eigene Blut in den Adern rauschen, und ihr Herz raste, als sei sie zu lange und zuviel gerannt. Ihr war heiß und kalt zugleich, seltsame Schauer rieselten mit Spinnenfingern ihr Rückgrat hinab.

Kérven tauchte in den Goldglanz ihrer riesigen Kinderaugen wie in eine Sonne. Von der faszinierenden Klarheit dieses Blicks gefangen, gab er es auf, Fragen zu stellen. Er wußte nur eines, er begehrte dieses Mädchen. Er kam fast um vor plötzlichem Verlangen. Er vergaß seinen Hunger, seine Müdigkeit, seine schmerzenden Knochen und die Gebote der Gastfreundschaft, die seine Anwesenheit in der großen Halle erforderten.

Gracianas erschreckter Seufzer erstickte unter einem Kuß, der sie in ihrer Unerfahrenheit wie eine Brandfackel entzündete. Der zärtlich überredende Mund, der den ihren liebkoste, weckte eine Fülle von ungekannten Gefühlen in ihr. Niemand hatte sie je auf den Mund geküßt! Sogar Mutter Elissa hatte zum Abschied lediglich ihre kühlen, wächsernen Lippen auf ihre Stirn gelegt. Eine unpersönliche, zeremonielle Geste, die nicht mit diesem Kuß zu vergleichen war!

Etwas in ihr drängte sie, diese Zärtlichkeit hinauszuzögern, zu verlängern, den Genuß zu steigern. Ihre schüchterne Erwiderung war alles, was Kérven an Aufforderung nötig hatte. Er schmeckte nach dem Malvasier, den ihm die Dame de Rohan zum Willkommen kredenzt hatte. Graciana klammerte sich haltsuchend an seine Schultern und vergaß das Leinentuch, ihre Nacktheit und die Welt um sich herum.

»Mein entzückender Schatz«, murmelte der Seigneur schweratmend und hielt sie für einen Moment von sich ab, damit er die verführerische Pracht des grazilen Körpers in seiner ganzen Schönheit betrachten konnte.

Graciana war groß für eine Frau. Nur einen halben Kopf kleiner als der Ritter, der seine Kampfgefährten meist überragte. Sie hatte lange, schlanke Beine; die wohlgerundeten Hüften verengten sich zu einer hinreißend zerbrechlichen Taille. Überraschend volle, hohe Brüste, gekrönt von rosig kleinen Spitzen, erhoben sich in makelloser Rundung zwischen den schmalen Schultern.

»Wie schön du bist!« raunte Kérven bewundernd. »Schenk dich mir, meine Kleine, und du wirst es nicht bereuen! Vertrau dich mir an!«

Graciana erschauerte unter seinen Blicken. Ihre Brustspitzen verhärteten sich, ein sehnsuchtsvolles Ziehen erfaßte ihren ganzen Leib. Es war Sünde, sich nackt diesen Blicken auszusetzen, aber wenn es eine Schandtat war, dann war dies ein höchst lustvolles, wunderbares Laster!

»Komm, laß uns keine Zeit verlieren«, drängte Kérven und schob sie sacht in Richtung des mächtigen Alkovens, dessen schützende Vorhänge auf der Feuerseite zurückgeschlagen waren.

Graciana spürte das Stroh und die Kräuter unter ihren empfindlichen Fußsohlen und zuckte zusammen. Kérven bemerkte es und hob sie mit einem einzigen Schwung auf seine Arme, dann legte er sie zärtlich zwischen die kühlen, duftenden Laken des Betts.

Zwischen Scham und Verwunderung hin- und hergerissen, schloß sie die Augen und riß sie mit einem Ruck wieder auf, als seine Hände ihre Brüste umfaßten und sacht streichelten.

»Was …?«

»Schschsch!« wiederholte er und küßte eine jener wundervollen rosig harten Spitzen, die sich gegen seine Handflächen drückten. »Sag nichts, es ist alles gut. Ich werde dir nicht weh tun, ich verspreche es dir. Vergiß einfach, was du bisher erlebt hast! Die Liebe kann wundervoll sein …«

Aber es tat trotzdem weh. Obwohl – es war kein richtiger, schlimmer Schmerz, den Graciana irgendwie einordnen konnte. Es war etwas, das alle Nervenenden zusammenzog und empfindlich machte. Wo seine Hände ihre Haut berührten, rieselte pures Feuer durch die Adern. Sie konnte nicht mehr denken, nicht mehr sprechen, nur noch fühlen. Ausschließlich auf das Spiel seiner Zunge um ihre Brustwarzen konzentriert, begriff sie nicht einmal, daß die leisen Seufzer, die sie hörte, von ihr selbst kamen.

Die unverhüllte Hingabe an seine Liebkosungen bestärkten Kérven des Iles weiter in dem Glauben, daß er es mit einer der zärtlichen Damen zu tun hatte, die eine jede Truppe begleiteten. Diese hier war noch nicht sehr erfahren in dem Spiel, die Männer zu reizen, aber das verlieh ihr gerade jene faszinierende Mischung von absoluter Unschuld und natürlicher Leidenschaft, die ihn so völlig um den Verstand brachte. Der Herzog hatte es wahrhaftig gut mit ihm gemeint, als er ihn auswählte, in jener Nacht zur Mühle von Auray zu gehen.

Graciana wand sich unter den erstaunlichen Zärtlichkeiten. Ihre Haut wurde unter Küssen und liebkosenden Fingerspitzen lebendig. Sie hatte nicht gewußt, daß sie so viel mehr als nur Kälte oder Wärme fühlen konnte. Sie kannte bloß unbehagliches Frösteln und das Kratzen kühler, einfacher Kleidungsstücke. Im schlimmsten Fall sogar das schreckliche, härene Hemd, mit dem Mutter Elissa ihre Nonnen für die Sünde der Eitelkeit zu strafen pflegte. Einmal hatte sie es tragen müssen, weil Schwester Adela sie dabei ertappt hatte, wie sie ihr Spiegelbild auf der Wasserfläche des Brunnens betrachtet hatte.

Die Erinnerung an Schwester Adela holte sie unsanft in die Wirklichkeit zurück. Was tat sie hier? Würde sie auch so enden wie die Stickerin? Nackt, mit gebrochenen Augen auf bloßer Erde?

Kérven spürte ihr angstvolles Zurückweichen und löste seinen Mund von ihrer einen Brust. Er zog Graciana eng an sich und streichelte beruhigend ihren Rücken, dann glitt seine Hand zu ihrem Po, obwohl Kérven nichts lieber getan hätte, als sich in heißer Leidenschaft in sie zu versenken, nahm er sich Zeit, diesen Rückzug mit sanften Worten und zärtlichen Händen aufzuhalten.

»Du sollst keine Angst vor mir haben!« raunte er und zog sie eng an sich. »Man sagt mir nach, daß ich einer Frau sehr wohl Lust schenken kann! Ich verspreche dir, daß du es mögen wirst!«

Lust? Graciana bemerkte erstaunt, daß ihr Kopf und ihr Körper sehr wohl zwei verschiedene Dinge wünschen konnten. Ihre Vernunft forderte in höchstem Schrecken, diesem Mann Einhalt zu gebieten! Ihr Körper hingegen fieberte nach seinen Berührungen, nach seiner Gegenwart. Nach einer Steigerung, die sie nicht benennen konnte, die sie aber erhalten mußte, sonst würde sie die Sehnsucht danach nicht länger ertragen können.

Kérven las beides in ihren Augen, und er zog seine eigenen Schlüsse daraus. Wie wundervoll, daß er sie gefunden hatte, ehe ihre liederliche Profession die letzten Reste natürlicher Scheu bei ihr vernichten konnte. Ehe sie abgebrüht und hart wurde. Welches schlimme Schicksal mochte sie dazu gezwungen haben, sich in diesem Krieg selbst zu verkaufen!

Graciana spürte, daß er sich von ihr zurückzog, und sie wußte nicht einmal, ob sie darüber traurig oder froh sein sollte. Ihr Blut pochte, und sie bewegte sich unruhig auf dem schneeweißen Leintuch. Durch den dichten Schleier ihrer Wimpern sah sie, wie er das Wams hastig über den Kopf zog und an den Schnüren seiner Beinkleider nestelte.

»Oooh ...«

Unwillkürlich hatte sie diesen Laut ausgestoßen, als er sich umdrehte – und sie zum ersten Mal in ihrem Leben einen nackten Mann sah. Ängstlich wich sie zum Kopfende des Alkovens zurück, sah sich nach einem Fluchtweg um und fand sich von seinem jungenhaften Lachen auf dem Fleck festgenagelt.

»Du wirst doch nicht ausgerechnet jetzt davonlaufen wollen, meine Schöne?« fragte er sie amüsiert.

Graciana beging den Fehler, in seine Augen zu sehen. Sie bannten sie sicherer an ihren Platz als alle Fesseln der Welt. So endlos tief und blau mußte das Meer sein, das die Bretagne an drei Seiten umgab und das sie nur vom Hörensagen kannte, aus den Büchern und Berichten, die Mutter Elissa für geeignet gehalten hatte, um den Geist eines frommen jungen Mädchens zu bilden.

Man konnte in diesem Meer ertrinken, so wie sie in seinem tiefblauen, strahlenden Blick ertrank, der sie wärmte, verlockte und ihr das verblüffende Gefühl schenkte, daß sie für ihn wichtig war. So wichtig, daß sie sich gehorsam in seine Arme schmiegte und sich gegen den warmen, harten Leib drängte, der zugleich Stärke und Schutz versprach und ihr die Illusion vermittelte, daß sie für immer einen Platz gefunden hatte, der nur ihr allein gehörte.

»Komm, meine Kleine, öffne dich für mich …«, raunte er ihr ins Ohr, und seine Stimme klang seltsam rauh dabei. Während er sprach, berührte er sacht ihre Oberschenkel.

Graciana errötete. Ganz sicher schickte es sich nicht, was er mit ihr machte – und ganz sicher schickte es sich noch weniger, wie er sie nun berührte.

Sein Finger glitt in das Tal zwischen ihren Schenkeln und suchte einen Weg, von dem sie nicht geahnt hatte, daß es ihn gab.

»Was tut Ihr?« wisperte sie fassungslos. »Ihr dürft nicht …«, doch es waren so unglaubliche Gefühle, die er in ihr weckte, daß sie sich an seinen Schultern festklammern mußte.

Es war ein Locken, ein Streicheln, ein Liebkosen, und dann spürte sie seinen Finger in sich. Unwillkürlich bog sie sich Kérven entgegen, völlig hingerissen von diesem unglaublichen Gefühl, das sich in ihr aufbaute.

»Ich glaube, ich kann nicht mehr länger warten«, hörte sie ihn sagen, doch sie nahm seine Worte kaum war.

Sie stieß einen kleinen Protestlaut aus, als er seinen Finger zurückzog, doch gleich darauf wurde die Leere von etwas anderem ausgefüllt. Sie stöhnte auf vor Lust und Verlangen, wünschte sich eine Erfüllung, von der sie nicht wußte, wie sie sie bekommen sollte.

Kérvens Bewegungen wurden heftiger, und plötzlich stieß Graciana einen Schrei aus, als sie einen kurzen, scharfen Schmerz verspürte.

»Entspann dich«, flüsterte Kérven ihr zu, als sie sich unwillkürlich verkrampfte, und er küßte und streichelte sie so lange, bis sie nachgab. Er nahm den alten Rhythmus wieder auf, und es dauerte nicht lange, bis er den Höhepunkt erreichte.

Was Graciana am meisten ärgerte, war, daß auch sie gerade etwas ganz Unglaubliches erlebt hatte. Etwas so Schönes, daß sie es immer wieder erleben wollte.

5. Kapitel

»Es tut mir leid, ich konnte nun wirklich nicht ahnen, daß du noch Jungfrau bist!«

Leicht gereizt sah Kérven auf das stumme Mädchen hinab, das sein Gesicht in den Kissen vergraben hatte und ihm trotzig Schultern und den Rücken zuwandte. Daß sie nicht weinte, machte das Ganze irgendwie noch schlimmer.

»Ihr habt mir versprochen, daß Ihr mir nicht weh tun werdet!« beschwerte sich Graciana mit erstickter Stimme.

»Je nun ...« Verlegen suchte der Seigneur nach den richtigen Worten. In einer solchen Situation hatte er sich noch nie befunden. »Ich bin davon ausgegangen, daß du schon einmal ... Ich dachte ... Du lieber Himmel, eine Frau, die mit der Truppe durch die Lande zieht!«

Verärgert über die eigene Unfähigkeit, sich auszudrücken, wählte er genau die falschen Worte. »Ich nahm an, daß du eine der Lagerdirnen bist, weil du gesagt hast, daß du nicht aus Auray bist. Wie hätte ich denn auch ahnen können, daß sich eine unberührte Jungfer in die Gesellschaft dieser Kerle begeben hat!«

»Denkt Ihr, daß ich mir diese Gesellschaft ausgesucht habe?« Graciana nahm Zuflucht zu dem einzigen, was ihr noch blieb: zu ihrem Stolz. »Ich war gefesselt, und ich bin ihnen entflohen!«

»Ehrbare Jungfrauen laufen gemeinhin auch nicht allein durch die Lande und drängen sich unbekannten Rittern auf!« warf er ihr entrüstet vor.

Graciana war nicht dumm. Sie begriff sehr wohl, daß er sich bemühte, ihr die Schuld an dem, was vorgefallen war, in die Schuhe zu schieben, damit sie ihm keine weiteren Vorwürfe machen konnte. Oh, er war wirklich nicht besser als die Söldner ihres schurkischen Vaters!

»Wollt Ihr mir auf diese Weise zu verstehen geben, daß ich selbst an dem schuld bin, was mir passiert ist? Gütiger Himmel, was ist das für eine Welt, in der ein Mädchen den Männern ausgeliefert ist, ohne daß sie sich gegen ihre Wünsche wehren kann?«

»Hüte deine Zunge, Mädchen!« rief Kérven entrüstet. Ohnehin mit einem stürmischen Temperament gesegnet, fand er empörend, daß sie ihn mit den Kerlen im Lager auf eine Stufe stellte.

»Wenn ich nicht schweige, was werdet Ihr dann mit mir machen? Mich schlagen? Mir erneut weh tun? Mich töten? Nur zu, Messire! Trefft Eure Entscheidung!«

Graciana war so wütend, daß sie sich in den ersten richtigen Streit ihres Lebens stürzte. In Sainte Anne hatte es keine Auseinandersetzungen gegeben, die ihr Talent für einen solchen Zeitvertreib gefördert hätten. Konflikte erledigten sich durch strikten Gehorsam. Aber diesem Mann hier, der sie verführt hatte, schuldete sie keinen Gehorsam!

Kérven, der zum ersten Mal erlebte, daß ihn eine seiner Liebsten wie eine wütende Katze anfauchte, reagierte ebenfalls instinktiv. Er ergriff die Flucht. Er stürzte sich förmlich in seine Kleider, während ihn Graciana mit wütenden Blicken bedachte und nun wieder trotzig schwieg. Hastig fuhr er sich durch die zerzausten Haare und lief zur Tür.

»Ich werde dir eine Magd schicken, die sich um dich kümmert und dir zu essen bringt«, knurrte er leicht. Dieses Mädchen weckte wirklich die widersprüchlichsten Gefühle in ihm.

Einen Moment lang zögerte er. Sollte er sich vielleicht doch entschuldigen? Doch, der flammende Blick aus den goldenen Augen, der ihn vermutlich zu Asche verbrennen würde, wenn er ihm noch länger ausgesetzt war, riet ihm, davon Abstand zu nehmen. Es war geschehen, weshalb noch groß darüber lamentieren?

Sie war schließlich kein Edelfräulein, das nun entehrt und um jede Heiratsmöglichkeit gebracht war, vor den Scherben seiner Zukunft stand und nur noch ins Kloster gehen konnte. Sie war eine Magd. Sie konnte von Glück sagen, daß er Gefallen an ihr gefunden hatte. Zumindest, wenn sie sich in etwas anschmiegsamerer Laune befand.

Graciana schnappte entrüstet nach Luft, als er tatsächlich aus dem Raum eilte, ohne ihr mehr als ein: »Gehab dich wohl!« zuzurufen.

Sie griff mit zitternden Fingern nach der Decke und hüllte sich darin ein.

Was hatte sie getan? Aber sie wußte es nur zu gut. Sie hatte ein endgültiges, unverrückbares Hindernis zwischen Mutter Elissas Pläne und ihre eigenen Wünsche gesetzt! Weshalb im Namen aller Heiligen?

Es kam ihr vor, als habe die schimmernde Perle aus dem Kreuz von Ys einen höchst unheilvollen Einfluß auf ihre Existenz genommen. Seit sie das Juwel bei sich trug, war nichts mehr so wie früher.

»Der Seigneur sagt, du sollst essen! Hier sind auch Kleider für dich. Ich hoffe, du bist dir nicht zu fein, die abgelegten Gewänder von Dame Jolanthe zu tragen. Sie sind dir vermutlich zu weit, aber sie ist die einzige, deren Röcke wenigstens deine Knöchel bedecken!«

Graciana fuhr hoch und hielt das Laken vor ihren

nackten Körper. Eine gutgelaunte, nicht mehr ganz junge Dienerin stand vor dem Alkoven, die Fäuste in die Hüften gestemmt, sie war in schwarzen Barchent und eine Leinenhaube gekleidet. Aus ihrem runden Gesicht blitzten neugierige, hellblaue Augen. Ihre ganze Haltung drückte eine gewisse Autorität aus. Sie war es offensichtlich gewohnt, widerspenstige Mädchen zur Arbeit anzuhalten.

Graciana schluckte. Sie mußte sich erst räuspern, denn sie traute ihrer eigenen Stimme nicht, und ihr Dank klang kaum hörbar. Die Frau runzelte die Stirn.

»Hat er dich etwa geschlagen?«

»Aber nein!« Graciana fuhr auf. Ihre Gefühle für Kérven des Iles mochten höchst gemischt sein, aber trotz allem wollte sie nicht, daß man ihn in dieser Burg, in der er zu Gast war, für einen Barbaren hielt. »Wie kommt Ihr darauf?«

»Hat dir noch niemand gesagt, daß man in deinem Gesicht lesen kann, Mädchen?« Die Dienerin ließ ihre Arme sinken und deutete dann mit einer Kopfbewegung auf ein Tablett, das auf dem Tisch stand. »Du solltest essen. Ein voller Magen hilft unsereinem über vieles hinweg!«

Graciana versuchte, das Laken um sich zu drapieren, als sie aufstand. Mit ihrem scharfen Blick hatte die Dienerin, kaum daß Graciana sich erhob, die verräterischen Zeichen auf dem Bett erkannt.

»Das erste Mal? Tsts ... mein armes Lämmchen!« murmelte sie mitfühlend und schüttelte den Kopf. »Kein Wunder, daß du dreinschaust, als hätte man dich dem Henker überantwortet. Versteh einer die Männer und erst recht die hohen Herren. Man könnte meinen, sie halten einfache Mädchen für Freiwild ...«

Graciana begriff, daß die Frau gar keine Antwort

von ihr erwartete, denn die Dienerin redete unentwegt weiter. Sie kümmerte sich um alles.

»Hier, wasch dich zuerst«, riet sie und schubste Graciana zum vergessenen Badezuber. »Das Wasser wird kalt sein, aber danach fühlst du dich besser. Hoffentlich läßt dich der Seigneur jetzt erst einmal eine Weile in Frieden. So ... und jetzt das Hemd ...«

Graciana schlüpfte gehorsam in ein weiches Leinenhemd, das vom vielen Waschen schon dünn war, aber dennoch seidenweich und wundervoll sanft über ihren Körper glitt. Ihre gute Fee zupfte mit energischen Fingern die Schulternähte zurecht und schloß die Kordeln über den Brüsten. Die weiten Ärmel hatten ebenfalls einen Bandverschluß.

»Meine Güte, deine Haare sehen aus, als wären sie noch nie mit einem Kamm in Berührung gekommen«, fuhr sie dann fort und betrachtete mißbilligend Gracianas zerzauste Locken. »Iß jetzt, ich werde mich inzwischen um deine Haare kümmern ...«

Zögernd nahm Graciana auf dem gepolsterten Hocker Platz und griff nach den Gebäckstücken, die auf einen hölzernen Teller gehäuft waren und verlockend dufteten. Daneben gab es Scheiben kalten Fleisches, ein knusprig gebratenes Hühnerbein, eingelegte Heringe und einen Teller mit wundervollen hellgrünen Weintrauben. Für die Verhältnisse von Josselin ein höchst bescheidener Imbiß, aber Graciana hatte noch nie so viele Köstlichkeiten auf einem Fleck gesehen und schon gar nicht probiert.

Die Gebäckstücke entpuppten sich als köstlich gefüllte Pasteten, unter deren dünner Teighülle sich gehacktes Fleisch, gemischte Kräuter und frische Nüsse verbargen. Sie aß mit winzigen Bissen, um den Genuß, so lange es ging, hinauszuzögern, obwohl mit jedem Bissen ihr Hunger größer wurde. Gab es Menschen, die dergleichen jeden Tag aßen?

»Greif zu«, ermunterte die freundliche Dienerin sie, die sich über ihre Bescheidenheit wunderte. »Wenn es nicht reicht, kann ich jederzeit noch etwas für dich holen. Dame Marguerite ist eine strenge, aber sehr gütige Herrin. Sie achtet darauf, daß auch die Dienerschaft gut ernährt wird, denn sie sagt, daß nur ein fröhlicher Mensch auch seine Arbeit vernünftig tun kann!«

Graciana vernahm staunend, daß es überhaupt so etwas wie Lebensfreude gab. Die gleichmäßigen Bürstenstriche und das freundliche Geplauder der Dienerin beruhigten sie, versetzten sie in einen fast schon schläfrigen Zustand.

»Was für wundervolle Haare du hast«, hörte sie die Frau staunend sagen. »Sie fühlen sich an wie lebendige Seide. Sogar unsere Herrin würde dich um diesen üppigen Schmuck beneiden!«

Ihr Haar ein Schmuck? Graciana hatte es bisher ausschließlich als Last betrachtet. Als Ärgernis, das sich ständig wieder befreien wollte, wenn man es zu strengen Zöpfen flocht und unter der Haube feststecken wollte. Als Opfer, das man vor den Altar legte, ehe man den Schleier nahm. Die Vorstellung, daß es eines Tages abgeschnitten werden würde, hatte sie dennoch immer gestört.

Jetzt kam es ihr vor, als sei es eine federleichte Wolke, die ihre eigene Haut streichelte, wo die Strähnen über ein Stück bloße Schulter glitten. Unwillkürlich schaute sie zur Seite und sah, daß das Licht der Kerzenflammen Reflexe in ihr Haar setzte.

Es sah hübsch aus, und bei diesem Gedanken setzte sofort wieder das schlechte Gewissen ein. Die Sünde törichter Eitelkeit. Es tat nicht gut, der eigenen Erscheinung zuviel Aufmerksamkeit zu schenken. Mutter Elissa …

Nein, Mutter Elissas Stimme würde sie nie wieder hören. Ihre Tante – wie neu und seltsam dieser Gedanke doch war! – hatte mit Sicherheit in den Mauern von Sainte Anne den Tod gefunden. Die strenge Äbtissin konnte sie nicht mehr für ihre leichtsinnigen Verfehlungen rügen. Sie würde ihr nie wieder eine Buße auferlegen. Nie wieder mußte sie fünfzigmal hintereinander den Rosenkranz beten und auf Kieselsteinen knien, um für eine der vielen kleinen Sünden zu büßen, die ihr gar nicht bewußt geworden waren.

»Probier von den Trauben!« riet ihr die Dienerin und rückte die Schale in ihre Griffweite. »Man hat sie gestern erst vom Ufer der Loire gebracht, und sie sind süßer als alles, was ich je gegessen habe. Hast du den Wein schon gekostet? Er ist ebenfalls von der Loire, und Madame Marguerite hofft, daß er dem Seigneur de Clisson mundet! Sie ist schrecklich aufgeregt, daß alles zu seiner Zufriedenheit ist, wenn er endlich kommt. Nun eßt doch!«

»Du wirst mein Mädchen in ein Faß verwandeln«, sagte in diesem Moment eine Männerstimme, und Graciana fuhr mit einem leisen Laut der Überraschung auf ihrem Hocker herum.

Kérven des Iles stand in der Tür. Die Dame des Hauses hatte die Tafel in der Halle aufgehoben und sich zurückgezogen. Ihr Gast hatte es ihr nachgetan, obwohl er sich besorgt gefragt hatte, in welcher Stimmung er Graciana wohl antreffen würde. Zwar hatte er den Haushofmeister diskret gebeten, so gut wie möglich für das Wohl des Mädchens zu sorgen, aber nun war er doch überrascht, als er sah, daß die Dienerin sie wie eine Dame behandelte, auch darum blieb er einfach stehen und betrachtete staunend das Bild, das sich ihm bot.

In ein schlichtes, schneeweißes Hemd gekleidet, Trauben naschend und von einer knisternden Flut glänzender Haare umflossen, kam Graciana ihm vor wie eine zeitlose Vision von vollkommener Schönheit und Harmonie, wie die kostbare Illustration in einem Stundenbuch. Kein Vergleich zu der zerzausten Dirne, die sich naß und zitternd vor seine Füße geworfen hatte.

»Ich denke, die Gefahr besteht kaum, Messire«, antwortete die Dienerin mit einem leichten Vorwurf in der Stimme. »Dieses arme Kind ist so schmal, daß man meinen könnte, es habe die erste Hälfte seines Lebens nur gehungert. Ihr solltet sorgsamer mit ihr umgehen ...«

Gracianas Lippen zitterten leicht. Sie unterdrückte ein Lachen, weil ihre mütterliche Beschützerin den Nagel auf den Kopf getroffen hatte. Für die jungen Novizinnen von Sainte Anne waren die Näpfe nicht üppig gefüllt worden. Die Äbtissin hatte die Meinung vertreten, daß Enthaltsamkeit die Frömmigkeit förderte. Graciana hatte von ihrem zehnten Lebensjahr an das Schicksal der jungen Frauen geteilt, die eine Bewährungszeit im Kloster verbrachten, ehe sie endgültig und für immer den Schleier nahmen.

»Ich danke dir für deine Mühe«, entgegnete Kérven des Iles in diesem Moment mit einem spürbaren Unterton von Autorität. »Ebenso für die Anteilnahme, die du am Schicksal meiner kleinen Freundin nimmst. Sei versichert, daß ihr unter meinem Schutz kein Leid geschehen wird.«

Graciana spürte, daß die Ältere zögerte, sich dieser unverblümten Verabschiedung zu beugen, aber wenn sie eines gelernt hatte, dann war es, Macht zu respektieren. Die Dienerin hatte ihr Leben lang gehorcht. Und Graciana spürte instinktiv, daß es in diesem Moment auch für sie besser war, keinen weiteren Streit vom Zaun zu brechen. Sie konnte es sich nicht leisten, Kérven zu erzürnen. Nicht in ihrer Lage, wo sie nicht wußte, wie es mit ihr weitergehen sollte.

»Es ist gut«, flüsterte sie. »Ich danke Euch für Eure Mühen.«

Sie merkte nicht, daß sich sowohl die Dienerin als auch der Ritter über ihre unerwartete Fügsamkeit wunderten. Beide hatten sie anders eingeschätzt. Kérven hatte mit Schwierigkeiten gerechnet, sobald sie ihren Schock überwunden hatte, die mütterliche Dienerin mit einer Portion mehr Stolz.

»Nun gut«, erwiderte die freundliche Frau. »Wenn Ihr mich noch einmal braucht, fragt den Haushofmeister nach Ernestine. Gott befohlen, und eine gute Nacht wünsche ich Euch!«

Niemand antwortete ihr. Graciana blickte angestrengt auf ihre gefalteten Hände, die nun sauber, blaß und seltsam zerbrechlich wirkten. Die herabfließenden Haare verbargen ihren Gesichtsausdruck, und der Seigneur schwankte zwischen Erleichterung und Unmut darüber. Hielt sie ihn nicht für wichtig genug, um ihn anzusehen, oder hatte sie noch immer diese unsinnige Angst vor ihm?

»Es tut mir leid«, sagte er nun mit einem Seufzer.

Ein reichhaltiges Mahl und tödliche Müdigkeit dämpften sein aufbrausendes Temperament. Im Grunde wollte er jetzt nur noch in den Alkoven kriechen und für ein paar Stunden vergessen, daß er lebte. Am liebsten natürlich in zärtlichen Armen, aber er hatte nicht mehr den Willen, darum zu kämpfen.

»Was tut Euch leid? Daß Ihr mich belogen habt?« Graciana wollt es genau wissen.

Kérven stöhnte leise auf. »Du hättest mir sagen müssen, daß ich dein erster Mann bin. Ich kann dir nur eines versichern, du wirst diesen Schmerz kein zweites Mal erleiden. Er bleibt keinem Mädchen erspart, das zur Frau wird, aber ich hätte dich mit Sicherheit sanfter behandelt, wenn du ehrlich gewesen wärst.«

»Ehrlich?« Graciana brauste auf. »Ich habe nicht gelogen! Ich hatte keine Ahnung, was Ihr tun wolltet! Ihr habt mir gesagt, ich könne Euch vertrauen!«

War sie wirklich so naiv, oder wollte sie doch wieder mit ihm streiten?

»Komm zu Bett, es ist schrecklich spät, und ich möchte bei Sonnenaufgang aufbrechen ...«

»Zu Bett?«

Gracianas Augen flogen zu den zerwühlten Decken des Alkovens, und das blanke Entsetzen über diesen Vorschlag war von ihren Zügen abzulesen.

»Gott ist mein Zeuge, daß ich dich nicht anrühren werde!« Der Seigneur gähnte und schlüpfte aus seinem Wams. »Mach, was du willst, aber ich habe seit Tagen keine zwei Stunden am Stück die Augen geschlossen. Ich bin unendlich müde, ich möchte nur noch schlafen!«

Er kroch nackt unter die Decken, rollte sich auf eine Seite und schloß die Augen. Teils, weil er gar nicht anders konnte. Teils, weil er der Versuchung widerstehen wollte, die Gracianas Anblick für ihn darstellte. Tief in seinem Herzen wußte er, daß es ihn auch jetzt noch danach verlangte, sich in ihr zu verlieren, aber die Erschöpfung hielt ihn fest genug in ihren Klauen, daß er dieser Sehnsucht widerstand.

Graciana blieb sitzen und lauschte mit angehaltener

Luft seinen schweren, regelmäßigen Atemzügen. Er schlief tatsächlich schon …

Leise erhob sie sich und löschte die Kerzen. Die Glut im Kamin gab genügend Licht, damit sie die Stufe zum Alkoven fand. Sie sank in die Knie und legte das Antlitz in die gefalteten Hände, doch die Worte des Nachtgebets wollten ihr nicht einfallen. Sie war über Bitten, Ängste und Flehen hinaus. Die vertrauten Gesten schenkten ihr keinen Trost und der Gedanke an den Himmel keinen Frieden.

Graciana hob den Kopf. Ihre Augen hatten sich mittlerweile an die sanfte Dunkelheit gewöhnt. Sie erkannte den Umriß der breiten Schultern, den glatten Rücken, und irgendwie erfaßte sie ein Gefühl der Unwirklichkeit. Hatte sich tatsächlich an nur einem Tag ihre gesamte Welt verändert?

Ihr schmerzender Kopf fand keine Antwort darauf, und schließlich erhob sie sich. Sie kletterte auf das hohe Bett hinauf, wickelte sich in den Rest der Decke und schloß nun auch die Augen.

Die Scheite im Kamin knisterten und knackten leise, der Atem des Mannes neben ihr klang regelmäßig und ruhig, ihr eigener Seufzer verlor sich im Knistern des gestärkten Leinens. Daran gewöhnt, ihre karge Zelle mit anderen Novizinnen zu teilen, war es schließlich gerade Kérvens Gegenwart, die ihre zitternden Nerven beruhigte und sie in einen tiefen Schlummer gleiten ließ. Was auch geschehen würde, sie war nicht allein.

6. Kapitel

Sie stand so nahe an den Flammen, daß ihre Haut glühte. Um sie herum barsten die Mauern, und die Schreie der Sterbenden gellten in ihren Ohren. Gegenüber, genau hinter den Flammen, stand der Mann mit dem Schwert. Ganz in Schwarz gekleidet, die lodernden Augen in teuflischer Genugtuung auf ihre Gestalt gerichtet.

Graciana haßte ihn. Sie haßte ihn mit solcher Inbrunst, daß ihr ganzer Körper bebte und sie alles andere um sich herum vergaß. Den selbsternannten Herzog von St. Cado schien ihre Empörung jedoch nur zu amüsieren. Er lachte, während rings um ihn her die Menschen abgeschlachtet wurden und seine eigene Tochter am Rande des Todes stand. Er lachte und lachte …

Für einen solchen Schurken gab es nur eine Strafe. Den Tod. Ein Sterben, das ihn all die Verächtlichkeit, all das Leiden und all den Schmerz spüren ließ, den er verursacht hatte. Mutter Elissas befehlende Stimme dröhnte in ihrem Kopf, aber es war nicht mehr die Aufforderung zu beten und zu sühnen.

»Töte ihn! Töte ihn und räche deine Mutter! Räche die frommen Frauen von Sainte Anne! Du bist die einzige, die es tun kann! Die einzige, die überlebt hat! Töte ihn! Das ist der Sinn deines Daseins!«

»Aber das ist Mord!« erwiderte Graciana verstört und wich vor dem Feuer und der gräßlichen Forderung zurück. »Das sechste Gebot sagt, du sollst nicht töten! Es ist eine Todsünde!«

»Töte den Herzog!« befahl die Stimme, und Graciana duckte sich unter der Wucht dieses Befehls.

»Töte Paskal Cocherel, oder du wirst selbst getötet werden!«

»Ich gehorche. Ich töte den Herzog!« wisperte sie ergeben.

Kaum hatte sie das gesagt, stiegen die Flammen noch höher und drohten sie zu versengen. Im letzten Moment riß eine starke Hand sie an der Schulter nach hinten. Sie wurde geschüttelt und angeschrieen. Verwirrt schlug sie die Augen auf und hatte im ersten Moment keine Ahnung, wo sie sich befand.

»Was ist ...«, murmelte sie und schaute in das fassungslose Antlitz des Ritters, der ihre Schultern gepackt hielt, als wolle er die Knochen unter seinen Händen zermalmen.

»Das sollte ich wohl eher dich fragen«, rief er. »Was schreist du von Mord und Totschlag mitten in der Nacht?«

»Ich weiß nicht ...« Graciana wich seinem Blick aus und schlug den Blick nieder.

Der Schrecken des Traumes hallte in ihr nach. Sie konnte in diesem Augenblick nicht erkennen, was Wirklichkeit und was Traum war. Sie zitterte am ganzen Leib, und kalter Schweiß stand auf ihrer Stirn.

»Wen willst du töten?« beharrte der Ritter, der ganz aufgewühlt war von der Qual, die sich in Gracianas gemurmelten Worten gezeigt hatte.

»Ich soll ihn töten, den Herzog ... aber das kann ich doch nicht«, stammelte Graciana, noch immer verwirrt. »Es ist eine Sünde!«

Kérven des Iles erstarrte. Mit einem Schlag glaubte er, das Rätsel um Graciana gelöst zu haben. Er hatte recht gehabt, sie war nicht die Frau, für die sie sich ausgab! Aber sie war auch keine Lagerdirne! Sie war eine Spionin, eine Attentäterin, ein Werkzeug Paskal

Cocherels! Nur er konnte jetzt noch ein Interesse daran haben, Jean de Montfort zu bedrohen. Karl von Blois war bereits tot. Wenn auch Montfort sein Leben ließ, gab es niemanden mehr, der die Bretagne vor dem Söldnerführer schützen konnte. Der König war viel zu weit weg, um etwas unternehmen zu können.

»Ich muß geträumt haben!« sagte Graciana verwirrt. Endlich nahm sie ihre Umgebung richtig wahr, die letzte Glut des Feuers, die starken Arme, die sie schützend hielten. Sie war nicht mehr in Sainte Anne. Das hier war die Burg von Josselin!

»Du hast geträumt«, bestätigte Kérven und ließ sich mitsamt dem Mädchen wieder in die Kissen sinken. Solange er sie festhielt, würde nichts geschehen, und morgen konnte er darüber nachdenken, was er tun mußte. »Vergiß, was du geträumt hast. Es ist nicht mehr wichtig. Du wirst niemanden töten!«

Seine Worte beruhigten Graciana. Die Wange an seine warme, glatte Schulter gedrückt, fand ihr Atem zu seinem normalen Rhythmus zurück, und ihre Augen schlossen sich von selbst. Sie schlief wieder ein. Dieses Mal jedoch träumte sie nichts.

Der Seigneur hingegen blieb wach und beobachtete, wie die Morgendämmerung nach und nach durch die kostbaren Glasrauten zwischen den Bleistreben des Fensters drang. Der Schlaf mied ihn, denn hinter seiner Stirn überschlugen sich die Gedanken. Die Vernunft forderte ihn auf, Graciana unverzüglich nach Rennes zu bringen und dort dem Profoß des Herzogs zu übergeben, ehe sie Schaden anrichten konnte. Aber seine Gefühle rieten ihm etwas anderes.

Denn er war immer noch erfüllt von der berauschenden Lust, die sie ihm geschenkt hatte. Noch nie zuvor hatte ihm eine Frau soviel Freude gegeben. Wäre es nicht eine Sünde, diesen entzückenden Körper den Händen des Henkers zu überlassen? Und war da nicht etwas Eigenartiges und sehr Seltsames um diese junge Frau?

Sie machte wahrhaftig nicht den Eindruck einer hartgesottenen Mörderin. Irgendwie erinnerte sie ihn an ein kleines Vögelchen, das sich verirrt hat. Wenn er ihr nun jede Gelegenheit nähme, ihren tödlichen Auftrag auszuführen? Wenn er sie bei sich behielt, nach Lunaudaie brachte und dafür sorgte, daß sie das Lehen nicht verlassen konnte? Damit konnte er zwei Fliegen mit einer Klappe schlagen: Er schützte seinen Lehensherrn und brachte sich selbst nicht um den Genuß, den sie ihm bereiten konnte.

Je mehr er darüber nachdachte, desto besser gefiel ihm diese Lösung. Wenn das Mädchen erst ein wenig Vertrauen zu ihm gefaßt hatte, konnte er sicher mehr erfahren. Vielleicht lieferte sie ihm sogar Beweise gegen den Söldnerführer. Jene Möglichkeit, auf die Jean de Montfort so sehr hoffte, um Cocherel loszuwerden oder – noch günstiger – ihn zu vernichten! Ein Grund mehr, sich ihrer zu versichern und dafür zu sorgen, daß sie sich nicht aus seiner Gewalt entfernen konnte.

Graciana schlug wie immer zur Stunde der ersten Morgenandacht die Augen auf, und im ersten Moment schien sie gar nicht zu wissen, wer Kérven überhaupt war, was er neben ihr im Bett machte. Doch dann kamen die Erinnerungen, und sie senkte die Lider, während Verlegenheit ihr die Wangen rötete.

»Ich hoffe, du hast gut geschlafen, meine Schöne!« murmelte er mit belegter Stimme und bekam ein kaum hörbares »Ja!« zur Antwort.

»Keine weiteren Alpträume mehr?«

Graciana schüttelte den Kopf und rückte vorsichtig von Kérven ab. Die Kordel ihres Hemdes hatte sich in der Nacht gelöst, und nun rutschte der Stoff halb über eine makellose Schulter. Kérven beugte sich rasch vor und küßte die warme, seidige Haut.

Sie zuckte vor ihm zurück, als habe er sie geschlagen. »Nicht! Das dürft Ihr nicht tun!«

»Wer sollte mich davon abhalten, *petite*? Hör auf, dich gegen mich zu wehren. Du bist mein! Und du kannst nichts daran ändern.«

Es machte ihn ärgerlich, daß sie so entschieden den Kopf schüttelte, und so stützte er sich links und rechts von ihr ab, hielt sie zwischen seinen Armen gefangen.

»Soll ich es dir beweisen?« fragte er und wunderte sich kaum noch über die erneute, stumme Verneinung.

Graciana hatte wenig Spielraum. Sie konnte nur in seine Augen sehen oder die ihren schließen – und beides kam ihr gleich gefährlich vor. Also wagte sie keine Bewegung und starrte an ihm vorbei gegen den geschnitzten Himmel des Alkovens. Doch die hölzernen Blütenranken verschwanden, als sich sein Antlitz noch dichter über das ihre senkte und unaufhaltsam näher kam. Gefährlich näher.

Sie fürchtete und erwartete zugleich die Berührung des herrischen Mundes auf ihren Lippen. Ein Kuß, der sich nicht mehr die Mühe machte zu überreden, sondern hungrig und leidenschaftlich eine Antwort forderte. Der nicht zuließ, daß sie sich verweigerte.

Doch als sie seine Lippen spürte, wurde ihr eigener Körper zum Verräter. Das Blut schien ihr schneller durch die Adern zu fließen, ihre Arme legten sich wie von selbst um seine Schultern. Die merkwürdige Sehnsucht, die sie erfüllte, besiegte auch den letzten Protest ihres Verstandes.

Schweratmend rang sie nach Luft, als Kérven endlich ihre Lippen freigab. Ihr Herz raste, ihre Haut prickelte. Sie war nicht geschickt genug, um ihre Gefühle zu verbergen, und er las in ihren Augen, was sie empfand. Der Ausdruck darin weckte in ihm den närrischen Wunsch, sie vor allem Bösen zu bewahren und nie mehr aus seinen Armen zu lassen. Gleich darauf aber ärgerte er sich über diese »Schwäche«, und seine nächsten Worte klangen barscher als beabsichtigt.

»Du gehörst mir«, verkündete er eine Spur zu gebieterisch und umfaßte mit der Rechten eine ihrer Brüste; er unterdrückte ein verlangendes Stöhnen. »Je eher du aufhörst, dich gegen diese Tatsache zu wehren, um so besser wirst du es bei mir haben. Du gefällst mir!«

Mit nachlässiger Zärtlichkeit streichelte er die harte Brustspitze und entlockte Graciana einen Seufzer der Lust. Sie biß sich heftig in die Unterlippe, um sich selbst zum Schweigen zu bringen. Es gefiel ihm, daß sie so unmittelbar und so leidenschaftlich auf jede seiner Berührungen reagierte.

»Der Himmel weiß, daß ich dich am liebsten auf der Stelle nehmen würde«, sagte er. »Aber dann komme ich vermutlich heute gar nicht mehr aus dem Alkoven mit dir. Heben wir uns derlei Spiele also für Lunaudaie auf und verlassen wir Josselin. Steh auf, Mädchen, ehe ich es mir anders überlege!«

Graciana wurde aus dem Bett geschubst und hatte Mühe, das Gleichgewicht zu wahren. Sie flüchtete in die kleine Nische mit dem Abtritt, die hinter einem Wandteppich verborgen war, und erschauerte in der morgendlichen Kühle. Als sie wieder zurückkam, kämpfte Kérven bereits mit seinen Beinlingen und aß die letzten Trauben, die von ihrem abendlichen Mahl übrig geblieben waren.

Verblüfft nahm Graciana das Chaos wahr, das ihr kurzer Aufenthalt in diesem vorher so ordentlichen Gemach verursacht hatte. Nur ihre schmutzigen Kleider lagen ordentlich gefaltet auf dem Hocker neben dem Badzuber, in dem sich das wunderbare Wasser in eine dreckige Brühe verwandelt hatte. Kérvens Waffen, seine Stiefel, sein Umhang lagen überall verstreut. Fluchend suchte er nach dem zweiten Stiefel, den er nirgends fand.

»Wenn Ihr sie gestern ordentlich nebeneinander gestellt hättet, brauchtet Ihr Euch jetzt nicht zu ärgern«, stellte sie fest. Beim Klang ihrer Stimme fuhr Kérven herum und stieß daher mit der Schulter schmerzhaft gegen den Bettpfosten.

»In der Tat«, meinte er verblüfft, dann begann er plötzlich und unerwartet zu lachen, und ihr gefiel der Klang seines Lachens so gut, daß sie unwillkürlich mit einem Lächeln darauf reagierte. »Damit könntest du recht haben!«

Seine letzten Worte wurden immer leiser, verklangen schließlich. Völlig hingerissen starrte er Graciana an. Sie hatte ihn schon fasziniert und angezogen, als sie schmutzig, traurig und verzweifelt war. Ihre Leidenschaft hatte ein helles Feuer in ihm entfacht – aber ihr Lächeln war eine Offenbarung. Es konnte einen Mann in einen Narren verwandeln und ihn zum Träumen bringen.

Graciana bemerkte nichts von seinen Gedanken. Sie zog eben das zyklamenfarbene, verblaßte Untergewand über ihr Hemd, das zu Dame Jolanthes abgelegtem Gewand gehörte. Ihr jedoch kam es wie eine prachtvolle Festrobe vor. Der helle Rotton entzückte ihre Augen, denn sie hatte noch nie etwas anderes als naturfarbenes Leinen, braune oder schwarze Gewänder getragen. Unwillkürlich strich sie mit den Fingerkuppen über die weiche Wolle des Gewebes, ehe sie die bestickten Bänder am Hals und den Handgelenken schloß.

Kérven war in bezug auf seinen Stiefel fündig geworden und schlüpfte hinein, ohne seinen Blick von Graciana zu lassen. Die dunkelblaue Tunika, die zu ihrem Gewand gehörte, hatte keine Ärmel und fiel in gerader schmuckloser Linie bis kurz über ihre Füße. Der lockere Schnürung an der Seite ließ das weite Untergewand hervorquellen und betonte ihre schlanke Gestalt. Hochgeschlossen, langärmelig und aus praktischer Wolle war es ein hübsches, aber beileibe nicht prächtiges Ensemble, und doch verwandelte es Graciana, machte aus dem einfachen Mädchen eine Dame.

Sie flocht mit geübten, geschickten Fingern zwei dicke Zöpfe und suchte vergeblich nach Nadeln, um sie auf ihrem Kopf festzustecken. Es fanden sich nur zyklamenfarbene Bänder, die verhinderten, daß ihr Flechtwerk sich von selbst löste. Bei den Bändern lagen auch ein paar weiße, dünne Strümpfe und passende Strumpfbänder sowie ein paar flache, weiche Schuhe aus dunkelblauem Ziegenleder. Schon die Farbe ließ keinen Zweifel zu, sie gehörten zu diesem Ensemble.

Geradezu andächtig schlüpfte Graciana hinein. Sie waren eine Spur zu klein, aber das störte sie nicht. Es war einfach himmlisch, einen so schönen, weichen Schuh zu tragen.

Der Ritter war indes bei seinem Schwertgehänge angelangt und rückte den Harnisch zurecht, den er unter seinem Umhang trug.

»Wenn du fertig bist, komm!« befahl er knapp. »Ich nehme an, daß wir in der Halle einen Morgenimbiß vorfinden, und ich hoffe zu Gott, daß Ludo, dieser kleine Faulpelz, nicht noch irgendwo schlummert, damit ich ihn suchen muß! Was tust du da?«

»Ich nehme meine alten Kleider mit«, erklärte Graciana und stopfte das Bündel schnell unter ihren Arm.

»Was willst du mit diesem Plunder? Am besten wirfst du das Zeug ins Feuer!«

»Nein!« antwortete sie trotzig und schob das Kinn vor. »Sie sind mein einziger Besitz. Wenn man sie wäscht und flickt, kann man sie wieder tragen!«

Sie konnte ja schlecht darauf hinweisen, daß in den Säumen des zerfetzten Rockes ein kleines Vermögen versteckt war und sie keine andere Möglichkeit sah, die kostbare Perle an sich zu nehmen und trotzdem vor seinen Augen zu verbergen.

»Ich werde nie wieder erlauben, daß du solche Fetzen trägst«, erklärte der Seigneur. »Du gehörst zu mir, da gehört es sich nicht, daß du wie eine zerlumpte Magd herumläufst.«

Dennoch gestattete er ihr, das schmutzige Bündel mitzunehmen. Weniger weil er ihr recht gab, sondern weil er inzwischen gelernt hatte, was dieser eigensinnige Zug um ihre Mundwinkel bedeutete. Er warnte ihn davor, eine Diskussion weiterzuführen, die ihn nur Zeit kostete, und nichts einbringen würde.

Ludo stolperte vor Schreck über die eigenen Schuhspitzen, als ihm klar wurde, daß es sich bei der stolzen Dame nicht um Marguerite de Rohan, sondern um die schmutzige Dirne handelte, die sein Herr bei Auray aufgelesen hatte. Er blinzelte den letzten Rest Schlaf aus den Augenwinkeln und unterdrückte im letzten Moment einen bewundernden Pfiff.

Dann erinnerte er sich so weit an die höfische Erziehung, die er genossen hatte, daß er die Schale mit der dampfenden Gerstensuppe, die für seinen Herren bestimmt gewesen war, vor Graciana abstellte.

Kérven bemerkte es und hob die Brauen.

»Ka-Kann ich Euch sonst noch etwas bringen?« stammelte der Page und sah Graciana bewundernd an.

»Das kannst du!« erinnerte ihn sein Herr spöttisch. »Wie wäre es zum Beispiel mit meinem Frühstück? Oder nimmst du an, daß ich künftig selbst in die Küche gehe und mir dort mein Essen suche, mein junger Freund?«

Ludo machte blitzartig kehrt und verschwand unter den Steinbogen, aus dessen Schatten er vorhin aufgetaucht war. Kérvens Hauptleute, die am unteren Ende des riesigen Schragentisches saßen, schauten sich grinsend an, aber die grimmige Miene ihres Seigneurs hielt sie davon ab, Witze über den Vorfall zu reißen. Er hatte den Ruf eines großen Kämpfers, gerechten Anführers und mutigen Mannes, aber es war immer besser, sich nicht mit ihm anzulegen, weil man unweigerlich den Kürzeren zog.

»Nehmt meine Mahlzeit!« Graciana schob ihre Schale in Kérvens Richtung. Sie wollte nicht, daß Ludo ihretwegen Schwierigkeiten bekam. »Ich wollte nicht ...«

»Iß!« fiel er ihr barsch ins Wort. »Wir haben einen langen Weg vor uns, und du wirst deine Kräfte gewiß noch brauchen!«

Graciana senkte eingeschüchtert den Kopf – aber nur für einen Moment.

»Einen langen Weg – wohin?« fragte sie dann.

Kérven spürte, daß auch die Männer am Tischende auf seine Antwort warteten. Bisher wußte nur Ludo, das Lunaudaie wieder in seinem Besitz war und daß der Herzog das Unrecht, das ihm, Kérven, im Verlaufe der Auseinandersetzungen mit Karl von Blois angetan worden war, auf so großzügige Weise wieder gutgemacht hatte.

»Nach Hause. Nach Lunaudaie!« entgegnete er knapp.

»Nach Hause ...«, wiederholte Graciana und merkte gar nicht, wie traurig ihre Stimme plötzlich klang. Zu Hause – das war bisher Sainte Anne für sie gewesen. »Ich habe kein Zuhause mehr ...«

»O doch!« widersprach der Seigneur und dämpfte seine Stimme, so daß nur Graciana hören konnte, was er sagte. »Lunaudaie ist künftig auch dein Zuhause! Und du wirst es nur verlassen, wenn ich damit einverstanden bin! Gib mir dein Wort darauf.«

Graciana stutzte. »Wie meint Ihr das? Bin ich Eure Gefangene?«

Der Ritter bedachte sie mit einem unergründlichen Blick. »In Lunaudaie bin ich der Herr, und du wirst dich nach meinen Befehlen richten. Jetzt iß!«

Zu gern hätte sie widersprochen, aber sie konnte der Verlockung des Essens nicht widerstehen. Sie zupfte das weiße, duftende Brot in kleine Bröckchen, die sie in Suppe tunkte, ehe sie es in den Mund schob. Weißes Brot mit einer knusprigen Rinde. Frisch gebacken und wunderbar zart, ohne die kleinsten Spelzen.

Was auch immer ihr neues Leben für sie bereithielt, eines konnte sie schon jetzt sagen: Das Essen war so köstlich wie noch nie.

7. Kapitel

»Das sind die Türme von Lunaudaie!«

Graciana hörte den Stolz, der aus Kérven des Iles' Worten klang. Mächtige Spitzhauben überragten die waldige Umgebung und das kleine Städtchen zu Füßen der Berge. Auf den ersten Blick wirkte sie nicht viel anders als Josselin. Doch je näher sie kamen, um so deutlicher wurden die verheerenden Wunden, die Lunaudaie ebenso wie die übrige Bretagne davongetragen hatte.

Nur wenige der Felder waren bestellt; die schützende Mauer um den Ort war an der Ost- und Südseite geschleift worden, und zwischen den Häusern klafften Lücken. Auf dem gepflasterten Weg zur Burg begegnete ihnen keine Menschenseele, und das Banner, das auf dem Hauptturm wehte, war so zerschlissen, daß es beim besten Willen nicht mehr möglich war, das aufgestickte Wappen zu erkennen.

Graciana, die vor dem Ritter im Sattel saß, drehte sich halb nach ihm um. Sein Gesicht hatte sich verändert, war hart geworden; die Lippen waren nur noch ein schmaler Strich. Die blauen Augen verdunkelten sich zu düsterem Schwarz.

»Diese Hunde!« stieß er wütend hervor.

Graciana unterdrückte den närrischen Impuls, ihm beruhigend eine Hand auf seine Hände zu legen, die sich um die breiten Lederzügel verkrampften. Die höhnische Bemerkung des Söldners, der sie nach Auray getrieben hatte, fiel ihr wieder ein. »Was hast du erwartet, Schätzchen? Das ist der Krieg!«

Inzwischen hatte sie halbwegs begriffen, was er damit gemeint hatte. Der Ritt durch ein Land, das vom

Bürgerkrieg zerrissen, von Söldnerbanden heimgesucht und vom Hunger bedroht auf den Winter wartete, hatte ihr die Augen geöffnet. Es mochte inzwischen Frieden sein, aber noch klafften überall in ihrer armen, geschundenen Heimat die Wunden des Krieges.

»Auf Euch wartet eine Menge Arbeit«, sagte sie ruhig und riß ihn damit aus seinen düsteren Gedanken. Sie überlegte, daß er eigentlich mit etwas Ähnlichem gerechnet haben mußte – weshalb sonst hätte er in erster Linie Männer, Vorräte und Werkzeug mit nach Hause gebracht?

»In der Tat!« Sie spürte den tiefen Atemzug, der seine Brust weitete, dann trieb er sein Pferd wieder an. »Vorwärts!«

Seine Handbewegung setzte den Zug erneut in Bewegung. Viele der Männer, die Kérven des Iles begleiteten, kamen aus der Stadt, von den Höfen ringsum und aus der Burg von Lunaudaie. Sie fragten sich genauso besorgt wie ihr Herr, was wohl mit den Menschen hier geschehen war.

Der Lärm der Räder auf dem steinernen Pflaster erregte endlich auch die Aufmerksamkeit der Menschen hinter den Mauern. Ein Mann tauchte auf den Zinnen des Torturmes auf, und sein Schrei drang durch die Stille des hereinbrechenden Abends wie der Klang einer Fanfare. Er hatte das Banner erkannt, daß der Kriegertrupp mit sich führte, das Wappen, das mit prächtigen Seidenfäden gestickt im letzten Sonnenlicht funkelte.

»Es ist der Herr! Der Seigneur ist zurück!«

Ein wilder Kriegsschrei antwortete ihm, der Gracianas Ohren für einen Moment völlig taub machte. Sie konnte sich gerade noch festhalten, dann gab Kérven des Iles seinem Roß die Sporen, und der schwere Hengst setzte sich mit der Urgewalt eines herabstürzenden Felsens in Bewegung. Seine Hufe donnerten auf den Steinen, er lief auf das geschlossene Fallgitter zu, das den gewölbten Durchgang zur Burg versperrte.

Gracianas ängstlicher Aufschrei ging im Höllenlärm dieses Rittes unter. Sah Kérven denn nicht das Gitter? Hatte ihn der Wahnsinn gepackt, daß er sie in vollem Tempo gegen das schwere, mit eisernen Dornen gespickte Holzgatter werfen wollte? Voller Panik warf sie sich herum, und drückte ihr Gesicht gegen die breite Brust. Sie wollte nicht mit offenen Augen sterben! Sie wollte überhaupt nicht sterben, sie hatte ja noch nicht einmal richtig gelebt!

Sie spürte das Beben des Lachens, das in Kérvens Brust aufstieg, und schrie in heller Panik auf. Weder hörte noch sah sie, wie sich das Gatter in quälender Langsamkeit hob und genau in dem Augenblick, als sie es passierten, hoch genug über den Bohlen schwebte, daß sie durchreiten konnten. Allerdings nur, weil der Seigneur sich selbst und sie tief auf den Hals seines Pferdes hinabdrückte.

Graciana fühlte die Bewegung seiner Muskeln, als er die Zügel heftig anzog. Der Hengst stieg hoch, und sein Wiehern mischte sich mit dem Gelächter des Mannes und den Hochrufen der Menschen, die von überall her angerannt kamen.

»Der Seigneur ist zurück! Dem Himmel sei Dank! Es lebe der Seigneur!«

Nur unter Aufbietung aller Willenskraft vermochte Graciana den Kopf zu heben und die Augen zu öffnen. Sie sah sich jedoch nicht um, sie hatte keinen Blick für die Menschen, die im Burghof zusammenströmten. Sie schaute nur in das Gesicht des Reiters, das jungenhaft strahlte, während er ein zweites Mal den bretonischen Schlachtruf ausstieß, der sie eben so erschreckt hatte.

»Was sagst du nun, meine Kleine?« Stolz lächelnd blickte er auf sie hinab.

»Was ich sage?« Graciana zitterte noch von der gerade ausgestandenen Furcht. Sie begriff nicht, welches Vergnügen er daran fand, sein Leben so leichtsinnig aufs Spiel zu setzen und das ihre dazu. »Ich sage, daß Ihr verrückt seid! Närrisch bis auf die Knochen! Ich bin fast umgekommen vor Entsetzen! Wolltet Ihr mich töten?«

»Weder dich noch mich, meine Schöne!« Er ließ sich von ihren Vorwürfen nicht im geringsten stören. »Worüber regst du dich auf? Bist du tot, oder lebst du? Warum vertraust du mir nicht endlich?«

»Ach verflixt, Ihr seid unmöglich!« platzte Graciana heraus und duckte sich im selben Moment, als erwarte sie, daß er diese Keckheit auf der Stelle mit einem Schlag bestrafen würde.

»Mag sein«, erwiderte er und grinste. »Auf jeden Fall siehst du bezaubernd aus, wenn du mich anfunkelst, als wolltest du mich in Flammen setzen. Willkommen auf Lunaudaie, meine schöne Löwin, möge der Himmel deinen Eintritt segnen!«

Kérven konnte selbst nicht sagen, weshalb er sie im Angesicht seiner Burg so zeremoniell willkommen hieß. Vielleicht, weil sie so sehr einer stürmischen Kriegerin glich, die jeden Moment ihr Schwert ziehen wollte. Es schien ihm besser, sie zum Freund als zum Feind zu haben.

»Willkommen zu Hause, Seigneur!«

Endlich betrachtete Kérven des Iles auch das kleine Häufchen Getreuer, das sich zu seinem Empfang versammelt hatte. An ihrer Spitze stand Fiacre de Mar,

Ludos weißhaariger Großvater, dessen Sohn Burgvogt gewesen und bei den Kämpfen um das Lehen von einem Armbrustbolzen getötet worden war. Hier standen in erster Linie die ganz Alten und die ganz Jungen sowie das Weibervolk von Lunaudaie. Die meisten der wehrfähigen Männer, die Kérven vor vielen Jahren zum Schutze des Lehens zurückgelassen hatte, waren im Kampf gefallen.

Sein Lächeln machte plötzlichem Ernst Platz, und er schwang sich aus dem Sattel, hob Graciana herab und stellte sie vor sich auf die Erde. Er wandte sich an den alten Mann, der sich schwerfällig vor ihm auf die Knie geworfen hatte. Er zog ihn hoch und schloß ihn dann gerührt in seine Arme.

»Es ist vorbei«, hörte Graciana ihn murmeln. »Jetzt kehrt Frieden im Land ein. Ich habe Männer, Gold und Möglichkeiten mitgebracht, und ich bringe dir Ludo, der dein Leid mildern wird!«

Erst jetzt bemerkte Graciana die Ähnlichkeit des alten Mannes mit dem flinken Ludo, der ein Stück hinter ihnen noch im Sattel saß und sich umschaute, als suche er nach den Menschen, die sich nicht zu diesem Empfang eingefunden hatten.

Doch Kérven des Iles ließ nicht zu, daß die Trauer überhand nahm. Seine Befehle prasselten wie ein Platzregen herab und brachten im Nu Leben in die Menschen. Reiter wurden zu Stallknechten, Bogenschützen zu Bauern und Krieger zu Burgwachen. Die Ställe füllten sich mit den Pferden, die Fuhrwerke wurden entladen und die Vorräte in die leeren Kammern gebracht.

Graciana sah sich neugierig im Burghof um. Die mächtigen Granitmauern hatten nicht unter den Angriffen gelitten, aber zwei der fünf Türme, die das unregelmäßige Fünfeck des Burgareals begrenzten, waren nur noch von geschwärzten Balken gekrönt. Ihre Türen hingen schräg in den Angeln, und die Spuren von Feuer waren an den Wänden zu erkennen.

Im breiten Wohntrakt, der sich massiv gegen den allgegenwärtigen Westwind stemmte, gähnten leere Fensterhöhlen, und im Kapellenturm fehlte die Glocke. Die Männer des Herrn von Blois hatten Lunaudaie nicht zerstören können, aber sie hatten es gründlich geplündert. Und bisher schien sich niemand die Mühe gemacht zu haben, auch nur die gröbsten Schäden zu beseitigen. Graciana hatte den Eindruck, als seien die Menschen hier eben erst aus ihren Höhlen gekrochen.

Ihr Blick kehrte zu Kérven des Iles zurück, im selben Moment, als er sich ihrer Anwesenheit wieder erinnerte und in seiner üblichen herrischen Art nach ihrem Arm griff. Man konnte fast den Eindruck bekommen, er befürchte, daß sie mit gerafften Röcken davonlaufen würde. Er hatte auch nicht mehr zugelassen, daß sie auf dem Wagen reiste, sondern sie vor sich auf seinem Pferd sitzen lassen.

»Gehen wir ins Haus. Ich fürchte jedoch, wir werden nicht den Komfort wie in Josselin vorfinden, nach allem, was hier geschehen ist ...«

»Lunaudaie ist nicht mehr das, was ihr gewohnt seid, Seigneur«, entschuldigte sich der weißhaarige Mann und gab seinen Enkel frei, den er in die Arme geschlossen hatte. »Es fehlt uns selbst am Nötigsten ...«

»Das ist vorbei!« tröstete Kérven den Alten und ging so schnell die vier Stufen zu der doppelflügeligen Tür hinauf, daß Graciana kaum Schritt halten konnte.

Am Eingang blieb er jedoch stehen. Graciana schaute sich um. Die Westseite der großen Halle von

Lunaudaie war von halbrunden, schlanken Fensterhöhlungen durchbrochen, deren Rahmen Meisterwerke der Steinmetzkunst darstellten. Doch der Wind pfiff durch die leeren Höhlungen und trieb das verrottete Stroh über die quadratischen, steinernen Platten, die den Boden des riesigen Saales bedeckten.

Die mächtigen, geschnitzten Eichenbalken der Decke zeigten an ihren Enden kunstvoll geschnitzte Embleme, waren mit Rauten und Blütenmustern verziert. Der Rauch hatte sie zwar geschwärzt, aber sie wiesen keine Spuren direkter Zerstörung auf; die Decke war zu hoch für frevelnde Hände. Von den Bannern jedoch, die die Wände geschmückt haben mußten, kündeten nur noch die leeren Halter; auch das Wappen über der Estrade hatte unter zerstörerischen Schwerthieben gelitten.

Die einstmals gekalkten Wände wirkten schmutzig. Die speckige Dreckschicht des riesigen Schragentisches trug die Spuren von Schwerthieben und Gelagen, und ein Rudel Hunde schoß knurrend und bellend aus der Kaminecke. Doch auf den scharfen Befehl des Hausherrn hin duckten sie sich gehorsam und drängten sich winselnd um seine Beine.

»Großer Gott«, murmelte Kérven. »Es ist ein Glück, daß meine Mutter diesen Saustall nicht mehr zu Gesicht bekommen hat!«

»Die Leute sahen keinen Grund, für die Männer zu arbeiten, die in der Burg hausten, Seigneur«, sagte de Mar entschuldigend.

»Gibt es denn wenigstens irgendwo einen Platz, an dem ich heute nacht ohne Angst vor Ratten und Flöhen schlafen kann?« erkundigte sich Kérven grimmig.

»Die Mägde sind bereits an der Arbeit, Seigneur«, erwiderte Ludos Großvater und scheuchte mit einer

Geste die Neugierigen fort, die ihnen gefolgt waren. Es waren so viele Frauen unter ihnen, daß Graciana sich fragte, wer wohl den Kampf gegen die Ratten und Flöhe führte.

Sie war aus dem Kloster an bedingungslosen Gehorsam und harte Arbeit gewöhnt, und sie preßte die Lippen tadelnd aufeinander, als sie bemerkte, daß man den Befehlen des Alten zwar folgte, aber keinesfalls so emsig und schnell, wie es sich gehört hätte. In dieser Burg fehlte mit Sicherheit eine ordnende Hand.

»Nun gut, jetzt könnt ihr ohnehin nichts tun«, meinte der Seigneur. »Wir werden sehen, was wir bis zum Winter bewerkstelligen können. Wie sieht es mit der Ernte aus? Ich nehme an, wir müssen Korn kaufen?«

Graciana lauschte den Auskünften und schwieg. Bisher hatte sich der Ritter nicht die Mühe gemacht, sie vorzustellen oder eine Auskunft darüber zu geben, welche Rolle er ihr zugedacht hatte. Sie bemerkte die neugierigen Blicke, die ihr galten, und dankte Dame Jolanthe im Geiste einmal mehr für das wunderbare Gewand, das ihr wenigstens den Anschein von Rechtschaffenheit gab.

Man hätte meinen können, Kérven hätte sie vergessen, aber er hatte sie immer noch am Handgelenk gepackt, so daß sie sich keinen Schritt von ihm entfernen konnte. So blieb sie geduldig stehen und bemühte sich, ihre Gedanken hinter einer ausdruckslosen Miene zu verbergen.

»Gut.« Der Seigneur nickte, dann blickte er Graciana an. »Verstehst du etwas von den Arbeiten, die in einem Haus anfallen?«

»Selbstverständlich!«

Unwillkürlich reckte sie das Kinn und blitzte ihn an.

Wenn sie etwas gelernt hatte neben all dem gelehrten Unterricht von Mutter Elissa, dann war es, ihre Hände zu gebrauchen und den alltäglichen Ablauf des Lebens zwischen Frühmesse und Abendgebet zu organisieren.

»Das trifft sich gut«, stellte Kérven fest. »Du kannst dafür sorgen, daß dieser Schweinestall halbwegs bewohnbar ist, bis ich wieder aus Rennes zurück bin. Dann hast du eine Aufgabe und kommst nicht in Versuchung, dich zu langweilen. Ihr sorgt mir dafür, daß sie alle Unterstützung erhält, die dafür nötig ist, Fiacre!«

»Selbstverständlich, Herr! Erlaubt mir die Frage, die Dame ... ist Eure Gemahlin?«

Die winzige Pause zeigte, daß er zwar seine Zweifel an der Tatsache hatte, aber andererseits die wunderschöne, schweigsame junge Frau auch nicht beleidigen wollte. Zwar hatte sie vorhin, als der Seigneur sein Roß zügelte, alles andere als damenhaft gewirkt, aber nun glich sie einem Muster an frommer Wohlerzogenheit.

»Nein, wahrhaftig nicht«, fuhr der Seigneur auf und runzelte die Stirn bei dieser Vorstellung. »Wenn ich einmal heirate, dann wird es eine Frau aus edelstem Blut sein, die mir würdige Erben schenken kann. Graciana ist ...« jetzt zögerte auch er kurz. »Sie ist meine persönliche Dienerin. Meine Gefährtin, die allein mir zu gehorchen hat. Ihre Befehle sind die meinen!«

Graciana erstarrte. Seine Worte trafen sie, weckten Bitterkeit in ihr. Eine Ehefrau aus edelstem Blut wollte er. Und wie stand es um ihr eigenes »edles Blut?« Nun, sie war die Tochter einer Selbstmörderin und eines Mordbrenners! Und seit sie um diese Tatsache wußte, hatte sie dieses unheilvolle Erbe auch noch bestätigt. Sie hatte ihre Tugend, ihre Frömmigkeit und ihre

Keuschheit für ein elendes bißchen Leben eingetauscht, in dem sie nicht einmal mehr das Recht auf den Respekt der Dienstboten besaß!

»Nein, natürlich nicht!« Kérvens unwirsche Auskunft zeigte, daß das Gespräch fortgesetzt worden war, ohne daß sie richtig zugehört hatte. »Graciana wird bei mir bleiben. Sorgt dafür, daß das Gemach meiner Eltern am südlichen Söller gereinigt und gelüftet wird. Auf einem der Fuhrwerke muß genügend Hausrat sein, damit es notdürftig ausgestattet werden kann. Um den Rest kümmern wir uns später. Eine Magd soll Graciana hinaufführen, damit sie die Angelegenheit zu meiner Zufriedenheit überwachen kann.«

Graciana hätte sich noch mehr gegrämt, hätte sie die Befehle gehört, die ihrer Person galten, sobald sie außer Sichtweite war.

»Ihr haftet mir mit Eurem Kopf dafür, daß diese junge Frau Lunaudaie nicht verläßt, Fiacre!« erklärte Kérven des Iles knapp. »Wenn es nötig sein sollte, daß sie in die Stadt geht, muß sie von zwei Dienern begleitet werden, die sie beschützen und sicher zurückbringen.«

Fiacre de Mar verbarg mit Mühe sein Erstaunen. Handelte es sich bei dem schönen Mädchen nun um die Geliebte des Herrn oder um seine Gefangene?

»Wollt Ihr mir nicht den Grund für eine solche Bewachung verraten?« erkundigte er sich. »Es wäre besser, wenn ich wüßte, wovor ich die Dame schützen soll!«

Kérven erinnerte sich an Gracianas Alpträume und schüttelte den Kopf. Auch wenn sie die letzten Tage zusammen verbracht hatten, so hatte er noch keines der Rätsel gelöst, die sie umgaben. Sie hatte ihre ganz eigene Art, Fragen nicht zu beantworten, und er hatte das ärgerliche Gefühl, er wußte jetzt noch weniger als zuvor.

»Tut, worum ich Euch bitte, und es wird für uns alle von Nutzen sein. Ich werde mich selbst um das Schicksal des Mädchens kümmern, sobald ich aus Rennes zurück bin. Bis dahin laßt ihr Freiheit, soweit es die Angelegenheiten des Hauses betrifft, und sorgt dafür, daß es ihr an nichts fehlt. Gebt mir eine Liste der Dinge, die Lunaudaie dringend benötigt, so daß ich mich um die nötigen Einzelheiten kümmern kann, ehe der Winter die Straßen in Schlammbäche verwandelt. Ich nehme an, Ihr habt das Amt Eures Sohnes versehen?«

Der Alte machte eine schweigende Reverenz.

»Dann sollt Ihr es auch behalten, solange es Euer Wunsch ist. Ihr wißt, daß ich niemandem so sehr vertraue wie Euch!«

Das Lob machte den alten Mann verlegen, aber man konnte trotzdem erkennen, daß es ihm auch Freude bereitete. Kérven wußte seine Männer für sich einzunehmen. Er war nicht mehr der ungestüme junge Ritter, der Lunaudaie verlassen hatte, um für Jean de Montfort zu kämpfen. Die vergangenen Jahre hatten aus dem Knaben einen Mann gemacht.

»Seine Gnaden, der Herzog, hat mir die Ehre erwiesen, mein Lehen zur Grafschaft zu erheben«, fügte der Ritter nun stolz hinzu. »Es ist mein Ziel, Lunaudaie zur blühendsten Grafschaft dieser Gegend zu machen!«

»Ihr werdet es zweifellos erreichen«, entgegnete Fiacre de Mar in tiefem Ernst. »Euer Vater, mein Waffenbruder, wäre stolz auf Eure Taten, wenn ich das sagen darf, Messire!«

Jetzt war es Kérven, der verlegen nach Worten

suchte. Er hatte seinen Vater verehrt und sehr getrauert, als er auf dem Schlachtfeld den Tod fand. Ein tiefer Atemzug weitete seine Brust, dann schaute er sich um.

»Bis dahin gibt es aber noch viel zu tun!«

8. Kapitel

»Ihr laßt mich allein?«

Graciana klang dermaßen fassungslos, daß Kérven des Iles leise lachte. »Soll ich mich jetzt geschmeichelt fühlen, daß du mich vermissen wirst?«

Sie wollte ihm schon sagen, daß er schon ziemlich närrisch sein müßte, wenn er wirklich glaubte, sie würde ihn vermissen, tat es dann aber doch nicht. Begriff er nicht, daß es sie einfach erschreckte, ganz allein unter all diesen Fremden bleiben zu müssen, in einer unvertrauten Umgebung, ohne ein bekanntes Gesicht? Sie hatte inzwischen doch überhaupt nichts Vertrautes mehr!

Kérven versuchte, die wechselnden Ausdrücke auf ihrem Gesicht zu deuten. Er erkannte Empörung, Hilflosigkeit und auch eine anrührende Tapferkeit. Was immer sie bisher erlebt hatte, es mußte sie zu der Ansicht gebracht haben, daß es ohnehin keine Menschenseele kümmerte, was mit ihr geschah.

»Ich bin spätestens in einer Woche zurück«, sagte er beruhigend. »Der Herzog erwartet mich in Rennes, und ich kann seine großherzige Erlaubnis, die Dinge in Lunaudaie sofort zu regeln, nicht über Gebühr ausnutzen. Wie du siehst, waren Burg und Stadt über ein Jahr besetzt, und erst jetzt kann ich wieder offiziell Anspruch auf mein Erbe und mein Lehen erheben! Wie es den Anschein hat, wirst du dich ohnehin nicht langweilen, bis ich wiederkomme!«

»Gott schütze Euch«, murmelte Graciana und starrte auf den notdürftig gesäuberten Boden der großen Herrschaftskammer.

Man würde den Boden noch mindestens zwei bis

drei Mal mit einer Menge heißen Wassers bürsten und mit Wachs einlassen müssen, ehe er wieder seinen alten Glanz bekam. Aber mehr war in der Eile heute nicht zu machen gewesen. Zudem hatten die beiden Mägde, die mit dieser Arbeit betraut worden waren, keinen allzu großen Eifer an den Tag gelegt.

Dabei war es ein schöner Raum, mit großzügig geschnittenen Fenstern, die von feinstem steinernem Maßwerk umgeben waren. Auf hölzerne Rahmen gespannte Häute ersetzten die zerstörten Scheiben. Der Boden bestand aus dunklen Eichenbohlen, und die Decken zeigten ein ähnliches Schnitzwerk wie in der großen Halle. Die Herren von Lunaudaie hatten früher in behaglichem Wohlstand gelebt, davon kündeten auch der mächtige Kamin mit der Marmorverblendung und das Stufenpodest für den großen Alkoven.

Ludo hatte dafür gesorgt, daß auf diesem Podest die Matratzen, Felle, Decken und Kissen ausgelegt wurden, die sie aus dem Feldzelt des Herrn von Lunaudaie kannte. Auf einem breiten Bettschragen mit einfachen Brettern verteilt, bildeten sie ein gigantisches Lager, das Graciana nicht ohne Verlegenheit betrachten konnte. Der Anblick erinnerte sie viel zu sehr an die Nacht in Josselin. So etwas wollte sie nie wieder ertragen.

»Graciana!«

Die Stimme des Seigneurs riß sie aus ihren Überlegungen. Kérven legte einen Arm um ihre Schultern und zog sie an seine Brust. Unwillkürlich legte sie ihre Handflächen auf sein Wams, dort, wo sein Herz klopfte. Sie hatte eigentlich die Finger gehoben, um ihn von sich fortzuschieben, aber irgendwie brachte sie es nicht mehr fertig. Pure Magie schien ihre Hände dort zu bannen, und bei dieser Berührung begann ihr Blut schneller durch ihre Adern zu kreisen. Graciana fuhr sich mit der Zungenspitze über die Lippen, die sich trocken und gespannt anfühlten.

»Willst du mir nicht endlich sagen, wer du bist und woher du kommst?« hörte sie seine leise Frage.

»Ich kann es nicht«, erwiderte sie verzweifelt und mied seinen Blick.

»Warum nicht? Du bist in Sicherheit bei mir!«

Graciana schüttelte so heftig den Kopf, daß die langen, dicken Zöpfe flogen. Sie wollte nicht lügen, aber sie wollte auch nicht, daß er sie verachtete, wenn er die Wahrheit erfuhr. Also schwieg sie.

Kérven seufzte und zog sie so eng an sich, daß er die Wange auf ihren gesenkten Scheitel legen konnte. Es gab natürlich viele Möglichkeiten, einen Menschen zum Reden zu bringen, aber nicht eine davon wollte er anwenden. Er hatte keinen Zweifel daran, daß während der Besatzung die Folterkammern in Lunaudaie besser unterhalten worden waren als der Wohntrakt, aber ein solcher Versuch verbot sich von selbst.

Er mußte sich seine Informationen auf andere Weise besorgen. Er wollte auch deshalb nach Rennes, um zu hören, ob nach einer Spionin Paskal Cocherels gesucht wurde, doch er wagte nicht darüber nachzudenken, was er tun sollte, wenn dies tatsächlich der Fall sein sollte. Sie ausliefern? Undenkbar!

»Komm zu Bett!« befahl er und setzte damit sowohl der unerfreulichen Diskussion als auch seinen Überlegungen ein Ende.

Graciana zuckte zusammen. Die vergangene Nacht hatte sie auf einem der Fuhrwerke im Schutze von Bündeln und Körben geschlafen. Kérven hatte nicht weit von ihr entfernt gelegen, aber doch nicht nah genug, um sie zu berühren. Sie hatte Zeit genug gehabt, um nachzudenken, und ihre Selbstvorwürfe waren immer heftiger geworden. Welcher Wahnsinn hatte sie nur in Josselin befallen?

Kérven spürte ihren Widerstand, doch er war nicht bereit, ihn hinzunehmen. Gut, es war das erste Mal für sie gewesen, aber er hatte keine Gewalt angewendet, er war nicht grob zu ihr gewesen – er hatte ihr Vergnügen geschenkt. Warum wollte sie also nicht, daß er sie erneut liebte. Denn nach nichts sehnte er sich mehr als danach.

Sie vor sich auf dem Pferd zu haben, die schlanke Kurve ihres Nackens zu sehen, den Duft ihrer Haare und ihres Körpers zu riechen erforderte die Selbstbeherrschung eines Mönchs. Etwas an diesem Mädchen zog ihn an wie der Honigtopf einen Bienenschwarm. Er konnte sie nicht anschauen, ohne daran zu denken, wie sie nackt in seinen Armen gelegen hatte, wie sie aussah, wie sie sich anfühlte.

Graciana errötete unter seinem eindringlichen Blick, unter der Art und Weise, wie er sie betrachtete. Dieser Blick weckte etwas in ihr, gegen das sie sich mit allen Kräften wehrte. Sie biß sich auf die Unterlippe und schmeckte Blut.

»Nicht!«

Kérven berührte leicht mit dem Finger die mißhandelte Stelle, dann waren auch schon seine Lippen dort. Er ließ Graciana nicht die kleinste Möglichkeit, ihm zu entkommen. Sein Kuß war fordernd und leidenschaftlich und sandte eine verheerende Schwäche durch ihren ganzen Körper.

Graciana, eben noch wild entschlossen, sich zu widersetzen, sank schwach und willenlos in die zärtliche Umarmung. Sie hörte das Blut in ihren Adern rauschen und verlor sich im forschenden Spiel seiner

Küsse. Sie vergaß, wo sie sich befand, was sie wollte und wer sie war. Alles zerstob in dem jäh auflodernden Feuer der Leidenschaft, die zwischen ihnen aufflammte.

Kérven sah, wie ihre Gefühle sich in ihren Augen widerspiegelten. Er sah die heftig pulsierende Ader an ihrem Hals, er hörte die hastigen Atemzüge. Der Wille mochte da sein, sich ihm zu widersetzen, aber er hatte noch keine Frau gekannt, die sich so leicht entflammen ließ und ihre eigene heiße Begierde so wenig verbarg.

Es schürte sein ohnehin schon heftiges Verlangen zu hellem Brand. Mit der Geschicklichkeit eines Mannes, der über eine reiche Erfahrung auf diesem Gebiet verfügt, begann er sie zu entkleiden, während er sie noch immer küßte. Die Schnüre der Tunika und die Schlaufen des Untergewandes lösten sich wie von Zauberhand, und ehe Graciana begriff, was geschah, stand sie im Hemd vor ihm.

Der dünne Stoff bildete kein Hindernis für seine streichelnden Hände, die ihre Brüste umfingen und herausfordernd über die harten Spitzen strichen. Bei der Gelegenheit öffnete er auch die Schleife, die das Hemd zusammenhielt, und der Bänderzug rutschte ihr über die Schultern. Im letzten Moment konnte sie das Leinen halten, ehe es vollends über ihren Busen rutschte. Sie ahnte nicht, wie verführerisch sie in diesem Augenblick wirkte.

»Ihr dürft nicht ...«, flüsterte sie angsterfüllt und wider voller Widerstreben. »Eine Frau darf nur bei ihrem Ehegatten liegen. Es ist bereits eine Sünde, wenn sie sich von einem Mann auf den Mund küssen läßt, dem sie nicht in allen Ehren angetraut wurde!«

Die Erziehungsmaximen aus dem Tugendkatalog

für ehrbare Jungfrauen hörten sich aus ihrem Mund so seltsam an, daß Kérven für einen kleinen Augenblick innehielt und sie aus verengten Augen betrachtete. Er bekämpfte das Verlangen, sie auszulachen, denn sie sah aus, als glaubte sie tatsächlich den Unsinn, den sie von sich gab.

»Ich bin kein Pfaffe, der dir deine Sünden auflistet, Graciana«, antwortete er schließlich. »Aber ich bin auch kein Narr, der sich von dir hinhalten läßt. Du gefällst mir, und ich begehre dich. Je weniger du dich dagegen wehrst, um so mehr Genuß wirst du selbst davon haben. Und nun Schluß mit den Albernheiten!«

Ein energischer Zug an ihrem Hemd ließ ihr die Wahl zwischen reißendem Stoff und der geforderten Unterordnung. Aus welchen Motiven sie den Gehorsam wählte, wollte sie selbst nicht näher ergründen. Ihr war auch keine Muße gegönnt, denn Kérven bettete sie auf die weichen Felle seines Lagers.

Die Berührung der Pelze auf ihrer nackten Haut ließ Graciana erschauern. Ein leiser Seufzer kam über ihre Lippen, als Kérven erneut ihre Brüste umfaßte und mit den Daumen über die empfindsamen Knospen strich. Dann beugte er sich vor und nahm eine der rosigen Brustspitzen zwischen die Lippen.

Graciana war ihm völlig hilflos ausgeliefert, überwältigt von seinen Liebkosungen und ihrem Verlangen. Es fuhr wie ein Sturmwind durch ihren Körper. Unter diesem Ansturm auf ihre Sinne wand sie sich unruhig auf den Fellen. Ihr ganzer Körper sehnte sich danach, sein Streicheln, seine Küsse zu spüren, ihn in sich zu haben. Unwillkürlich bog sie sich ihm entgegen.

Kérven lächelte leicht und ließ seine Hand zwischen ihre Schenkel gleiten, liebkoste sie auf die gleiche intime Weise, wie er es schon einmal getan hatte, dann glitt er mit einem Finger in sie hinein. Ihr leiser Aufschrei wurde von einem neuerlichen leidenschaftlichen Kuß erstickt, und sie fühlte die Berührung tiefer und tiefer in sich.

Sie wußte nicht, wie ihr geschah. Es war unglaublich schön, unglaublich erregend, und dennoch – es war nicht das, was sie wirklich haben wollte, sie fühlte sich so unvollständig. Aber trotzdem wölbte sie sich ihm verlangend entgegen, stieß kleine Seufzer aus, die Kérven nur noch mehr erregten.

»Warte, mein Herz!« raunte er und entledigte sich hastig seiner Kleider. »Gütiger Himmel, du bringst mich um meinen Verstand! Welche Leidenschaft in dir schlummert ...«

Graciana riß weit die Augen auf, als sie spürte, wie er in sie eindrang, heiß und mächtig und voller Lust. Sie verkrampfte sich unwillkürlich, aber diesmal fühlte sie keinen Schmerz! Im Gegenteil, es fühlte sich unglaublich schön an, er füllte sie aus, gab ihr das Gefühl, endlich Teil eines Ganzen zu sein, sie erschauerte vor Lust.

Kérven spürte, wie sich ihre Muskeln zusammenzogen; stöhnte auf, als sie die Beine um seine Hüften schlang und sich seinen Bewegungen entgegenbog. Tief, ganz tief wollte er in ihr sein und sie spüren, und ein heiserer Laut entrang sich ihrer Kehle, als er sich erneut kraftvoll in ihr bewegte. Graciana schrie auf und warf sich ihm bei jedem Stoß heftiger entgegen.

Sie klammerte sich an seine breiten Schultern, verloren in einer Ekstase, die sie alles um sich herum vergessen ließ außer dieser unglaublichen Lust. Noch einmal nahm sie ihn in sich auf, und dann brach die ganze

Welt über ihr zusammen. Sie schrie ihre Lust heraus, weil sie sie einfach nicht mehr glaubte ertragen zu können.

»Meine kleine Löwin!«

Atemlos erschöpft und über alle Maßen zufrieden ließ sich Kérven des Iles auf den Rücken fallen. Heftig hob und senkte sich seine Brust. Noch nie in seinem Leben hatte er einen solchen wunderbaren Höhepunkt der Liebe erlebt. Niemals eine Frau in den Armen gehalten, deren Leidenschaft ihm solche Wonnen schenkte. Schwer atmend stützte er sich auf den Unterarm, um dieses Wunder zu betrachten, Graciana, die mit geschlossenen Lidern neben ihm lag.

Sie spürte seinen Blick, aber sie wagte nicht, die Augen zu öffnen. Die eben erlebte Wonne erfüllte noch immer ihren Körper und ihre Seele, sie fühlte sich gleichzeitig unendlich schwach und unendlich glücklich.

»Ihr habt mir nicht mehr weh getan …«, flüsterte sie kaum hörbar, als könne sie es selbst am allerwenigsten fassen, was sie empfunden hatte.

»So glaubst du mir endlich?«

»Was soll ich glauben …«

»Daß die Liebe etwas Wundervolles ist. So wundervoll wie dein schöner Leib und deine süßen Küsse. So verlockend wie deine festen Brüste …«

Seine Hand berührte spielerisch-zärtlich alles, was er benannte. Schließlich umfing sie eine Brust, und er streichelte sanft die sensible Spitze, die sich augenblicklich wieder verhärtete. Ein Zittern lief über Gracianas Körper, das Kérven wie ein vollkommenes Instrument der Liebe erschien, das ihn einlud, noch einmal damit zu spielen.

»Wie gierig du bist, meine schöne Löwin«, murmelte Kérven verblüfft. »Kann es sein, daß dein Appetit noch nicht gestillt ist?«

Er rollte sich halb auf sie, und seine Hand glitt tiefer, in ihren Schoß. Er rutschte ein Stück herab, spreizte ihre Beine ganz sanft und betrachtete sie, während er sie immer noch so erregend liebkoste. Dann konnte er der Versuchung nicht widerstehen und senkte den Kopf. Wo er sie eben noch mit den Fingern berührt, mit seinem Blick liebkost hatte, fühlte sie nun seine Zunge, und unwillkürlich stieß Graciana einen Schrei aus.

»Was tut Ihr?«

»Ich will dich kosten ...«

»Ohh ...«

Es war eine zarte und doch drängende Berührung, ein zärtliches und erregendes Liebkosen. Und es entfachte Gefühle, die sie noch nie empfunden hatte. Verlangend stöhnte sie auf.

»Tut es dir weh ...«, erkundigte sich Kérven in scheinheiligem Mitgefühl und spürte, wie sich auch sein Verlangen erneut regte.

»Nein ... es ...es ist eigenartig ... wundervoll ...«

Graciana meinte, nur noch aus Gefühlen zu bestehen, aus Lust, Verlangen und Ekstase. Eine heftige Empfindung baute sich in ihr auf, strebte einem gewaltigen Höhepunkt entgegen und riß sie schließlich vollkommen mit sich. Und genau in diesem Moment drang Kérven erneut in sie ein, in ungezügelter Leidenschaft bewegte er sich in ihr, und Graciana konnte nichts anderes tun – und wollte es auch nicht – als sich dieser ungehemmten Verzückung zu überlassen. Kaum hatte Kérven sich schließlich von ihr gelöst, da fiel sie in einen tiefen Schlaf völliger Erschöpfung.

Ludo bekam große Augen, als er, wie befohlen, bei Sonnenaufgang das Gemach seines Herrn betrat und die eng aneinander geschmiegten Körper unter den Decken entdeckte. Ein schlankes, weißes Frauenbein erregte seine Aufmerksamkeit, aber im selben Moment warf Kérven des Iles bereits die Decke darüber. Hätte da nicht eine vorwitzige Strähne unter dem dunklen Pelz hervorgelugt, man hätte kaum vermuten können, daß der Herr nicht allein war. Graciana machte nicht die kleinste Bewegung.

Kérven stand auf und wusch sich flüchtig mit dem eiskalten Wasser, das Ludo mitgebracht hatte. Der Page wurde knallrot, als er die Spuren von Gracianas Fingernägeln entdeckte, und beeilte sich, mit fliegenden Fingern für die Garderobe seines Herrn zu sorgen. Der legte in aller Ruhe seine Kleider und einen leichten Harnisch an, ehe er nach seinem Umhang und dem Schwertgehänge griff.

»Gehen wir, Ludo!«

Der Junge lief voraus, und Kérven blieb an der Tür noch einmal stehen. Er verspürte den närrischen Wunsch, Graciana ein letztes Mal in die Arme zu nehmen. Ihr einen Kuß zu rauben, noch einmal über die hinreißenden Brüste zu streicheln und … wie war es nur möglich, daß er nach dieser wilden Nacht schon wieder Verlangen verspürte?

Mit einem unwilligen Knurren tat er die eigenen Wünsche als Dummheiten ab und schritt hinaus. Das fehlte noch, daß er sich von einem Weib bei seinen Plänen behindern ließ, selbst wenn sie die personifizierte Verführung war. Kein Wunder, daß Adam im Paradies gesündigt hatte. Es wollte ihm scheinen, daß Graciana wie eine zweite Eva war.

Fiacre de Mar reichte ihm im Hof den Satteltrunk,

und Kérven nahm einen ordentlichen Schluck des kühlen Weißweins, ehe er sich verabschiedete und die Zügel hob. Dann blickte er noch einmal über die Schulter zurück.

»Vergeßt nicht, was ich Euch bezüglich der jungen Frau gesagt habe!«

»Selbstverständlich, Seigneur ...«

Der kleine Trupp mit Kérven an der Spitze und dem Knappen an seiner Seite polterte über die Zugbrücke und verschwand im Morgennebel.

»Was gibt es bezüglich der jungen Frau zu sagen?« erkundigte sich Rose Melrand, die das bedeutende Amt der Haushälterin auf Lunaudaie inne hatte. »Wo kommt sie überhaupt her, und was stellt sie dar?«

»Die Geliebte des jungen Herrn«, entgegnete der Burgvogt seufzend, aber unmißverständlich. Es gefiel ihm nicht, daß er sich in Graciana so getäuscht hatte. Er hatte sie für fromm und ehrbar gehalten. »Und solange er derart vernarrt in sie ist, solltest du sie mit Respekt behandeln, Rose. Frauen, die das Ohr ihres Seigneurs besitzen, haben eine gewisse Macht!«

»Eine Hure!« Die ehrbare Frau schnappte nach Luft und stemmte die Arme in die Hüften. »Wo hat er das Weib nur aufgetrieben? Sicher wird sie sich als Herrin aufspielen wollen!«

»Gehorche, dann wirst du keine Schwierigkciten haben!«

»Euer Wort in Gottes Ohr, Messire«, schnaubte die entrüstete Matrone. »Das hat uns noch gefehlt in Lunaudaie. Erst die Eroberung, dann die fremden Soldaten und jetzt die Unzucht! Wo soll das noch enden?«

Fiacre de Mar ersparte sich eine Antwort. Rose Melrand gehörte nicht zu den Menschen, mit denen er seine Gedanken diskutierte. Dabei mußte er ihr im geheimen beipflichten. Kérven des Iles mußte heiraten und Lunaudaie eine richtige Herrin schenken!

9. Kapitel

Das Bethaus befand sich im Untergeschoß des sogenannten Kapellenturms. Von schweren, spitzen Gewölben getragen, bot es für die Menschen der Burg gerade ausreichend Platz, wenn sich alle eng zusammendrängten. Doch als Graciana eintrat und sich bekreuzigte, war der Raum leer. Das ewige Licht flackerte in tröstlicher Stetigkeit über dem Altar, und vor das schwere Granitkreuz mit der grob gehauenen Figur des gekreuzigten Heilands hatte jemand einen Kupferkrug mit bunten Herbstblumen gestellt.

Der Duft der Blumen mischte sich mit dem des Wachses und dem feuchtem Moderhauch der Mauern. Hier war schon lange kein Weihrauch mehr verbrannt worden, und bis auf das Steinkreuz entbehrte das Gotteshaus jeder Kostbarkeit. Graciana fragte sich unwillkürlich, ob dies eine Folge der Besatzung oder mangelnder Frömmigkeit war.

Sie sank im dämmerigen Schatten eines schweren Pfeilers in die Knie und faltete die Hände. In der Stille der kleinen Kirche konnte sie sogar die eigenen Atemzüge vernehmen. Wie viele Tage war es her, seit sie zum letzten Male vor der heiligen Anna gebetet hatte? Fünf? Sechs? Sieben oder sogar mehr als eine Woche? Sie wußte es nicht.

Und ihr waren auch die Worte der Gebete abhanden gekommen. Sie kam nicht über die ersten Zeilen des Ave Marias hinaus. Die vertraute Litanei vermochte sie nicht mehr zu beruhigen. Doch inzwischen war der Schock über all das, was seit dem Überfall auf das Kloster passiert war, ein wenig abgeklungen, und Graciana konnte wieder klarer denken. Mutter Elissa hatte sie gelehrt, erst zu denken und dann zu handeln, auch wenn sie diesen Grundsatz zwischendurch vergessen hatte.

Immer noch gefiel es ihr nicht, ganz allein unter Fremden zu sein, immer noch verfolgte sie der Schrecken des Angriffs der Söldner. Doch man konnte nicht ein Dutzend unwillige Mägde antreiben, mit der Haushälterin über die Notwendigkeit von Lauge und Bienenwachs debattieren und gleichzeitig bei jedem Laut zusammenzucken.

Die Tatsache, daß auch nach dem Abzug der Männer des Herrn von Blois, der ungefähr zwei Monate zurückliegen mochte, niemand einen Finger gerührt hatte, um die Folgen dieses »Besuchs« zu beseitigen, hatte Graciana einfach wütend gemacht. Mutter Elissa hätte eine solche Schlamperei niemals geduldet.

Die Schlachten, die sie täglich mit Rose Melrand austrug, rissen sie aus ihrer traurigen Lethargie. Eine so faule und nachlässige Person hatte sie noch nie erlebt. Lediglich die Küche, in der sie für sich und die Ihren kochte, machte einen halbwegs annehmbaren Eindruck, obwohl Graciana auch hier die Sauberkeit der Kupfertöpfe und die Schluderei in der Vorratskammer bemängelte.

»Der Seigneur hat mich gebeten, für Ordnung zu sorgen, und das werde ich tun!«

Dieser Satz wurde zu ihrem neuen Gebet und ersetzte das alte. Seit sie am Morgen nach seiner Abreise erwacht war und sich allein gefunden hatte, hielt sie sich an diesem Auftrag fest wie an einer stützenden Krücke. Sie arbeitete härter als jede Magd.

Am liebsten hätte sie selbst dabei mitgeholfen, die Wände in der großen Halle neu zu kalken, weil sich der Maler aus der Stadt zuviel Zeit dafür ließ. Sie hätte die Holzböden gewachst und Zinnleuchter poliert. Doch sie hatte genug damit zu tun, allen Säumigen auf die Finger zu sehen und zu überprüfen, ob und wie die angeordneten Arbeiten ausgeführt wurden. Sie war überall zugleich und scheuchte jeden unerbittlich. Da Fiacre de Mar diesen Wirbel an Aktivität offensichtlich duldete, wagte niemand, ihr zu widersprechen. Man murrte heimlich, und Graciana ahnte, daß hinter ihrem Rücken übel getratscht wurde.

Ein leises Knarzen im Hintergrund ließ sie plötzlich erstarren. Unwillkürlich rückte sie tiefer in den Schatten der Säule. Sie wollte nicht gesehen, nicht gestört werden. Aber auch die Eintretenden hielten sich weit hinten im Zwielicht, damit niemand sie entdeckte.

»Puuuh, ich spür' meine Hände schon nicht mehr. Dieses ewige Geschrubbe ist schrecklich. Die Lauge zerfrißt einem regelrecht die Haut!« hörte sie eine empörte schrille Stimme, die sie als jene der Magd Sophie erkannte, die unter ihrer Anleitung die Herrschaftskammer gesäubert hatte.

»In der Kapelle wird sie uns nicht suchen«, antwortete ihr eine kichernde zweite Stimme, die jung klang, aber von Graciana nicht eingeordnet werden konnte. »Man möchte meinen, unser neuer Herzog kommt zu Besuch, und sie will besondere Ehre bei ihm einlegen!«

»Ehre, beim Herzog?« Sophie klang betont spöttisch. »Denkst du, seine Gnaden der Herzog gibt sich mit einer Dirne wie ihr ab?«

»Sag so etwas nicht laut!«

»Die Wahrheit darf man immer sagen, erst recht im Haus Gottes«, erwiderte Sophie gehässig. »Sie ist doch die Bettgenossin des Seigneurs, oder etwa nicht? Man hat sie schreien hören, so hat er sie geritten, in der

Nacht, ehe er fort ist! Ich begreife nicht, warum wir uns von so einer schikanieren lassen sollen!«

»Du bist ja nur neidisch, weil du nicht an ihrer Stelle bist«, gab die andere zurück. »Gib's zu, daß du schon früher ein Auge auf ihn geworfen hattest, als er noch ein hübscher Junge war!«

»Na und? Ich hätt' wenigstens gewußt, wo mein Platz ist, und niemanden aus purem Hochmut geschunden. Diese Graciana ist von der schlimmsten Sorte! Sie stürzt einen ehrlichen Mann nur ins Unglück! Und so eine maßt sich an, sittsame Frauen herumzukommandieren!«

Graciana schlug die Hand vor den Mund, damit ihr kein Laut entfloh. Starr vor Entsetzen lauschte sie dem bösartigen Klatsch, den die beiden Mägde genußvoll verbreiteten. Sie hatte nicht geahnt, wie mißgünstig und gehässig andere Menschen sein konnten.

»Beruhige dich«, riet währenddessen die zweite Magd der wutschnaubenden Sophie. »Weiber wie die regieren nicht lang. Du kennst doch den Seigneur, er ist stolz, und der gute Name von Lunaudaie bedeutet ihm alles. Jetzt, wo er Graf geworden ist, wird er ohnehin bald heiraten. Eine edle Dame mit großer Mitgift. Was die mit einer Dirne wie dieser Graciana macht, kannst du dir vorstellen. Sie wird von Glück sagen können, wenn sie die Ställe ausmisten darf. Wenn die Dame indes klug genug ist, läßt sie das Weib auspeitschen, an den Pranger stellen und im Arbeitshaus den Flachs schlagen, bis sie blutige Hände bekommt.«

»Darum bete ich zur heiligen Jungfrau«, meinte Sophie kichernd. »Schneidet man Huren nicht auch die Haare ab? Das würde ich gern tun, dann kann sie nicht mehr so stolz mit ihren Zöpfen schwenken.«

Graciana zitterte am ganzen Körper. Sie brauchte all

ihre Selbstbeherrschung, um nicht aufzuschreien. Was hatte sie diesen Mädchen getan? Auch im Kloster hatte es manchmal Auseinandersetzungen gegeben, kleine Bosheiten oder gar zwei Frauen, die sich einfach nicht vertrugen. Aber niemals hatte Graciana einen solchen hämischen Neid kennengelernt. Es lähmte sie, widerte sie an. Was sollte sie tun? Wie sich dagegen wehren? Haßten sie denn alle in diesem Haus so schrecklich?

Immerhin führte das belauschte Gespräch dazu, daß sie die Menschen in ihrer Umgebung genauer betrachtete. Sie streifte die letzten Reste der naiven Unschuld ab, die sie noch besessen hatte, und versuchte sich mit den Regeln und Schwierigkeiten vertraut zu machen, die auf Lunaudaie herrschten. Ausgerechnet Fiacre de Mar, der strenge Großvater des Pagen Ludo, entpuppte sich dabei als unschätzbare Hilfe.

Graciana konnte nicht ahnen, daß er ihr insgeheim unendlich dankbar dafür war, wie sie Rose und die nachlässigen Mägde zur Arbeit antrieb. Es war eine Aufgabe, an der er selbst zuvor gescheitert war. Die junge Frau entdeckte im greisen Seigneur de Mar eine Güte und Lebensweisheit, wie sie sie vorher nie kennengelernt hatte.

Instinktiv vertraute sie dem weißhaarigen Greis, in dessen Antlitz die Spuren tiefen Leides eingegraben waren. Sie hätte viel lieber einen Vater wie ihn gehabt und nicht jenen Teufel, der ihr behütetes Dasein so nachhaltig zerstört hatte. Einen Vater, dessen Namen man aussprechen konnte, ohne daß man sich für ihn schämen mußte.

An Fiacre de Mar wandte sich Graciana auch wegen der leeren Fensterhöhlen. Sie verabscheute die Rahmen mit den Häuten, die zwar den gröbsten Wind abhielten, aber die Räume noch düsterer machten, als sie es ohnehin schon waren mit ihren dunklen Böden und Holzdecken.

»Was ist mit den Handwerkern in der Stadt?« forschte sie. »Wäre es nicht auch für sie wichtig, wenn es in der Burg Arbeit und Lohn gibt? Glasermeister, Schreiner, Weber und Schmiede werden benötigt, auch ein Küfner und ein Steinmetz fänden genug zu tun. Ich denke, der Seigneur wird sich nicht mit Häuten vor den Fenstern zufriedengeben, und er schätzt vermutlich gepolsterte Stühle und Bänke. Auch der große Tisch in der Halle ist eine Schande, und im Keller gibt es kaum ganze Fässer!«

Fiacre warf ihr einen anerkennenden Blick zu. Er teilte ihre Einschätzung der Lage völlig. Doch es gab einen Punkt, der zuvor geklärt werden mußte.

»Ihr seid sicher, daß der Seigneur sein Gold für derlei Dinge verwenden möchte? Kann es nicht sein, daß er auch die Waffenkammer im Auge hat? Schwerter, Lanzen und Hellebarden sind teuer!«

»Aber auf Schwertern läßt sich schlecht sitzen, und Hellebarden halten den Herbstwind nicht ab«, wandte Graciana ein. Sie war von einer Energie erfüllt, von der sie selbst nicht geahnt hatte, daß sie in ihr schlummerte. »Er hat mich gebeten, dafür zu sorgen, daß Lunaudaie bewohnbar ist. Wir werden es tun, natürlich mit allen Geboten der Sparsamkeit. Überflüssiger Luxus ist unnötig.«

»Mir soll's recht sein«, meinte der Burgvogt schmunzelnd. »Ich werde Euch die Handwerker schicken, die Ihr benötigt, mein Kind!«

Er hatte sich ohne großes Überlegen zu dieser diplomatischen Anrede und dem respektvollen »Ihr« entschieden. Anders als die schnippischen Mägde hatte er bei Graciana einen Adel der Seele entdeckt, wie man ihn nicht oft fand. Sie war vielleicht keine ehrbare Frau mehr, aber ihre Tatkraft verdiente jeden Respekt.

»Ich könnte selbst in die Stadt gehen und mit den Handwerkern sprechen ...«, schlug Graciana vor.

»Sie werden Euch mit Sicherheit respektvoller begegnen, wenn Ihr sie in der Burg empfangt«, riet der Greis, der noch mehr als Graciana um die Gerüchte wußte, die über ihre Person umliefen.

Der Vorfall in der Kirche hatte die junge Frau jedoch sensibel für gewisse Untertöne gemacht. Sie errötete heftig, denn sie begriff, weshalb der Burgvogt dies empfahl. Es kostete sie allen Stolz, nicht einfach auf dem Absatz kehrtzumachen und davonzulaufen. Sie wußte ja selbst, daß ihr Verhalten nicht der Moral genügte, aber deshalb war sie noch lange nicht verdorben.

»Dann schickt bitte nach den Männern«, erwiderte sie und strich sich mit einer seltsam fahrigen Geste über die schmucklose, blaue Tunika ihres Gewandes, das sie Tag um Tag trug.

Sie hatte nur dieses eine, und Fiacre, dem dies plötzlich auffiel, setzte eigenmächtig noch einen Tuchhändler und eine Näherin auf die Liste der Handwerker. Es konnte schließlich nicht im Sinne des Seigneurs sein, wenn seine Liebste nicht einmal ein zweites Hemd besaß.

Die Burg, in die Kérven des Iles nach neun Tagen zurückkehrte, hatte sich aus einem trostlosen Mauergeviert in einen wohlgeordneten Haushalt verwandelt. Zwar waren allenthalben noch Handwerker dabei, den früheren Glanz wieder herzustellen, aber die Standarte, die in stolzem Glanz über dem Torturm wehte, war seine eigene und leuchtete in hellen Farben. Das Burgtor stand weit offen, wurde aber korrekt bewacht.

Stallburschen eilten über den gefegten Burghof, um sein Pferd in Empfang zu nehmen, und aus der Schmiede an der Außenmauer drang das Hämmern der Handwerker. Die Esse glühte wie ein frisch geschürtes Höllenfeuer, und ein Knecht schleppte Brennholz herbei. Aus dem Backhaus duftete es nach frischem Brot, und im Pferch bei den Ställen gackerte eine stattliche Hühnerschar. Kérven, der seinem Troß ungeduldig vorausgeritten war, sah sich zufrieden um, ehe er die blitzsauberen Stufen zur großen Halle hinaufeilte.

Unter dem bogenförmigen Eingang blieb er stehen, als sei er unvermittelt gegen ein Hindernis gerannt. Weiß gekalkte Wände warfen das Licht zurück, auf dem polierten Kaminsims glänzten Kupferkannen und silberne Pokale. Die steinernen Quadrate des Bodens waren mit duftenden Kräutern bedeckt, und vor dem Feuer stand ein geschnitzter, hochlehniger Stuhl mit gepolsterter Sitz- und Rückenfläche. Das erste Bogenfenster war bereits wieder mit grün-weißen Glasrauten geschmückt, und am zweiten bemühten sich die Handwerker eben, die neuen Flügel einzupassen.

Quer zur Halle stand an Stelle des verschrammten Schragentisches ein kleinerer, auf Hochglanz polierter Eichentisch mit sorgsam gedrechselten Beinen und einer Reihe von hochlehnigen Stühlen. Außerdem waren geschrubbte Holzplatten auf Holzböcke gelegt worden, damit auch das Gesinde seinen Platz fand.

»Zum Henker!« murmelte Kérven beeindruckt und fühlte sich in seine Kindheit zurückversetzt, als die

Dame des Iles, seine Mutter, mit fester Hand über den Haushalt der Burg geherrscht hatte.

»Willkommen zu Hause, Seigneur!« hörte er Fiacre de Mars leicht amüsierte Stimme, und er wandte sich zu dem Alten, der eben aus dem Durchgang zur Treppe getreten war und sich auf einen Stock stützte.

»Wie habt Ihr dieses Wunder vollbracht?« fragte staunend der junge Ritter und öffnete die Schnalle seines staubigen Reiseumhanges.

»Bedankt Euch nicht bei mir, sondern bei der Kleinen, die Ihr nach Lunaudaie gebracht habt«, meinte der Burgvogt schmunzelnd. »Sie besitzt das beeindruckende Organisationstalent eines Generals und die volle Autorität eines regierenden Herrschaftshauses. Sie schafft Übermenschliches im Wunsch, Euch zu gefallen!«

»Graciana?« Kérven schaute sich suchend um. »Wo in Dreiteufelsnamen steckt sie? Habt Ihr daran gedacht, daß sie die Burg nicht verlassen darf? Ihr seid mir dafür verantwortlich!«

»Wenn Ihr Euch die Mühe machen wolltet, den Kopf zu wenden ...«, entgegnete der Burgvogt, den diese Vorwürfe ein wenig erbitterten.

Graciana hatte das bekannte Pferd entdeckt, als sie aus dem Backhaus trat. Ein Stallknecht hatte seine liebe Mühe mit dem feurigen Hengst gehabt, und sie hatte ohne lange nachzudenken, die Röcke gerafft, um loszulaufen. Er war zurück!

Erst in diesem Moment begriff sie voller Erstaunen, wie schrecklich sie ihn vermißt hatte. Daß er die einzig verläßliche Stärke ihres Daseins war und sie ihr ganzes Vertrauen in ihn setzte. Er war zurück, nun würde alles gut werden!

Sie kam rechtzeitig genug, um die Lobeshymne des

Burgvogts auf ihre Fähigkeiten zu belauschen, und die Verblüffung ließ sie mitten im Schritt verharren. Niemand hatte sie jemals für ihre Arbeit gelobt. Mutter Elissa hatte vorausgesetzt, daß sie ihr Bestes gab, alles andere wäre sündhaft in ihren Augen gewesen. Pflichterfüllung war eine Selbstverständlichkeit!

Nun sah sie die Verblüffung auf Kérvens Zügen, als sie ihn betrachtete und seine Erscheinung in sich aufnahm. Unter dem staubigen Umhang blitzten seine Waffen, und er hatte den Aufenthalt in Rennes dazu genutzt, die langen Haare zu einer kürzeren Frisur schneiden zu lassen. Es ließ ihn härter und männlicher wirken.

Kérvens unwirsche Frage hingegen brach den Bann. Hatte sie das richtig begriffen? Sie durfte die Burg nicht verlassen? Er hatte den Burgvogt zu ihrem Kerkermeister ernannt? Weshalb in aller Welt? Was hatte sie ihm getan, daß er sie ihrer Freiheit beraubte?

Die Betroffenheit stand ihr noch ins Gesicht geschrieben, als Kérven sich umwandte und sie mit seinen Blicken förmlich verschlang. Sie hatte eine Mehlspur auf der Wange, weil sie eben die Brote mit in das Feuer geschichtet hatte, und ein paar vorwitzige Strähnen hatten sich aus den straffen Zöpfen gelöst. Sie lagen wie ein heller Heiligenschein um das schöne Antlitz mit den goldenen Augen.

Das war nicht die sinnliche Magierin, die ihn in ihren Bann geschlagen hatte, sondern eine entzückende Hausmagd. Bescheiden, fleißig und so rein wie das Wasser einer frischen Quelle. Wie überraschend, daß ihm ihr Anblick trotzdem den Atem raubte.

Nicht eine der schönen Damen am Hofe des neuen Herzogs der Bretagne konnte es mir ihr aufnehmen.

Sie waren charmant, elegant und erfreulich anzusehen, aber ihnen fehlte jene Aura, die Graciana so unverwechselbar machte. Es schien sie nie zu kümmern, wie sie aussah, was man von ihr dachte oder welche Kleider sie trug. In Lumpen oder Samt, sie blieb immer Graciana.

»Willst du mich nicht willkommen heißen?« sagte Kérven heiser.

»Willkommen«, flüsterte sie befangen und schlug die Augen nieder. Ihr Herz schlug so laut, daß sie fürchtete, die beiden Männer könnten es hören.

»Du lieber Himmel, Seigneur! Ihr seid geritten wie der Teufel persönlich, ich konnte Euch nicht früher einholen ...« Atemlos stürzte Ludo in die Halle und blieb dann ebenfalls wie angewurzelt stehen.

Er verstummte mitten im Satz und sah sich mit so unverhohlener Verblüffung um, daß Kérven in schallendes Gelächter ausbrach.

»Ich hätte nie gedacht, daß es dir möglich wäre, noch dümmer als gewöhnlich dreinzuschauen«, zog er seinen Knappen vergnügt auf. »Falls du dich fragst, ob du in der richtigen Burg bist, dann brauchst du nur deinen Großvater zu begrüßen. Ich werde derweilen nachsehen, ob deine Wunder auch bis in das erste Stockwerk dieses Hauses reichen!«

Seine letzten Worte galten Graciana, und er streckte fordernd die Hand nach ihr aus. Sie zögerte, ging aber dann doch auf ihn zu, um ihre Hand in seine zu legen. Sie sah die Wärme in seinen Augen und das schalkhafte Lächeln, das die Strenge seines Mundes verwandelte.

»Ich hoffe, Ihr findet alles zu Eurer Zufriedenheit vor«, sagte sie sanft, und Kérven konnte nichts anderes tun, als das Lob seines Burgvogts zu wiederholen, als er sah, was sie aus dem Herrschaftszimmer gemacht hatte.

»Wo in aller Welt hast du dieses Bett aufgetrieben?« Staunend betrachtete er den großen Alkoven, der nun auf der Plattform und den beiden Stufen stand.

Aus rötlichem Holz geschnitzt, trug er mit vier gedrechselten Säulen einen Betthimmel, der bis an die Balkendecke reichte. Grüne Samtvorhänge, die mit bestickten Borten umfaßt waren, weckten Erinnerungen an eine lichtüberflutete Waldlichtung, üppig gefüllte Federbetten, die auf den Schläfer warteten, waren mit feinstem weißem Leinen bezogen, dessen bestickte Kanten und Ecken in makelloser Schönheit glänzten. Keine Falte störte die Pracht, und es war zu sehen, daß in diesem Bett noch keine Menschenseele geschlafen hatte.

»Der Vogt konnte einen Teil der Möbel zur Seite schaffen, ehe die Krieger des Herrn von Blois das Schloß plünderten«, beantwortete Graciana Kérvens Frage. »Man mußte sie nur ein wenig instand setzen und neu polieren. Die Fenster hingegen hat der Glaser für einen Zunftmeister angefertigt, der im Sommer am Fieber verstorben ist. Seine Witwe hat sich geweigert, die Summe zu bezahlen, die der Mann gefordert hat. Ich habe sie für die Hälfte bekommen, weil er am Ende froh war, sie überhaupt loszuwerden.«

»Wahrhaftig«, staunte Kérven und betrachtete die Glasbilder, die Szenen aus dem Leben des heiligen Paulus zeigten. »Du setzt mich in Erstaunen. Wie kann ich dir für all die Mühe danken?«

»Indem Ihr mir sagt, weshalb ich die Burg nicht verlassen darf?« Graciana nutzte die Gelegenheit, denn diese Frage beschäftigte sie ungemein.

»Zu deinem Schutz«, parierte Kérven geschickt.

»Es ist nicht ratsam, wenn du allein unterwegs bist. Noch sind die Zeiten unsicher, und du hast am eigenen Leib erfahren, wie gefährlich die Zeiten für eine Frau sind. Ich möchte nicht, daß du in Gefahr gerätst!«

Eine ebenso logische wie freundliche Erklärung, und doch blieb ein Schatten des Zweifels. Machte er sich tatsächlich Sorgen um ihr Wohlergehen? Lag ihm etwas an ihrer Person?

»Wie kannst du es wagen, daran zu zweifeln?« Es schien, als hätte Kérven ihre Gedanken erraten. »Du hast mir gefehlt, meine Kleine!«

Graciana wich zu spät vor seiner Umarmung zurück. Oder hatte sie absichtlich gezögert, weil sie sich nach dem Kuß sehnte, den sie nun prompt erhielt? Der die Erinnerung an vertraute Zärtlichkeiten weckte und mit hungriger Leidenschaft von ihrem Mund Besitz ergriff?

Sie hatte um Stärke gebetet, sich fest vorgenommen, Kérven zu widerstehen, doch schon der erste spielerische Versuch machte alle guten Vorsätze zunichte. Sie erwiderte den Kuß in sehnsüchtiger Zärtlichkeit und schlang ihre Arme um den Hals Kérvens.

Als er sie frei gab, taumelte sie und mußte sich an einem der Pfosten des Bettes festhalten. Kérven lächelte und streifte das Lager mit einem vielsagenden Blick, ehe ihm die völlige Unversehrtheit der Laken auffiel.

»Du hast noch nicht in diesen Kissen geschlafen?«

»Natürlich nicht«, erwiderte Graciana und strich sich eine Haarsträhne aus der Stirn. »Mein Strohsack liegt in einer Kammer am Ende des Ganges.«

»Bist du närrisch, Mädchen?« brauste Kérven auf, der ihren widerborstigen Ton sehr wohl bemerkt hatte.

»Du wirst hier in diesem Bett und bei mir schlafen, solange es mir gefällt!«

»Es gehört sich nicht!«

Graciana hatte genügend Zeit gehabt, eine Entscheidung zu fällen.

»Was kümmert's mich!«

»*Mich* kümmert es«, beharrte sie leise. »Ich bin gerne bereit, Euch zu dienen, ich schulde Euch Dank. Aber ich werde es nicht als Hure tun. Man zerreißt sich ohnehin schon das Maul über mich!«

»Erwartest du vielleicht, daß ich dich zur Gemahlin nehme?« Der Gedanke kam Kérven so absurd vor, daß er in Gelächter ausbrach.

Graciana betrachtete ihn aus schmalen Augen. Hatte sie sich nicht gefragt, wieviel ihm ihr Ruf bedeuten mochte? Jetzt hatte sie seine Antwort erhalten – nichts.

»Du bist ein tüchtiges Mädchen, du bereitest mir großes Vergnügen, und das ist schon mehr, als ich je über eine andere Frau zu sagen gewußt habe«, antwortete er schließlich, als er sich wieder beruhigt hatte. »Hör aber auf, mir die Stirn zu bieten, und gib dich mit dem zufrieden, was du von mir bekommst. Sollte ich dich irgendwann fortschicken, kannst du dich darauf verlassen, daß du nicht mit leeren Händen gehen wirst.«

Er sah sie an, als erwartete er auch noch Dank für diese Ankündigung. Graciana schluckte hart, und ihre Stimme klang bitter.

»Hurenlohn!«

»Zum Henker! Willst du mich ärgern?«

Sie schüttelte langsam den Kopf. »Nein, nur verlassen!«

»Das verbiete ich dir, hörst du?«

»Ihr schreit ja laut genug, Seigneur!«

»Graciana!« Er versuchte es anders. »Du kannst nicht gehen, und du darfst nicht gehen. Es ist zu gefährlich!«

Graciana wußte nur, daß es gefährlich war, in seiner Nähe zu bleiben. Er hatte eine Macht über sie, die ihr tiefe Furcht einjagte. Die sie mit unsichtbaren Banden fesselte und verwandelte. Vielleicht hatte Mutter Elissa am Ende doch recht behalten? Der lasterhafte Charakter des Vaters hatte sich auf die Tochter vererbt. Nur die Mauern eines Klosters vermochten sie vor sich selbst zu schützen.

»Du mußt bei mir bleiben! Schwöre, daß du bei mir bleibst!«

»Der Schwur einer Dirne, Messire?« spottete sie. »Wie könnt Ihr darauf bauen?«

»Du redest Unsinn!« Auch seine Langmut hatte ihre Grenzen. »Ich habe dich nie wie eine Dirne behandelt, aber du wirst nicht leugnen können, daß ich dich nicht zur Liebe gezwungen habe, als wir nach Lunaudaie kamen. Du hast dich freiwillig verschenkt, und du hast ebenso großes Vergnügen daran gefunden wie ich!«

Graciana errötete tief. Daß Kérven die Wahrheit sagte, machte die Sache nur noch schlimmer.

»Ich leugne es nicht«, gab sie zu. »Aber es muß ein Ende haben!«

»Ich will nichts mehr davon hören! Heute abend wirst du in meiner Kammer sein, oder ich komme dich holen, hast du das verstanden?«

Er stürzte aus dem Gemach, weil er nicht mehr dafür einstehen konnte, daß er diesem rebellischen Wesen am Ende nicht aus lauter Wut den Hals umdrehte. Nicht nur aus Wut, sondern auch aus enttäuschtem Verlangen. Für einen Augenblick lang hatte er geglaubt, seine Heimkehr auf eine ganz besondere Weise mit Graciana feiern zu können.

Daß er bei seiner Flucht die ehemalige Haushälterin fast umrannte, kümmerte ihn nicht. Rose sah ihm aufgebracht hinterher und heftete ihre blitzenden kleinen Äuglein auf Graciana, die totenblaß aus dem Herrschaftszimmer trat.

»Mach nur weiter so, Kleine, dann erledigen sich meine Probleme ganz von selbst!« sagte sie zufrieden und segelte mit fliegender Haube davon.

»Damit habt Ihr sicher recht …«, erwiderte Graciana mit brüchiger Stimme und schlug die Hände vors Gesicht.

Was sollte sie tun?

10. Kapitel

Graciana hatte damit gerechnet, daß Kérven wie ein gereizter Stier auf sein Recht pochen würde, aber sie hatte nicht geahnt, daß er dafür auch verschlossene Türen eintrat. Sie hatte sich extra eine Kammer mit einem stabilen, hölzernen Riegel gesucht, aber er zerbrach in kleinste Feuerholzteilchen, als der Seigneur mit seinem Stiefel energisch dagegendonnerte.

Sie fuhr von ihrem bescheidenen Lager hoch, als er, einen Leuchter in der Hand, wie ein Rächer vor ihr stehenblieb. Sein mächtiger Schatten an der Wand sorgte dafür, daß sie sich wie eingesperrt vorkam. Sie hatte ihr Gewand nicht abgelegt, denn es war kalt in der Kammer, durch deren leere Fensterhöhlen der Wind pfiff. Sie verfügte nicht über den Luxus eines Kamins, wie es bei den Herrschaftszimmern der Fall war. Trotzdem hielt Graciana die wollene Decke wie ein Schutzschild vor ihren Körper und wartete angstvoll auf seine ersten Worte, die ebenso unfreundlich klangen, wie sie es befürchtet hatte.

»Du eigensinniger Fratz! Anscheinend ist es höchste Zeit, daß du lernst, wie man seinem Herrn gehorcht. Steh auf!«

Vorsichtig erhob sich Graciana, um ihn nicht noch mehr zu reizen. Im Licht der flackernden Kerzen wirkten ihre Augen unnatürlich groß und golden. Sie stand noch nicht ganz, als er bereits den Leuchter auf den Steinboden stellte und sich nach ihrem Strohsack bückte. Die paar Habseligkeiten, die sie an seine Seite gelegt hatte, warf er einfach darauf und ergriff dann das ganze Bündel mit einem Schwung, ehe er ihr

Handgelenk packte und auf den Leuchter deutete. »Du trägst das Licht!«

Erfolgreiche Gegenwehr wäre nur möglich gewesen, wenn sie den Kerzenleuchter als Waffe verwendet hätte, aber das brachte Graciana dummerweise nicht fertig. Sie konnte Kérven trotzen, aber sie wollte ihn keineswegs verletzen. Sie stolperte über ihre Rocksäume, als sie hinter ihm hereilte. Sein Schwung trug sie davon, bis er sie so heftig in seine Kammer stieß, daß die Kerzen an ihrem Leuchter im Luftzug erloschen.

Es machte nichts aus, denn in dem großen Gemach brannten unzählige andere Kerzen. Im Kamin loderte ein Feuer, und die Decken im Alkoven waren einladend zurückgeschlagen. Die luxuriöse Wärme umfing die fröstelnde junge Frau wie eine Versuchung. Am liebsten hätte sie sich vor das Feuer gekauert und die ersehnte Wärme durch alle Poren dringen lassen.

»Da!«

Wütend schleuderte Kérven des Iles Graciana ihren Strohsack vor die Füße. Ihre Schuhe, ein hölzerner Rosenkranz und ein einfacher geschnitzter Kamm klapperten über den Fußboden. Ihre alten Kleider rutschten in einem unordentlichen Haufen darüber.

»Legst du es darauf an, mich zu reizen, oder willst du sehen, wie weit deine Macht über mich geht?« rief er zornig und packte sie heftig an den schmalen Schultern. »Ich hatte dich gewarnt!«

Graciana konzentrierte ihre Aufmerksamkeit auf die pochende Ader an seinem kräftigen Hals. Es hielt sie davon ab, in die gefährlichen Augen zu sehen, und erinnerte sie daran, daß er wütend genug schien, um sie zu schlagen. Sie versuchte ihre Angst zu verbergen. Sie durfte keine Schwäche zeigen, sonst war sie vollends verloren, das wußte sie instinktiv.

»Ihr habt keine Rechte über mich«, erwiderte sie und sträubte sich eigensinnig gegen seinen Griff. »Ich bin nicht Eure Leibeigene!«

»Zum Henker, ich hätte dich den Männern an der Mühle von Auray überlassen sollen. Sie hätten dir vermutlich beigebracht, was Gehorsam ist!« sagte er verärgert.

Meinte er das ernst? Graciana sah nun doch auf und verlor sich in seinen wütenden, blauen Augen. Sie versuchte, das eigene kühle Feuer dagegenzusetzen. Es war ein Machtkampf, das war ihr bewußt. Woher sie freilich den Mut und die Kraft nahm, dieses Scharmützel aufzunehmen, vermochte sie selbst nicht zu sagen.

Kérven des Iles verspürte bei allem Grimm einen Anflug von widerwilligem Respekt für ihren Kampfgeist. Normalerweise beugten sich selbst hartgesottene Krieger vor seinem Blick. Daß ihm diese zierliche junge Frau solchen Widerstand bot, fand er ebenso unerwartet wie verblüffend. Es steckte ein Kern aus purem, gehärteten Stahl in ihr. Das Herz eines Kriegers. Weshalb konnte sie nicht wie andere Frauen sein? Ängstlich, schwach und nur darauf bedacht, sich in die starken Arme eines Mannes zu schmiegen, damit jener für sie sorgte?

In dem lastenden Schweigen, das zwischen ihnen entstand, wandte er erstaunlicherweise als erster die Augen ab. Ein tiefer Atemzug weitete seine Brust, und er beruhigte sich ebenso schnell wieder, wie er sich zuvor über sie erregt hatte.

»Komm zu mir, *petite*! Willst du nicht sehen, was ich dir aus Rennes mitgebracht habe?«

»Ihr habt mir etwas mitgebracht?«

Gracianas Augen weiteten sich vor Erstaunen, und

sie wirkte wie ein Kind, das zum ersten Male in seinem Leben ein Geschenk bekommt. Kérven konnte nicht wissen, daß dies auch tatsächlich der Fall war.

»Die Truhe dort gehört dir!«

Er deutete auf eine schwarze Ebenholztruhe, die so groß schien, daß zwei Männer bequem darauf sitzen konnten. Im Augenblick allerdings stand ihr Deckel offen, und Graciana erhaschte den Schimmer von Seide, von bestickten Stoffen und zarten Schleiergeweben in den verführerischsten Farben.

»Ich habe mir vorgestellt, wie du in diesen Gewändern aussehen wirst«, raunte Kérven. »Ich kann es kaum erwarten, dich darin zu bewundern. Ich nehme an, daß es in der Burg eine Magd gibt, die mit Nadel und Faden umgehen kann, falls das eine oder andere geändert werden muß. Ich habe versucht, fertige Kleider zu kaufen, denn ich bezweifle, daß du in Lunaudaie etwas anderes als brave Wollgewänder und bretonische Hauben bekommst.«

Die Versuchung war unmenschlich. Es juckte Graciana in den Fingern, wenigstens einmal über diese Herrlichkeiten zu streicheln. Sie wenigstens genauer zu betrachten. Kennenzulernen, wie Seide sich anfühlte, wie jener feine Florschleier oder diese prächtige Spitze aus steifem Goldfaden. Aber die Frage, welchen Dank er für diese Großzügigkeit erwartete, bannte sie auf ihren Platz. Hurenlohn! Die eigenen Worte gellten durch ihren Kopf.

Wie immer zeichnete sich der Kampf mit dem eigenen Stolz auf ihren ausdrucksvollen Zügen ab. Ungeduldig trat der Seigneur an die Truhe und griff nach dem nächstbesten Stück. Es entpuppte sich als prachtvolle Robe aus goldbesticktem, grünem Samt, deren Kanten mit weichem braunen Fell gefaßt waren und die wie geschaffen dazu schien, Gracianas, zerbrechliche Schönheit an einem kühlen Wintertag zu unterstreichen.

Er wollte sich eben damit zu ihr wenden, als er mit dem Fuß so unerwartet auf einen runden Gegenstand trat, daß er mit dem Knöchel umknickte. Mit gerunzelter Stirn sah er zu Boden und entdeckte zwischen den Samtfalten einen runden, milchigen Schimmer. Noch während er sich danach bückte, stürzte Graciana vor ihm zu Boden und barg das Ding blitzschnell in ihrer Hand.

»Was war das?« verwunderte sich Kérven.

»Es gehört mir! Es braucht Euch nicht zu kümmern!« rief sie angsterfüllt und versteckte die Hand hinter ihrem Rücken.

Mehr hätte sie nicht zu tun brauchen, um den Ritter neugierig zu machen. Er warf das Gewand in die Truhe zurück und trat zu ihr.

»Zeig her!« forderte er mit ausgestreckter Hand und erntete jenes eigensinnige Kopfschütteln, das so typisch für Graciana war.

»Schluß mit den närrischen Faxen!« knurrte er und packte gewaltsam ihren Arm, um ihn wieder nach vorne zu drehen.

Es fiel ihm zwar nicht leicht, die verkrampften Finger zu öffnen, aber schließlich hatte Graciana seiner Kraft nichts entgegenzusetzen. Riesig, milchig glänzend, vollkommen und kostbar schimmerte das vogeleigroße Juwel auf ihrer zitternden Handfläche. Eine kolossale Perle von so makelloser, überirdischer Schönheit, wie Kérven sie noch nie erblickt hatte.

»Großer Gott«, rief er erstaunt. »Wo hast du dieses Kleinod gestohlen?«

»Ich habe es nirgends gestohlen. Es gehört mir«, erwiderte Graciana bang. Sie ahnte bereits, daß er ihr kein Wort glauben würde.

»Natürlich!« Kérven rettete sich in Spott. »Wieso habe ich nicht gleich gemerkt, daß du in Wirklichkeit die Königin von Saba bist? Entschuldige meine unverzeihliche Dummheit! Wo haben Majestät den Rest ihrer Schätze versteckt?«

Er spürte das vergebliche Zucken der schmalen Hand, weil Graciana die Kostbarkeit wieder bedecken wollte, aber das ließ er nicht zu.

»Ich schwöre Euch bei allem, was mir heilig ist, daß diese Perle mir gehört«, rief die junge Frau heiser. »Ich habe ein Recht ...«

»Verdammt! Das Recht, daß dir der Henker die rechte Hand abhackt, ehe er dich als Diebin brandmarkt?« schalt der Seigneur sie wütend. »Wie kannst du nur so dumm sein und denken, daß ein solches Juwel nicht vermißt wird? Man wird den Dieb suchen! Die Diebin! Du kannst von Glück sagen, daß man dich noch nicht gefunden hat!«

»Ich bin keine Diebin«, wehrte sich Graciana aufgebracht. »Der Dieb seid Ihr, wenn Ihr mir mein Eigentum nicht zurückgebt. Ihr habt keinen Grund, an mir zu zweifeln! Gott ist mein Zeuge, daß ich die Wahrheit sage!«

»Und wenn du die heilige Dreifaltigkeit auf mich herabschwören würdest, ich glaube dir kein Wort, meine Kleine«, knurrte Kérven und griff nach der Perle, um sie zwischen zwei Fingern gegen das Licht der Kerzen zu halten.

»Wie konnte ich auch annehmen, daß Ihr mir glauben würdet!« sagte Graciana erbittert und starrte auf ihre leere Hand.

»Nur ein Dummkopf würde das tun, und ich mag manches sein, aber bestimmt kein Dummkopf!«

Langsam hob sie den Kopf und blickte in die blauen Augen, deren Blick in besorgtem Unwillen auf ihr Gesicht geheftet war. Sorge war es, die ihren Grimm besänftigte.

»Was kann ich tun, damit Ihr mir glaubt?«

»Wie wäre es zur Abwechslung einmal mit der Wahrheit?« schlug er vor. »Woher kommst du? Wohin wolltest du? Was ist dein Auftrag? Vermutlich stimmt nicht einmal dein Name, wie heißt du? Wo hat dich ein Kerl wie Cocherel überhaupt aufgetrieben und für seine schurkischen Zwecke abgerichtet?«

»Cocherel?«

Die Betroffenheit in Gracianas Augen verriet Kérven, daß er sich auf der richtigen Spur befand. Sie hatte mit dem Söldnerführer zu tun! Schließlich hatte nur der falsche Herzog von St. Cado einen Vorteil davon, wenn Jean de Montfort von seiner Handlangerin getötet wurde.

»Du gehörst zu ihm, nicht wahr? Zu Paskal Cocherel!«

Woher konnte er das wissen? Graciana wandte das Gesicht ab und versuchte sich zu fassen, aber der Schaden war längst angerichtet.

»Was soll ich sagen«, murmelte sie verdrossen. »Ihr glaubt mir ja ohnehin keine Silbe.«

»Ich müßte auch verrückt sein, um das zu tun, mein Engel!« sagte Kérven fuchsteufelswild. »Ich hätte gute Lust, dich in Ketten nach Rennes zu schicken und den Herzog über dein Schicksal urteilen zu lassen! Du hättest es verdient!«

»Und warum tut Ihr es nicht?« rief sie mindestens so wütend wie er.

»Vielleicht mache ich es, wenn du mich langweilst, meine Schöne! Aber zunächst möchte ich die Freuden deines Körpers gerne ein wenig länger genießen. Wie vielfältig begabt du doch bist, *Petite*!«

Graciana zuckte unter der nachlässigen Berührung seiner Hand an ihrem Busen zusammen, als habe er sie geschlagen. Noch nie hatte er sie so abschätzig berührt. Erst jetzt begriff sie, daß er sie tatsächlich bisher nicht wie eine Dirne behandelt hatte. Diesmal indes schwang in seinen Worten ein Unterton von Verächtlichkeit und Gleichgültigkeit mit, der mehr schmerzte als jeder Peitschenhieb. Sie sah, wie er die Perle noch einmal betrachtete, ehe er sie in den Beutel an seinem Gürtel schob und die Bänder wieder zuzog. Danach jedoch befestigte er die Börse nicht mehr an dieser Stelle, sondern öffnete eine andere Truhe, der er eine silberne Schatulle entnahm, in welche er den Lederbeutel legte. Entsetzt sah sie dabei zu, wie er die Schatulle mit einem kleinen Schüssel versperrte und am Ende auch die große Truhe mit einem mächtigen Riegel und einem weiteren Schlüssel vor jedem fremden Zugriff schützte. Vermutlich vor *ihrem* Zugriff.

»Ihr müßt Euch meinetwegen keiner solchen Mühe unterziehen«, spottete sie. »Was immer Ihr denkt, ich bin wirklich keine Diebin.«

»Du wirst auf jeden Fall in Zukunft keine mehr sein«, erklärte der Seigneur knapp. »Und ich rate dir ernstlich, meinen Befehlen zu folgen.«

»Nennt mir einen Grund, weshalb ich es tun sollte?« Graciana konnte den Mund nicht halten. Sie mußte Kérven reizen. Ihn verletzten, so rücksichtslos, wie er sie verletzt hatte.

»Weil ich nicht davor zurückschrecken werde, dich zu strafen, wenn du dich weigerst.«

Graciana ahnte, daß er ihr angst machen wollte, aber sie entdeckte erstaunt, daß sie nichts empfand. Weder Furcht noch Bedauern. Der Streit hatte etwas in ihr getötet, das eben erst zu wachsen begonnen hatte.

Einen kindischen Traum, ein dummes Gefühl, eine törichte Hoffnung, einen phantastischen Wunsch. Es tat weh, schrecklich weh.

Es tötete sogar die Magie, die es zwischen ihnen gegeben hatte, sobald Kérven sie in seine Arme nahm. Sie hatte keine Kraft, sich gegen ihn zu wehren, aber der Seigneur fand diesmal nur eine wunderschöne, leblose Puppe auf seinem Lager. Graciana nahm hin, was er tat, aber mit keinem Seufzer und keiner Geste zeigte sie, daß sie Vergnügen finden würde. Ebensogut hätte er bei einer Marmorfigur liegen können.

Er konnte nicht ahnen, daß dies Gracianas Art zu weinen war. Von klein auf hatte man ihr in Sainte Anne die Tränen ausgetrieben, aber sie hatte ihre eigene Weise gefunden, um ihren Kummer auszudrücken. Es war, als seien ihr Geist und ihre Seele betäubt, zurückgezogen, und als bliebe nur eine Hülle übrig.

Kérven jedoch interpretierte diese Haltung völlig falsch. Wie konnte sie so kühl und teilnahmslos bleiben? Und er begann zu überlegen, welches wohl die wirkliche Graciana war. Hatte sie ihm bisher die Leidenschaft nur vorgespielt?

Er fand auf einmal kein Vergnügen daran, sich daran zu erinnern, wie sie sich ihm sonst hingegeben hatte. Alles Lüge. So geschickt wie sie ihre Herkunft und ihre Spuren verschleierte, so raffiniert setzte sie auch ihren Körper ein, um einen Mann zu betören. Nun lernte er ihre Ablehnung kennen – damit verdarb sie ihm die Freude an der Heimkehr. Kérven war schlicht und einfach in seiner Eitelkeit gekränkt.

Er fand nicht die Entspannung, die er sich gewünscht hatte. Mit schalem Geschmack im Mund und dem unangenehmen Gefühl, ein übler Schurke zu sein, ließ er mit einem Fluch von ihr ab.

»Fühl dich nicht zu sicher, Mädchen!« drohte er: »Ich werde dein Geheimnis enträtseln, darauf kannst du dich verlassen!«

Graciana schwieg traurig. Sie hatte das Gefühl, sie bestünde aus Glas und würde gleich bersten. Eine falsche Bewegung, und sie würde zerbrechen. Aber vielleicht war sie schon längst zerbrochen und hatte es nur noch nicht gemerkt …

11. Kapitel

Der Westwind trieb die letzten Blätter vor sich her, peitschte das Wasser aus den Pfützen und pfiff um die steinernen Kamine der Burg sein schrilles Lied. Graciana stand neben dem Eingang des Glacière-Turmes, dessen zerstörtes Dach erst provisorisch abgedeckt worden war. Auf der gegenüberliegenden Seite führte der Weg unter dem schweren Tonnengewölbe hindurch über die Zugbrücke nach draußen. Ein Fuhrwerk mit Feuerholz rumpelte eben in den Burghof und hielt ganz in ihrer Nähe. Knechte liefen herbei, die Köpfe tief zwischen die Schultern gezogen und darum bemüht, im Windschatten zu bleiben.

Graciana legte den Kopf in den Nacken und sah zum Himmel hinauf, beobachtete die dahinfliegenden Wolken. Ein tiefer Atemzug weitete ihre Brust. Sie wollte fort. Sie hatte keine Ahnung wohin, nur fort von Lunaudaie. Fort von Kérven des Iles, dessen Anblick ihr eine Qual bereitete, mit der sie nicht länger leben konnte.

Langsam begriff sie, was ihre Mutter freiwillig in den Tod getrieben hatte. Es lebte sich schlecht, wenn man sich selbst für die eigene Schwäche verachtete. Wenn man erkennen mußte, daß Denken und Handeln zwei ganz verschiedene Dinge waren. Die nachgiebige Schwäche ihres verdammenswerten Körpers war eine ständige Erinnerung an diese Tatsache.

So wie vorhin, sie hatte nur nach den Eiern suchen wollen, die die Hennen bei diesem Wetter am liebsten irgendwo in eine warme Stallecke legten, sobald sie aus dem Verschlag entkommen konnten. Sie kannte das aus Sainte Anne, und sie hatte sich angewöhnt, jeden Nachmittag einen Kontrollgang durch die Ställe zu machen.

Auch heute war sie dieser Gewohnheit gefolgt, nicht ahnend, daß sie dabei auf den Seigneur des Iles treffen würde. Ihr Herz raste, als sie in Gedanken noch einmal diese Szene durchlebte.

Er lehnte am Verschlag seines Streitrosses, fütterte das temperamentvolle Tier mit verschrumpelten Möhren und glich in den engen Reithosen und dem halb offenen Leinenhemd einem unbeschwerten Pferdeknecht.

Graciana stieß einen erschreckten kleinen Laut aus, als sie so unerwartet vor ihm stand.

»Verzeiht, ich ...«

»Bleib!«

Er griff nach ihr, ehe sie wieder den nötigen Abstand zwischen sich und ihn legen konnte. Er zog sie eng an sich heran, so nah, daß sie das gefährliche Glimmen in seinen Augen erkennen konnte. Seit Tagen war es ihr gelungen, ihm aus dem Weg zu gehen, aber nun war eine Spannung zwischen ihnen entstanden, so bedrohlich wie ein Gewittersturm.

»Nicht so hochnäsig, mein tüchtiges Fräulein«, sagte er und zog sie noch näher. Graciana wagte nicht einmal mehr zu atmen. Seine Gegenwart weckte eine gefährliche Nachgiebigkeit in ihr, die sie vergeblich niederzukämpfen versuchte.

»Was wollt Ihr von mir?«

»Vielleicht ein wenig plaudern?« spottete er. »Vielleicht ein wenig Vergnügen im Heu? In der Tat, das bringt mich auf eine Idee. Vielleicht bist du eine von jenen Frauen, die das Unerwartete, Unvorbereitete schätzen, meine Schöne? Ich jedenfalls habe es satt, auf dein Entgegenkommen zu warten!«

Entgegenkommen! Graciana schnappte nach Luft und versuchte die Hitze zu ignorieren, die in ihr aufstieg. Der Eierkorb fiel ihr aus der Hand, ohne daß sie es bemerkte. Kérven drängte sie neben dem großen Verschlag in eine Nische, die halbhoch mit duftendem Heu gefüllt war, und ehe sie begriff, was er vorhatte, ließ er sich mit ihr in das weiche, knisternde Lager fallen. Es duftete nach Sommer.

Kérvens Gewicht drückte sie nach unten, und er lag so auf ihr, daß sie deutlich sein Begehren spüren konnte. Seine Hand fuhr über ihren Schenkel und die Wade und schob den Rocksaum nach oben. Graciana bemühte sich vergeblich, zu jener Kälte und Beherrschung zurückzufinden, mit der sie ihn seit seiner Rückkehr auf Distanz gehalten hatte. Erfolglos! Ihre eigene Sehnsucht war zu groß, ihr Körper war zu schwach. Doch es durfte nicht sein!

Und was am schlimmsten war, Kérven nutzte ihre Schwäche sofort aus, begann einen Angriff auf all ihre Sinne. Seine Hand glitt zwischen ihre Schenkel, reizte und liebkoste sie, und als er spürte, wie schnell sie für ihn bereit war, drang er auch schon in sie ein. Doch ebenso schnell zog er sich wieder zurück.

Graciana stieß einen Protestlaut aus und öffnete die Augen.

»Warum hört Ihr auf?« seufzte sie.

»Weil ich will, daß du mich darum bittest, dich zu nehmen!«

»O nein!« Graciana war erfüllt von Lust und Verlangen, ihr Herz raste. Sie wollte ihn so sehr, sehnte sich nach Erfüllung – wie konnte er ihr so etwas antun?

»Wie ist das, mein Engel«, fragte er leise, während er sie gerade noch berührte und fühlen ließ, wie es sein könnte. »Sag mir, daß du mich willst! Sag mir, daß du es brauchst, meine Schöne! Bitte mich darum, dich zu lieben!«

Graciana starrte ihn wütend an, spürte, wie Kérven den Druck ein wenig verstärkte, wie er sie reizte und lockte.

»Nehmt mich!« rief sie plötzlich, obwohl sie es doch gar nicht wollte. »Nehmt mich, ich brauche Euch! Ich sterbe, wenn Ihr mich nicht ausfüllt ...«

»O nein, schöne Graciana, du wirst nicht sterben!« raunte Kérven und glitt dann tief in sie hinein.

Graciana schluchzte trocken auf und wölbte sich ihm entgegen. Er bewegte sich wild, doch sie genoß es, und schließlich schrie sie auf, als die Welt um sie herum in Lust versank.

Noch jetzt schien diese Lust in ihrem Leib nachzuhallen. Als Kérven sich von ihr gelöst hatte, hatte sie sich erhoben und war wie von Furien gejagt aus dem Stall gerannt.

Hatte sie sich das Lachen nur eingebildet, das ihr nachschallte?

»He, du da!«

Graciana schüttelte den Kopf, als könnte sie damit auch ihre Gedanken loswerden. Sie sah sich um und entdeckte den Fuhrmann, der die Holzlieferung gebracht hatte. Er schenkte ihr ein Lächeln. Sie sah, wie weiße Zähne in dem enormen schwarzen Bart aufblitzten. Er suchte offensichtlich Unterhaltung, während er darauf wartete, daß seine Ladung in den Vorratsscheunen der Burg verschwand.

Der Fuhrknecht hatte die schlanke Gestalt neben dem Eingang zum Turm sofort entdeckt. Hübsch war die Kleine, auch wenn sie ein bißchen zerzaust wirkte und noch ein paar Strohhalme in ihren Haaren steckten. Ob sie wohl gerade ein aufregendes kleines Abenteuer hinter sich gebracht hatte? Es schien ganz so.

Graciana betrachtete den großen, muskulösen Kerl im Lederwams in unverblümtem Erstaunen. Niemand vom Gesinde der Burg machte sich sonst die Mühe, freiwillig mit ihr zu reden.

»Du bist aber ein hübsches, freundliches Ding«, meinte er grinsend und sah sie aus schwarz blitzenden Augen an. »Bist du aus Lunaudaie?«

»Nein!« Graciana wandte sich leicht ab. »Ich bin erst seit einiger Zeit hier. Ich habe vorher am kleinen Meer gewohnt!«

Sie nannte den Golf von Morbihan bei dem Namen, den ihm die Bretonen gegeben hatten. Es tat gut, einfach mit jemand zu plaudern, der sich ihr gegenüber weder hämisch noch boshaft oder gar gebieterisch gab. Der nichts von ihr wollte und sie davor bewahrte, weiter ihren Gedanken nachzuhängen und die eigene verhängnisvolle Schwäche zu verfluchen.

»Was hat dich ins Landesinnere verschlagen?« wollte der Mann wissen.

»Der Krieg«, entgegnete Graciana wahrheitsgemäß und konnte einen Seufzer nicht unterdrücken.

»Hast du Heimweh?« fragte der Fuhrmann neugierig.

»Ich würde gern zurückgehen«, erwiderte sie ehrlich. »Aber ich kann schlecht allein über Land ziehen!«

Sie bemerkte gar nicht, daß der Mann sie eindringlich musterte und immer näher kam. Auch er war nicht gegen den Zauber immun, den Graciana ausstrahlte, diese Mischung aus Unschuld und Leidenschaft, die einen Mann um den Verstand bringen konnte.

»Für ein Mädchen wie dich würd' ich vieles tun ...«,

sagte er, und Graciana wurde erst rot, dann blaß und dann wieder rot.

Was meinte er damit? Eine dumme Frage, schalt Graciana sich, denn sie hatte im Zuge der Ereignisse eine Menge von ihrer Naivität verloren. Aber war das nicht die Chance, um die sie eben noch gebetet hatte? Eine Möglichkeit, Kérven des Iles zu entkommen?

»Sie werden mich nicht aus der Burg lassen«, entgegnete sie atemlos und schob alle Bedenken zur Seite. Sie hatte doch eh nichts mehr zu verlieren.

»Da läßt sich schon eine Möglichkeit finden, Mädchen«, brummte der Fuhrmann ein wenig überrascht von der Bereitwilligkeit, mit der sie auf dieses Angebot einging. Sie sah nicht wie eine leichtsinnige Dirne aus. Er hatte sich die Sache schwieriger vorgestellt. »Siehst du das Bündel dort neben meinem Sitz auf dem Boden des Wagens? Es sind lauter Decken, mit denen ich meine Ladung schützen kann, wenn sich's um wichtigere Dinge handelt als bloßes Feuerholz. Wenn es dir gelingt, ungesehen unter diese Decken zu schlüpfen, bist du in Sicherheit. Niemand kontrolliert ein leeres Fuhrwerk, und ich habe heute noch eine schöne Strecke des Weges vor mir …«

Graciana preßte die Hand auf ihr wild klopfendes Herz. Sie wollte nicht auf die Stimme in ihrem Inneren hören, die sie eine Närrin schimpfte und vor Gefahren warnte. Im schlimmsten Falle konnte sie umkommen, doch das wäre kein Unglück, sondern eine Erleichterung. Denn dann brauchte sie wenigstens nicht selbst Hand an sich zu legen.

»Wenn du die Knechte ablenkst, die das Holz in den Schuppen tragen, könnte es gehen«, sagte sie eifrig. »Ich warte, bis der Wagen fast leer ist, damit du gleich losfahren kannst, ja?«

»Und du willst nichts mehr holen? Kein Bündel, kein Hemd? Keinen Mantel?«

Graciana schüttelte heftig den Kopf.

»Ich besitze nichts«, antwortete sie wahrheitsgemäß.

Die Perle hatte ihr Kérven ohnehin fortgenommen, und für einen Mantel würde sie nicht die Gefahr eingehen, ihm über den Weg zu laufen. Es war schließlich egal, ob sie fror, es kümmerte sie nicht. Sie wollte bloß fort aus Lunaudaie! Fort von der gefährlichen Anziehungskraft Kérvens, der sie einfach nicht widerstehen konnte. Und wenn sie nachgab, dann verachtete sie sich hinterher stets selbst.

»Nun gut, du kannst dich in die Decken hüllen, dann hast du es schön warm!« erklärte der Fuhrmann und tätschelte ihren Arm.

Graciana duldete es. Es war ihr egal, ob er sie anfaßte oder nicht. Sie hatte ihre Unschuld bereits verloren, die ihres Körpers und die ihrer Gedanken. Konnte ein anderer Mann sie mehr verletzen als Kérven? Nein, und deshalb wollte sie nur fort von hier.

Sie sah seiner muskulösen Gestalt nach, als der Fuhrmann zu seinem Wagen schlenderte, und schickte ein Stoßgebet zur heiligen Anna. Wenn der stürmische Wind anhielt, dann ging auch weiterhin kein Mensch in den Burghof, der es nicht unbedingt mußte, und damit wäre ihr schon viel geholfen. Außerdem begann es jetzt auch noch zu nieseln!

Aus den Augenwinkeln entdeckte sie Kérven, der aus den Ställen trat und pfeifend hinüber zum Wohnhaus schlenderte. Er trotzte in seiner leichten Kleidung dem Wind und dem Regen und schien mit sich und der Welt zufrieden. Vermutlich, weil er ihr bewiesen hatte, daß sie Wachs in seinen Händen war.

Ihre Blicke flogen zum Herrenhaus der Burg, das sich zwischen dem Glacière-Turm und dem alten Wohnturm erstreckte. In den Eisenhaltern links und rechts der Treppe steckten bereits die Pechfackeln für den Abend, obwohl es erst ›hora nona‹, die Mitte des Nachmittags sein konnte.

Die Sonnenuhr neben dem Ziehbrunnen gab bei bedecktem Himmel keine genaue Auskunft über die Zeit. Im Kloster hatte sie sich nach dem bimmelnden Schlag des kleinen Glöckchens orientiert, aber in der Kapelle von Lunaudaie gab es keine Glöcknerin, die für diesen Dienst sorgte. Die Glocken der Stadt hatten die plündernden Soldaten heruntergerissen und zum Teil zerstört.

Sie mußte sich also auf ihr Gefühl verlassen, und das sagte ihr, daß bis zum Einbruch der Dämmerung dieses trüben Novembertages wenig Zeit blieb, die Bannmeile der Burg möglichst weit hinter sich zu lassen. Sie durfte nicht länger zögern, eben schleppten die Knechte die letzten Stämme davon.

Graciana raffte ihre dunkelblaue Tunika und rannte los. Sie stieß sich schmerzhaft das Schienbein, als sie sich neben dem Fuhrmann auf den Boden des Gefährts fallen ließ und hastig die schmutzigen Decken über sich zog. Sie waren feucht und stanken grauenvoll nach Pferd, Mist und anderen Dingen, die sie lieber nicht genauer benennen wollte.

»Hüh! Vorwärts!«

Der Ruf des Fuhrmanns, der seine schwerfälligen Gäule in Gang setzte, brachte den Karren rumpelnd in Bewegung. Die eisenbeschlagenen Holzräder ratterten über die Steine des Burghofes, und Graciana mußte die Zähne fest aufeinander beißen, damit sie nicht klapperten. Sie wurde auf den groben Brettern durchgerüttelt, aber sie spürte es kaum. Jede Umdrehung der Räder brachte sie ein Stück weiter von Kérven des Iles fort. Es war gut so, und doch hatte sie das Gefühl, daß mit jedem neuerlichen Rütteln ein weiteres Stück von ihrem Herzen abbrach.

»Du kannst herauskommen, Kleines! Jetzt kann dich niemand mehr sehen!«

Die Aufforderung des Fuhrmannes hörend, versuchte Graciana sich aufzurichten. Sie konnte nicht sagen, wie lange sie unter den erstickenden Decken gewartet hatte. Es regnete immer noch, und die Dämmerung war hereingebrochen. Sie warf einen Blick über die Schulter und erkannte eine holperige, schlammige Landstraße, die sich am Rande eines endlosen Forstes hinzog.

»Der Wald von Brocéliande«, sagte der Fuhrknecht. Und kam damit ihrer Frage zuvor. »Man sagt, früher hätten der Zauberer Merlin und die Fee Viviane in seinen Tiefen gelebt. Es ist auf jeden Fall ratsam, ihn nur mit einem Führer zu durchqueren.«

Graciana schwieg. Der Mann konnte nicht ahnen, daß seine Worte die junge Frau an eine andere Novizin des Klosters von Sainte Anne erinnert hatten Ysobel Locronan. Während sie im Geiste das ruhige, stolze Gesicht Ysobels sah, entsann sie sich der Sagen, die ihr das junge Mädchen so gern erzählt hatte.

Ysobel glaubte fest daran, daß ihre Familie in direkter Linie von König Gradlon abstammte. Ihren Erzählungen nach war ihr Urahn dem Untergang der Stadt Ys nur durch einen Zufall entgangen. Was wohl aus Ysobel geworden war, nachdem Sainte Anne in Flammen aufgegangen war?

»Du mußt keine Angst haben.« Der Fuhrmann deutete ihr Schweigen falsch. »Niemand fährt durch den

Wald, aber ich muß nach Les Forges. Dort bekomme ich vermutlich eine Ladung Eisenerz für die Küste, dann kann ich dich zum kleinen Meer mitnehmen ...«

Zwar hatte Graciana vieles im Kloster gelernt, aber Wissen über das Leben der Fuhrleute hatte nicht dazugehört. Sie ahnte nicht einmal, daß ein simpler Lohnkutscher solche Strecken nicht zurücklegte.

Also schöpfte sie auch keinen Verdacht, als er die Landstraße verließ und in zunehmender Dunkelheit auf einen schmalen Karrenpfad abbog.

Erst als finstere, bewaffnete Gestalten den Karren umringten und der Fuhrmann mit keinem Wort und keiner Geste Überraschung verriet, begann es Graciana zu dämmern, daß sie sich erneut Schwierigkeiten eingehandelt hatte. Sie fuhr herum und starrte den Kerl im Lederwams empört an.

»Du bist kein Lohnkutscher?«

»Was für ein kluges Frauenzimmer du bist ...«, meinte er überheblich.

»Weshalb hast du mich mitgenommen?«

»Weil ich den Auftrag hatte, dich zu suchen! Es war sehr freundlich von dir, daß du mir keine großen Schwierigkeiten gemacht hast. Wenn du weiterhin so gehorsam bleibst, wird dir nichts geschehen!«

Graciana hatte ihre Zweifel, behielt sie aber für sich. Vor allem, als sie eine andere nur zu bekannte Stimme vernahm.

»Ist das die Frau?«

»Sie ist es!«

Graciana erkannte Gordien, den Söldner-Hauptmann auf den ersten Blick wieder. Ihre Gedanken überschlugen sich. Wie war das möglich? Konnten sie ihr seit Auray gefolgt sein?

»Steig ab, Mädchen«, befahl er, und als Graciana

sich nicht rührte, fügte er hinzu: »Du hast keine andere Wahl!«

Nun, es schien, als hätte er recht. Graciana schob die schweren Decken zurück und richtete sich zögernd auf. Sie sprang vom Wagen und hielt sich mit der Hand an der Ladekante fest. Das grobe, rissige Holz schenkte ihr für einen Moment die Illusion von Sicherheit. Als könnte sie eine Planke herausreißen und dem Kerl damit auf den Kopf schlagen. Sie entdeckte zu ihrer eigenen Überraschung, daß sie keinen Moment zögern würde, Gewalt anzuwenden, wenn sie die Möglichkeit dazu hätte, und daß es ihr sogar Vergnügen bereiten würde.

Wenn der Hauptmann von ihr Fragen, Klagen oder Tränen erwartet hatte, so sah er sich enttäuscht. Das Mädchen in dem verblichenen Wollkleid, das nach der Fahrt unter den Pferdedecken nicht mehr ganz so ordentlich aussah, stand völlig ruhig da und wartete. Wäre es nicht absurd gewesen, hätte er sogar behauptet, daß in den hellen, glänzenden Augen sogar so etwas wie eine Drohung stand.

»Verschwinde!« fuhr er den Fuhrknecht an, der mit leichtem Bedauern zu seinem Opfer sah. Hatte er Mitleid mit ihr? »Du weißt, wo du den Karren hinbringen sollst!«

»Was wirst du mit ihr tun?«

»Du kennst die Befehle!«

»Dann halte auch *du* dich daran!«

Obwohl der Mann auf dem Fuhrwerk seine Stimme um keine Nuance hob, klang eine so unmißverständliche Drohung darin mit, daß sich der Hauptmann unwirsch abwandte. Er riß Gracianas Hand vom Wagen, und ein kleiner Holzsplitter fuhr ihr schmerzhaft in den Daumen. Sie befreite ihre

Hand und führte sie zum Mund, um die kleine Wunde auszusaugen.

Es war eine ganz instinktive kindliche Geste, aber der Söldnerführer nahm sie für ein weiteres Zeichen von Kaltblütigkeit. In mürrischem Respekt verzichtete er darauf, sie zu fesseln, wie er es eigentlich vorgehabt hatte.

»Komm mit!«

Er packte Graciana und zog sie durch das Dickicht. Die anderen Männer folgten ihnen. Zweige schlugen ihr entgegen. Sie konnte kaum noch etwas erkennen, und der Wald schloß sich wie eine unüberwindliche Mauer aus himmelhohen grünen Wänden um den kleinen Trupp.

»Wohin?« erkundigte sie sich ebenso knapp.

»Das wirst du noch früh genug sehen«, schnauzte er sie an.

Graciana ballte in aufflammender Wut die Fäuste. Was hatte das alles zu bedeuten? Weshalb machten sich diese Männer die Mühe, einer ausgerissenen Magd durch die halbe Bretagne zu folgen? Weshalb hatte man sie auf diese heimliche, verstohlene Art aus Lunaudaie entführt? Denn eine Entführung schien es gewesen zu sein, bei der sie so freiwillig und einfältig mitgeholfen hatte. Ob man in der Burg ihre Abwesenheit bereits bemerkt hatte? Und wie würde Kérven darauf reagieren? Für einen Moment überlegte Graciana den Gedanken, ob er sich wohl auf sein Streitroß schwingen und ihr folgen würde, dann verzog sie bitter den Mund. Wahrscheinlich war er einfach nur erleichtert, daß er sie losgeworden war.

Und suchte sich schnell einen Ersatz für weitere kleine Spielchen im Pferdestall. Sophie vielleicht, die ihm ja schon immer schöne Augen gemacht hatte.

Die bloße Vorstellung entlockte Graciana einen Laut, der sich wie das Fauchen eines wütenden Raubtieres anhörte. War es möglich, daß sie trotz ihrer beschämenden Lage auch noch Eifersucht auf eine Putzmagd empfand? Brauchte sie noch weitere Beweise dafür, daß sie völlig den Verstand verloren hatte?

12. Kapitel

»Sie ist fort!«

Ludo de Mar, der Knappe des Seigneurs von Lunaudaie, ließ die Nachricht wie einen Peitschenschlag durch die Stille der großen Halle knallen.

»Was heißt ›fort‹?« fragte Kérven und stellte den Zinnkrug mit dem Gewürzwein so heftig auf die Tischplatte zurück, daß das dampfende Getränk hochspritzte.

»Niemand hat sie gesehen, ihre Kammer ist leer, und die Mägde sagen, daß sie nach dem Kerzenziehen in den Ställen nach versteckten Eiern suchen wollte. Seitdem hat sie niemand mehr zu Gesicht bekommen!«

Kérven, der besser als Ludo und die Mägde wußte, was Graciana im Stall gemacht hatte, runzelte die Stirn. Er hatte sie noch auf dem Hof gesehen, als er den Stall verlassen hatte. Der Wind hatte ihr das Gewand an die schlanke Gestalt gepreßt, ihre Lippen waren immer noch von den leidenschaftlichen Küssen gerötet, die er ihr geraubt hatte. Weshalb hatte er sie nicht mit ins Haus genommen?

»Sie kann doch nicht einfach spurlos verschwinden«, knurrte er, und sein Blick flog fragend zu dem alten Burgvogt, der sich schwer auf seinen Stock stützte.

Obwohl der Regen pures Gift für seine Gicht war, hatte Fiacre de Mar an der vergeblichen Suche nach Graciana teilgenommen. Er ahnte, daß der Zorn des Seigneurs am Ende auf ihn fallen würde.

»Vom Burghof kann niemand verschwinden, schließlich gibt es Wachen an der Zugbrücke – oder?« Dies galt wieder dem Burgvogt, der langsam nickte.

»Ich habe die Männer persönlich befragt, niemand hat das Mädchen hinausgehen sehen. Man könnte meinen, sie hätte sich in Luft aufgelöst!«

»Hexenkunst, hm?« brummte Kérven des Iles und war nahe daran, selbst daran zu glauben.

Graciana war keine normale junge Frau, das stand zweifelsfrei fest. Aber verfügte sie auch über die Gabe, sich unsichtbar zu machen? Er bezweifelte es, aber da war das Geheimnis, das sie umgab, ihre Alpträume von Mord und Totschlag.

»Vielleicht hat sie ja einen unbekannten Helfer gehabt«, mischte sich Ludo ein. Er suchte tapfer nach einem Weg, seinem Großvater die aufkommenden Schwierigkeiten zu ersparen.

»Einen Helfer?« Kérvens Kopf flog zu ihm herum. Was wollte der Junge damit sagen? Wußte er etwas? »Was weißt du? Heraus mit der Sprache? Was bringt dich zu dieser Annahme?«

Ludo wich eingeschüchtert zurück. »Ich weiß nichts, Seigneur! Ich dachte eben nur …«

»Waren Fremde in der Burg? Besucher? Händler? Reisende? Hausierer oder Bettler?« Kérven sah die anderen an.

»Nein«, Fiacre de Mar schüttelte den Kopf. »Die Glaser und Zimmermänner aus der Stadt sind erst bei Sonnenuntergang heimgegangen, und bis auf das Fuhrwerk mit dem Holz …«

»Welches Fuhrwerk?« fiel ihm der junge Ritter sofort ins Wort.

»Die Stämme für den großen Kamin in der Halle«, erinnerte der Burgvogt. »Sie sollten eigentlich erst morgen geliefert werden, aber der Fuhrknecht kam bereits heute nachmittag …«

»Das muß es gewesen sein.« Mit dem geschulten

Instinkt eines Mannes, der lange Jahre in ständiger Gefahr verbracht hatte, wußte Kérven des Iles, daß bei dieser Holzlieferung nicht alles mit rechten Dingen zugegangen sein konnte.

»Ich möchte wetten, daß sie in diesem Holzwagen die Burg verlassen hat«, knirschte er und machte seinem Zorn Luft, indem er mit der Faust auf den Tisch hieb. »Heiliger Himmel, ich habe diese Frau unterschätzt!«

Er glaubte zu wissen, weshalb Graciana auf so geheimnisvolle Weise verschwunden war. Nicht, weil er sie im Stall dazu gezwungen hatte, ihrer eigenen Leidenschaft nachzugeben, sondern weil sie einen Auftrag hatte. Welches Druckmittel besaß Paskal Cocherel, daß er sich ihrer Dienste versichern konnte?

»Nun …« Fiacre de Mar gab sich einen Ruck. »Das Mädchen ist keine Leibeigene, Messire! Wir konnten es nicht festhalten. Sie hat sich nichts zuschulden kommen lassen, und so, wie es aussieht, hat sie nicht mehr mitgenommen als die Kleider, die sie am Leib trägt. Solltet Ihr diese Entscheidung nicht respektieren?«

»Ihr wißt nicht, was Ihr sagt!« brauste der Ritter auf. »Ludo, sobald es hell ist, reiten wir nach Rennes! Leichtes Gepäck und die schnellsten Pferde aus dem Stall, es könnte sein, daß das Leben des Herzogs davon abhängt, daß wir ihn rechtzeitig erreichen!«

Fiacre de Mar schüttelte erneut den Kopf. »Wollt Ihr ernsthaft behaupten, das Mädchen sei eine Gefahr für den Herzog?«

»So, wie es aussieht, muß ich es fürchten«, räumte Kérven widerwillig ein.

»Ihr täuscht Euch!« entgegnete der Vogt entschieden. Im Gegensatz zu seinem Seigneur glaubte er bedingungslos an Gracianas Anständigkeit. »In dieser jungen Frau ist kein Hauch von Falschheit oder gar Bösartigkeit! Wessen auch immer Ihr sie verdächtigt, sie würde nie etwas Unrechtes tun!«

Kérven lachte bitter bei dieser Verteidigungsrede auf. »So hat sie Euch also auch bezaubert, de Mar? Nun, damit sind wir schon zwei, die sich Dummkopf schimpfen lassen müssen!«

»Ein Dummkopf war vielleicht Eure Graciana, weil sie sich die Finger wund geschuftet hat, um Lunaudaie bewohnbar zu machen, ohne den kleinsten Dank dafür zu erhalten«, brummte de Mar unwillig.

Er respektierte Kérven des Iles, aber er dachte nicht daran, sich von ihm einen Dummkopf nennen zu lassen. Doch, daß sein junger Herr einer war, dem stimmte er zu, denn Kérven hatte in seiner Leidenschaft für diese Frau die Tatsachen aus den Augen verloren.

»Ihr urteilt, ohne die Fakten zu kennen«, meinte Kérven seufzend. »Glaubt mir, ich weiß, wovon ich rede, aber ich mache Euch keinen Vorwurf. Man denkt, in ihrem Gesicht lesen zu können, aber was in ihrem ränkesüchtigen kleinen Kopf vorgeht, vermag niemand zu durchschauen! Ich habe mich am allermeisten von uns allen täuschen lassen ...«

»Vielleicht, weil Ihr nur das gesehen habt, was Ihr sehen wolltet, und alles andere mißachtet habt«, entgegnete der Burgvogt.

»Und das wäre?« knurrte Kérven gereizt.

»Sie ist euch zutiefst ergeben«, erwiderte Fiacre de Mar ruhig. »Sie würde sich eher selbst opfern, als zulassen, daß Euch Schlimmes widerfährt. Wenn sie gegangen ist, dann nur, weil sie die Demütigungen, denen Ihr sie ausgesetzt habt, nicht länger ertragen konnte. Sie ist stolz und charakterfest!«

»Aber sie ist auch unaufrichtig, tückisch, falsch und eine geschickte Diebin, also hört auf, Euch Illusionen über diese junge Frau zu machen!« Kérven schwankte zwischen Wut, Sorge und der Furcht, seine Vasallenpflicht gegenüber dem Herzog verletzt zu haben. Er vermochte sich nur noch in blanken Spott zu retten. »Ihr entschuldigt, daß ich mich im Moment nicht für derlei Märchenstunden erwärmen kann!«

Er rannte aus der großen Halle, weil er irgend etwas unternehmen mußte, wenn er nicht auf der Stelle verrückt werden wollte. Wie hatte er sich auf dieses leichtsinnige, leidenschaftliche Spiel einlassen können? Es wäre seine Pflicht gewesen, Graciana ohne Zögern der Garde des Herzogs zu übergeben.

Wenn jetzt ein Unglück geschah, dann trug er die volle Verantwortung dafür. Dann hatte er die Zukunft seines Landes, der Grafschaft Lunaudaie und seine eigenen Wünsche ruiniert, um der goldenen Augen einer betrügerischen Frau willen!

»Kérven? Ihr seht mich erstaunt. Habt Ihr mich nicht förmlich angefleht, daß ich Euch nach Lunaudaie entlassen sollte, wo Ihr den Winter zu verbringen hofftet?« Jean de Montfort, dem die neue Würde des Herzogs der Bretagne eine Gelassenheit verliehen hatte, die ihm gut stand, lächelte seinem so überraschend erschienenen Freund und Kampfgefährten freundlich zu.

Der Seigneur des Iles erhob sich aus seiner respektvollen Reverenz und musterte mit einem schnellen Blick die prächtig in Purpurrot und Dunkelblau gekleidete Gestalt seines Herrschers. Die Burg von Rennes hatte sich aus einem Heerlager in einen Palast verwandelt und ihr Herr aus einem Krieger in einen wohlgelaunten Fürsten.

»Die Verwüstungen in Lunaudaie sind von der Art, daß sich die Burg als Winterquartier nicht sonderlich eignet«, behauptete er. »Ich habe die Burg den Handwerkern überlassen und denke, daß ich Euch hier besser dienen kann!«

»Das ist schön!« Der Herzog freute sich. »Meine Gemahlin und ihre Damen werden begeistert sein, wenn sich die Zahl der Herren vergrößert, die noch nicht in der Ehe gebunden sind. Die Zeiten haben sich glücklicherweise geändert. Die einzige Niederlage, die einem Ritter in diesem Hause droht, widerfährt ihm in den zärtlichen Armen der noblen Weiblichkeit! Also seht Euch vor, damit Euch die Herzogin nicht als möglichen Heiratskandidaten für ihre Freundinnen erwählt!«

Kérven stimmte ein wenig gezwungen in das Lachen des Herzogs mit ein. Er hatte auf dem Weg hierher beschlossen, nichts von Graciana zu verraten, und so gab es nur eine Möglichkeit, ihn vor einem möglichen Attentat zu schützen: Er durfte ihm nicht von der Seite weichen.

Dieser Vorsatz hatte jedoch zur Folge, daß dem Herzog binnen kürzester Zeit auffiel, daß sein Waffengefährte nach einer ganz bestimmten jungen Dame suchte, wenn er auch versuchte, dies zu verheimlichen.

»Erzählt uns endlich von diesem Zauberwesen, daß Euch in seinen Bann geschlagen hat«, forderte er ihn wenige Tage später neugierig auf. Auch den anderen Rittern war Kérvens Suche aufgefallen.

»Ihr täuscht Euch, ich …«

Die Männer und der Herzog begannen zu lachen.

»Ihr sucht ein hochgewachsenes, sehr schlankes

Mädchen mit hellen, braunen Augen und Haaren wie goldgesponnener Flachs«, sagte Théry de Vanery und hob die Hand, als der Seigneur des Iles ihn unterbrechen wollte. »Nein, leugnet es nicht. Meine Verlobte hat mir erzählt, daß alle Damen der Herzogin vor Neugier ganz aus dem Häuschen sind. Das Eigenartige scheint jedoch zu sein, daß Ihr Euch nicht entscheiden könnt, ob Ihr diese Fee unter den Hofdamen oder unter den Mägden suchen sollt. Ihr werdet uns das Rätsel lösen müssen, Kérven! Wollt Ihr allen Ernstes behaupten, Ihr wißt nicht, wer sie ist?«

Kérven ließ den Blick über die Gesichter in der fröhlichen Runde schweifen. Olivier de Clissson war darunter, ebenso der Seigneur de Chandos, dessen englische Krieger den Anspruch des Herzogs unterstützt hatten, und andere, denen er sein Leben in jedem Kampf anvertraut hätte. Männer, die wie er der Bretagne den Frieden wünschten.

Schließlich schaute er ins Feuer. Die gelben Flammen, die über die mächtigen Scheite im Kamin tanzten, erinnerten ihn an Gracianas Augen. Augensterne, die man nicht vergaß, wenn man sie einmal erblickt hatte.

»Ich weiß lediglich, daß sie Graciana heißt«, begann er mit heiserer Stimme, und die Männer beugten sich näher zu ihm, damit ihnen keine Silbe entging. »Ich habe sie zum ersten Male vor der Mühle von Auray entdeckt, wo sie offensichtlich von den Männern Paskal Cocherels festgehalten wurde. In jener Nacht nach der Schlacht ging es drunter und drüber, und es gelang ihr, den Söldnern aus eigener Kraft zu entfliehen. Ich brachte sie in Sicherheit, und sie blieb aus freier Entscheidung an meiner Seite.«

»Aber offensichtlich ist sie Euch ebenso entwischt wie diesem wüsten Haufen«, schmunzelte der Herzog, den die gereizte Ratlosigkeit eines Mannes amüsierte, der auf dem Schlachtfeld keine Furcht und keinen Zweifel kannte. »Sehe ich das richtig?«

Kérven nickte düster.

»Ihr konntet nicht in Erfahrung bringen, woher sie kam und aus welcher Familie sie stammt?« forschte Théry de Vanery gespannt.

»Sie hüllte sich in Schweigen und hat keine meiner Fragen beantwortet, aber ...« Kérven zögerte und sprach dann doch weiter. »Sie spricht und bewegt sich wie eine Dame. Je nach Laune benimmt sie sich wie eine Nonne, dann wieder wie eine Kriegerin. Sie ist offensichtlich des Lesens und des Schreibens mächtig und weiß einen großen Haushalt zu führen. Doch niemand scheint jemals ihren Namen gehört zu haben, und es gibt keine Familie von Rang, die eine Tochter dieses Namens hat.«

»Nein ... ich wüßte auch nicht ...« Der Herzog runzelte die Stirn, von dem Rätsel fasziniert. »Graciana, wie seltsam und ungewöhnlich ...«

»Ich kannte einmal ein Mädchen mit diesem Namen«, mischte sich in diesem Moment überraschend der Waffenmeister des Herzogs in das Gespräch ein.

Pol de Pélage war ein grauhaariger, schweigsamer Hüne, von dessen Heldentaten die jungen Ritter noch heute bewundernd sprachen. Die Narben unzähliger Kämpfe zeichneten sein Gesicht, und niemand hatte ihn bisher jemals mit einer Frau in Verbindung gebracht. Er galt als Kämpfer, Hagestolz und nur dem Herzog ergeben.

»Sprecht, Pol!« forderte Jean de Montfort ihn auf, und für einen Moment sah es so aus, als wolle sich der wortkarge Krieger weigern.

Dann jedoch nahm er einen tiefen Schluck aus seinem Silberbecher und blickte Kérven an. »Es muß inzwischen gute fünfundzwanzig Jahre her sein. Ich stand vor meiner Eheschließung mit einem reizenden Edelfräulein, das mir schon im Alter von zwölf Jahren anverlobt worden war. Mit sechzehn sollte sie vor den Altar treten, und die Vorbereitungen für diese Hochzeit wurden bereits getroffen. Zwei Tage vor meinem Eintreffen wurde die Burg ihres Vaters von marodierenden Söldnern überfallen. Niemand hat dieses Massaker überlebt, zumindest nahmen wir das an, obwohl wir die Leiche meiner Verlobten niemals fanden. Ihr Name war Graciana de Cesson! Ein Name, der zu ihr paßte, als wäre er für sie geschaffen worden. Sie war schmal, feingliedrig, goldhaarig, blauäugig und so sanft wie das Lächeln eines Sonnenaufganges!«

Die poetischen Worte aus dem Mund des alten Kämpfers verschlugen den Männern die Sprache. Keiner von ihnen hatte gewußt, welche Erinnerungen in seinem Herzen schlummerten und was ihn zu jenem verbitterten Feind Paskal Cocherels gemacht hatte.

»Es war Cocherel?« erkundigte sich der Herzog, obwohl niemand daran zweifelte.

»Ich bin dessen sicher.« Pol de Pélage nickte. »Doch ich glaube nicht, daß Graciana jenes Gemetzel überlebt hat. Zum einen wäre sie inzwischen fünfundzwanzig Jahre älter, zum anderen war sie ein frommes, feinsinniges und zartes Geschöpf. Unfähig, solche Schrecken zu ertragen und zu überleben. Es kann sich also lediglich um eine zufällige Namensgleichheit handeln ...«

»Das Mädchen, von dem ich spreche, muß um die zwanzig Jahre alt sein«, meinte Kérven. »Diese Graciana mag auf den ersten Blick ebenfalls zart wirken, aber sie ist größer als die meisten anderen Frauen, und ihr Mut kann es mit dem eines Mannes aufnehmen. Sie läßt sich von keinem Schrecken niederwerfen. Ihr hättet sie sehen sollen, als sie sich in Auray gegen die Söldner zur Wehr setzte!«

»Seid Ihr Euch sicher, daß Ihr nicht in den Fängen der Fee Viviane gelandet seid?« erkundigte sich John Chandos mit hörbarem Spott. Er hatte noch nie etwas für Minnegesänge und Romanzen übrig gehabt.

Kérven lächelte nur. »Es würde zwar manches erklären«, erwiderte er, »doch ich fürchte, Ihr täuscht Euch, Chandos. Viviane ist schwarzhaarig und fest in Merlins Händen. Wer bin ich, daß ich mich mit Sagen und Märchengestalten anlege?«

»Seid Ihr nur wütend, weil Euch das Mädchen Eure Ritterlichkeit so wenig gedankt hat, oder gibt es einen besonderen Grund, weshalb Ihr so hartnäckig nach dem Verbleib dieser Graciana forscht?« wollte Pol de Pélage nun wissen.

Kérvens Gedanken überschlugen sich. Er brachte es immer noch nicht fertig, seinen Verdacht auszusprechen. Falls er Graciana jemals wiederbegegnete, würden sie beide dies unter sich ausmachen.

»Ich fühle mich für die Kleine verantwortlich«, erwiderte er schließlich. »Sie schien mir mutiger, als ihr guttut, und nicht imstande, die Risiken des Lebens richtig einzuschätzen. Ich fürchte, sie wird sich erneut in Schwierigkeiten bringen, wenn es mir nicht gelingt, sie vor sich selbst zu schützen!«

»Hm«, meinte der Waffenmeister nur, und der Herzog schmunzelte.

»Vielleicht hättet Ihr ebenso reagiert, mein Alter, wenn Eure bedauernswerte Verlobte vor vielen Jahren in Schwierigkeiten geraten wäre«, gab er zu bedenken.

»Sie *ist* in tödliche Schwierigkeiten geraten, Euer Gnaden«, erwiderte Pol de Pélage. »Aber ich war nicht an ihrer Seite, um sie zu beschützen. Es gibt keinen Tag meines Lebens, an dem ich diese Tatsache nicht schrecklich bereue!«

Kérven schwieg wie alle anderen und starrte in die Flammen. Im Grunde seines Herzens verstand er den Waffenmeister des Herzogs. Sollte er je erfahren, daß Graciana Schaden genommen hatte, weil sie die Möglichkeit bekommen hatte, aus Lunaudaie zu fliehen, würde er nie aufhören, sich dafür Vorwürfe zu machen.

13. Kapitel

»Widersetzt Euch nicht und beantwortet alle Fragen, dann wird Euch nichts geschehen!«

Graciana warf dem schwarzbärtigen Fuhrmann mit den Höllenaugen einen ungläubigen Blick zu. Die Tatsache, daß er seine Stimme gedämpft hatte, damit die anderen ihn nicht hörten, war ebenso verblüffend wie die respektvolle Anrede. Vor den anderen und auch auf Lunaudaie hatte er sie geduzt, wie das unter seinesgleichen üblich war. Weshalb die plötzliche Ehrerbietung?

»Weshalb sollte ich das tun?« erwiderte sie herausfordernd und riß an den Fesseln, die ihre Handgelenke banden. Sie saß vor ihm auf einem riesigen Schlachtroß, das sicherlich einem der Ritter gehört hatte, die vor Auray ihr Leben eingebüßt hatten.

»Haltet Euch ruhig, verdammt!« knurrte er wütend und nahm die Zügel kürzer. »Der Herzog ist wütend genug, daß Ihr seinen Männern entkommen seid. Niemand wird Euch ein zweites Mal eine solche Chance geben.«

»Welcher Herzog?« Graciana war verdutzt. »Bringt Ihr mich etwa nach Rennes?«

Ein heiseres Lachen antwortete ihr. »In der Bretagne herrschen zwei Herzöge, meine Schöne, solltet Ihr das noch nicht gemerkt haben? Wir sind zur Burg von St. Cado unterwegs!«

Graciana erschrak nicht einmal. Tief in ihrem Herzen hatte sie diese Auskunft bereits erwartet. Wenn Paskal Cocherel auch nur die kleinste Vermutung gehabt hatte, daß sich das Kreuz von Ys in Mutter Elissas Händen befand, dann blieb ihm gar nichts anderes übrig, als sich auf die Spuren der Frauen und Mädchen zu setzen, die beim Überfall auf Sainte Anne d'Auray durch die Maschen seines tödlichen Netzes geschlüpft waren.

Die Kaltblütigkeit, die sie zeigte, entlockte dem schwarzen Landry ein beifälliges Brummen. Sie würde ihre Stärke dringend benötigen, wenn sie St. Cado erst erreicht hatten.

»Ich weiß nicht, was dein sogenannter Herzog von mir will«, sagte Graciana nach kurzem Schweigen. »Soll ich ihm dazu gratulieren, daß er die einzige Heimat, die ich je hatte, dem Erdboden gleichgemacht hat? Verfolgen ihn die Geister der getöteten Nonnen von Sainte Anne d'Auray? Wenn, dann gönne ich es ihm von ganzem Herzen!«

»Ihr führt eine Zunge wie ein Schwert!« knurrte der Söldner. »Nehmt eine letzte Warnung an, der Herzog schätzt keine aufsässigen Frauenzimmer!«

Graciana gab einen unwirschen Laut von sich, weil ihr auf einmal wieder bewußt wurde, daß der Mann, von dem sie sprachen, ihr eigener Vater war. Keiner, den sie sich selbst ausgesucht hätte. Aber laut Mutter Elissa hatte sie ihm ihr Leben zu verdanken. Und schon bald würde sie ihm gegenüberstehen!

Wie hatte sie sich nach der zärtlichen Hand einer Mutter und der starken Schulter eines Vaters gesehnt. Der heiligen Anna mußten die Ohren geklungen haben von all den verzweifelten Gebeten des kleinen Mädchens, das nicht wußte, woher es kam und zu wem es gehörte.

Inzwischen hatte sie Antworten auf ihre Fragen erhalten, und nun sehnte sie sich nach der alten Ahnungslosigkeit. Es war ein unrechtes Leben, vom ersten Augenblick der Zeugung an verflucht! Ein Mensch, den niemand wollte und niemand brauchte!

Dem schwarzen Landry entging ihre Verzweiflung, denn in diesem Moment zeigte der Hauptmann, der an der Spitze des Trupps ritt, durch Handzeichen an, daß die Richtung geändert wurde.

Die Pferde wurden auf einem kaum sichtbaren Pfad nach Süden gelenkt, und Graciana duckte sich instinktiv unter die herabhängenden Zweige, aber keiner davon traf sie. Der Schwarze schien die Augen einer Katze und den Orientierungssinn einer Ratte zu haben. Sie versuchte, von ihm abzurücken, aber sein fester Griff vereitelte den schwachen Versuch bereits im Ansatz.

Sie gab es auf und lehnte sich gegen seine breite, in Leder gekleidete Brust. Ihr war ohnehin egal, was geschah. Sie hatte die Schlacht um Kérven des Iles und eine mögliche Heimat in Lunaudaie verloren. Was kümmerte es sie jetzt, wie ihr Leben weiterging? Noch unglücklicher konnte sie eh nicht mehr werden.

Der Wald um sie herum wurde plötzlich lichter und heller, der schmale Pfad führte aus dem Dickicht zum Rand des Forstes. Ein fast voller, bleicher Mond warf sein kaltes Licht über den Waldsaum und die abgeernteten Felder. Jeder Stein zeichnete sich überdeutlich, von schwarzen Schatten umrissen, vor ihnen ab. Der Ritt ging mit unveränderter Schnelligkeit in Richtung Westen weiter.

Der Söldner hatte es aufgegeben, mit ihr zu reden und ihr seine Ratschläge zu geben. Nur das dumpfe Dröhnen der Hufe und das Knarzen und Klingeln der Sättel und des Zaumzeugs klang an ihre Ohren. Graciana fröstelte. Weniger weil sie fror, sondern weil ihr höchst unbehaglich klar wurde, daß sie sich mit allen Fasern ihres Herzens nach Kérven des Iles sehnte. Doch an ihn wollte sie nun wirklich zuallerletzt denken!

Sie drehte sich um und fragte den schwarzen Reiter ganz unvermittelt: »Woher wußte dein Herzog, daß ich in der Burg von Lunaudaie Zuflucht gefunden habe? Und was will er von mir?«

Er ließ sich Zeit mit seiner Antwort, so lange, daß Graciana schon glaubte, er würde gar nichts sagen, doch dann erwiderte er: »Er hatte Befehl gegeben, *alle* Bewohner des Klosters und seine Äbtissin unversehrt in das Hauptquartier zu bringen. Er schätzt es nicht, wenn man seine Befehle mißachtet ...«

Graciana schauderte, weil sie sich an den grauenvollen Höllentanz vor der Mühle von Auray erinnerte. »Unversehrt nennst du das, was ihr mit den frommen Frauen von Sainte Anne gemacht habt?«

»Die Verantwortlichen wurden aufgeknüpft, falls es Euch tröstet!«

»Hauptmann Gordien erfreut sich aber immer noch seines Lebens«, widersprach sie erbittert.

»Er ist Cocherels rechte Hand, er wird mit anderem Maß gemessen ...« Hörte sie da unterdrückten Zorn aus seiner Stimme?

Graciana zuckte mit den Schultern. Nun ja, ob der Tatsache, daß die meisten Schurken ihre Strafe gefunden hatten, empfand sie keine Befriedigung, nur unendliche Ratlosigkeit. Was war das für eine schlimme Welt, in der ausschließlich Mord und Totschlag regierten?

»Gibt es außer mir überhaupt noch eine Menschenseele aus Sainte Anne, die am Leben ist?« fragte sie bang.

»Ich weiß es nicht!« An der Bewegung spürte sie, daß der Reiter den Kopf schüttelte. »Ich hatte den Befehl, Euch einzufangen. Es war nicht besonders schwer herauszufinden, daß der Seigneur des Iles, der ausgerechnet zum Zeitpunkt Eures Verschwindens in unserem Lager war, mit einer nagelneuen Magd im Gefolge davongeritten ist. Sein Page redet zuviel, wenn Ihr mich fragt. Danach war es nur noch eine Frage der Geduld und des Zufalles ...«

»Du hättest dich an die Mägde der Burg wenden sollen«, murmelte Graciana bitter. »Sie hätten dir mit Freuden geholfen, mich zu entführen. Sie müssen überglücklich sein, daß sie mich losgeworden sind ...«

»Man begegnet den Fremden überall mit Mißtrauen. Ganz besonders jedoch in einer Burg, die eben erst eine Belagerung überstanden hat. Weshalb grämt Ihr Euch wegen ein paar dummer Gänse, die vermutlich nur eifersüchtig auf Eure Schönheit sind?«

Graciana zuckte erneut mit den Schultern. Ein Mordbrenner, der sich die Mühe machte, sein Opfer zu trösten! Ihre Lage wurde wahrhaftig immer grotesker!

»Tritt näher, Mädchen!«

Der Befehl riß Graciana aus ihrer Benommenheit. Sie blinzelte gegen das grelle Licht der Fackeln, die an den Wänden blakten und abwechselnd Funken sprühten oder beißenden Rauch entwickelten. Es zog so mörderisch in der Halle von St. Cado, daß sich der Stoff ihres Rocks gegen ihre Beine preßte und die blonden Strähnen aus der Stirn geweht wurden. Gab es denn in dieser ungepflegten Räuberhöhle von Festung keine Läden für die schmalen, hohen Fenster.

Sie hätte sich gerne die Haare aus dem Gesicht gestrichen, aber das grobe Seil, das ihre Handgelenke umspannte, ließ es nicht zu. So konnte sie nur den Kopf in den Nacken werfen, damit sie wenigstens den Blick frei bekam. Nun sah sie den Mann, der am Kopfende des Tisches in einem hochlehnigen Stuhl saß und das Pergament, in dem er las, mit dem Weinkrug beschwert hatte.

Im Schein der dicken Kerzen, die neben ihm in einem ziselierten Silberleuchter brannten, wirkten seine Haare fast weiß, doch beim Nähertreten erkannte Graciana, daß sein Haar von einem hellen Blond war, unter das sich ein paar einzelne weiße Strähnen gemischt haben mochten. Er trug sein Haar wie ein Edelmann bis auf die Schultern. Unter buschigen Brauen blickten schwerlidrige Augen. Leuchtende Augen, böse und mit dem milden Interesse eines Raubtieres, das sich seiner Beute sicher weiß.

Ehe Graciana den Blick senkte, hatte sie eine schnelle Musterung abgeschlossen. Sie registrierte die scharfgeschnittene Habichtsnase, den schmalen Mund und das eckige Kinn. Er hatte die Arme vor der breiten Brust verschränkt und wirkte auf die junge Frau wie ein Mann, der bedingungslosen Gehorsam forderte. Den Anblick eines Schurken, den sie haßte, noch ehe sie das erste Wort mit ihm gewechselt hatte.

»Du gehörst zu den Novizinnen von Sainte Anne«, stellte er fest. »Was weißt du über das Kreuz von Ys?«

Graciana lauschte der kalten Stimme, die keine Emotion verriet. Hatte er sich so gut unter Kontrolle, oder besaß er keine Gefühle? Sie neigte dazu, letzteres zu vermuten. Ein Mann, der solche Greueltaten verübte, nur um mächtig und reich zu werden, mußte so kalt wie das Meer im Januar sein, so herzlos wie die Felsen an der Westspitze ihrer heimatlichen Halbinsel, gegen die seit Jahrtausenden das Meer anrannte.

»Ich rate dir, zu antworten!« vernahm sie den Schwarzen Landry an ihrer Seite.

Gracianas lange, gebogene Wimpern flatterten ein

wenig, als sie zum Tisch sah, sonst war sie mindestens so reglos und stumm wie der wartende Mann am Tisch. Sie starrte auf seine Hände, die die muskelbepackten Oberarme umspannten. Knochige, grobe Hände mit breiten Fingern und fast rechteckigen Nägeln. Am linken Zeigefinger funkelte gleich einem steinernen Blutstropfen ein Rubin. Ein protziges Juwel, wenn auch nicht so prächtig wie jenes, welches sie am Kreuz von Ys gesehen hatte. In trotzigem Triumph hob sie das Kinn. Von ihr würde dieser Mann weniger als nichts erfahren.

»Widerborstig, hm?«

Paskal Cocherel warf einen zerstreuten Blick auf die schmale Gestalt. Ein hübsches Ding mit einer guten Figur. Aber obwohl er sonst kein Kostverächter war, verspürte er seltsamerweise nicht die geringste Lust auf diese kleine Nonne. Er stemmte die Handflächen auf den Tisch, erhob sich und verließ seinen Platz. Eine breitschultrige, hohe Gestalt, die dennoch gedrungen und untersetzt wirkte. Wie ein Fels, der sich auf zwei Beinen fortbewegt.

Graciana sah ihn auf sich zukommen, aber sie wich keine Handbreit zurück. Mit einer Mischung aus Schock und Entsetzen stellte sie fest, daß sie wußte, was er vorhatte. Sie wußte, daß er sie schlagen würde, noch ehe ihr Kopf unter der Wucht des groben Hiebes zur Seite flog und sie auf die Knie fiel, weil sie sich nirgends halten konnte. Sterne tanzten vor ihren Augen, und ihre Wange brannte wie Feuer.

»Bist du jetzt bereit, meine Frage zu beantworten, Mädchen?«

Vor Graciana ragten stämmige Beine hoch. Stiefel bis auf die Hälfte des Oberschenkels und eine Hand, die sich zur Faust ballte, als wollte sie ein weiteres Mal und noch heftiger zuschlagen.

Sie schaute auf und begegnete dem gelben Falkenblick mit einer Ruhe, von der sie selbst nicht wußte, woher sie kam. Wie sie ihn haßte, diesen Schurken. War er so auch mit ihrer Mutter umgesprungen? Mit einem Mädchen, dessen Eltern er vermutlich vor den Augen seines Opfers niedergemetzelt hatte?

Wie konnte Gott es zulassen, daß ein so abscheulicher Mensch anderen weh tun durfte? Der Haß ließ pures Feuer in ihren Augen funkeln, und ihre ganze Haltung schrie ihm Verachtung entgegen. Nur ihr Mund blieb stumm.

»Es hat den Anschein, man müßte dir ein wenig Benehmen beibringen, meine Kleine«, sagte der Herzog mit falscher Freundlichkeit und einer Stimme, die wie Säure ätzte. Er führte nichts Gutes im Schilde. »Gordien! Bring das Täubchen nach unten!«

»Wollt Ihr sie jetzt noch foltern?«

Der Schwarze Landry lehnte am Tisch des Herzogs und betrachtete seinen Dolch, als sei er sein Gesprächspartner, ehe er damit begann, den Schmutz unter seinen Fingernägeln herauszuholen. »Nun, zumindest wird die Sache dann nicht lange dauern. Ich nehme an, das Weib ist am Ende seiner Kräfte, nachdem wir es Tag und Nacht hierhergeschleppt haben ...«

Was sollte das sein? Ein geschickt formulierter Versuch, sie vor dem Schlimmsten zu bewahren? Graciana vermochte in diesem Moment keine Rätsel zu lösen. Ihr Kopf dröhnte entsetzlich, und jede Bewegung machte die Sache nur noch schlimmer. Sie blieb liegen, wo sie sich befand, und sehnte sich nach einer gnädigen Ohnmacht.

»Du hast recht«, stimmte Paskal Cocherel nach kurzem Zögern dem Schwarzen zu. »Eine Nacht bei den

Ratten wird sie auch ein wenig mürber machen! Bring sie ins Verlies, Gordien!«

Graciana stolperte über ihre Füße, als man sie grob hochriß. Ihre Rocksäume wickelten sich um die Beine, und sie stürzte von neuem. Fußtritte in die Rippen sorgten dafür, daß sie sich dennoch wieder hochrappelte. In diesem Hause hielt es niemand für nötig, die Steinquader mit einer wärmenden Strohschicht zu bedecken.

Sie taumelte, aber sie dachte nicht daran, den Kopf zu senken. Sie begegnete dem Blick Paskal Cocherels mit trotziger Geringschätzung. Und wenn es sie den Kopf kostete, vor ihm würde sie keine Angst zeigen!

Gordien riß eine der Fackeln von der Wand und zerrte Graciana unter einem Türsturz hindurch in einen karg beleuchteten Gang, von dem eine steile, hölzerne Treppe abzweigte, die geradewegs in die Tiefen der Erde zu führen schien. Dumpfige Stille und kühler, feuchter Moder lagen in der Luft. Der Schein der Fackel tanzte über feuchte Wände. Anscheinend handelte es sich bei den Steinen um die Fundamente des großen Hauptturmes, die beim Bau der Burg direkt aus dem Felsen herausgeschlagen worden waren.

»Es ist nicht gerade das respektabelste Quartier, aber du wirst es schön ruhig hier unten haben«, meinte Gordien lachend und packte sie zur Abwechslung an den halb aufgelösten Zöpfen statt am Oberarm.

Er verdrehte Graciana schmerzhaft den Hals, aber sie gab auch jetzt keinen Ton von sich. Ohne daß sie zuvor über eine Taktik nachgedacht hatte, hüllte sie sich in Schweigen, und gerade diese Stummheit reizte Gordien ebenso wie seinen Herrn. Weiber weinten, flehten, jammerten und heulten, blieben sie stumm, führten sie eine Bosheit im Schilde, wenngleich diese hier kaum in der Lage war, auch nur eine einzige Bewegung zu tun.

Er drängte Graciana gegen die Wand und hielt die Fackel so nahe vor ihr Gesicht, daß sie den Kopf wegdrehen mußte, wenn ihre Haare nicht versengt werden sollten. Sie schloß die Augen, aber es bewahrte sie nicht davor, den Gestank zu riechen, der von diesem ungewaschenen Mann ausging.

»Nicht so hochnäsig, Mädchen! Ich könnte eine Menge für dich tun, wenn du dich ein wenig freundlicher erweisen würdest. ...«

Seine Hand glitt beleidigend über Gracianas Schultern und umfaßte eine ihrer Brüste. Er tat ihr absichtlich weh, und Graciana hätte ihm am liebsten den Hals umgedreht.

»Laß die Pfoten von dem Weib, Gordien! Du sollst sie hinter Schloß und Riegel bringen; daß du dich ihr aufdrängst, davon war nicht die Rede!«

Die kalte Stimme des Schwarzen Landry befreite Graciana aus ihrer demütigenden Lage. Er stand im Hintergrund an der Treppe, und die Drohung, die von ihm ausging, war deutlich genug, daß Gordien mit einem Fluch von ihr abließ.

»Es kann nicht jeder ein so kalter Fisch sein wie du, Landry!« meinte er mit einem häßlichen Lachen, dann schob er den Riegel einer Tür zurück, die Graciana erst jetzt entdeckte. »Hinein mit dir, Dirne! Ich hoffe, du ruhst gut!«

Graciana flog mit voller Wucht nach vorne, über zwei Stufen hinunter ins schwarze Nichts. Sie prallte so hart auf den Boden, daß ihr die Luft wegblieb, dann rang sie keuchend nach Atem. Es war dunkel um sie, und sie lag mit dem Gesicht auf kalter, feuchter Erde, spürte Schlamm auf ihrer Haut.

Der ekelhafte Gestank entlockte ihr einen ersten Laut, ein trockenes, tränenloses Schluchzen. Sie kroch über den widerlichen Boden, bis sie eine Wand erreichte, gegen die sie sich lehnen konnte. Sie machte sich nicht die Mühe, in der Finsternis nach einer Pritsche, einem Strohsack oder einem Eimer zu suchen. Außerdem gab es mit Sicherheit weder das eine noch das andere.

Sie wagte sich nicht zu rühren. Der Abscheu vor dem, was sie in dieser absoluten Dunkelheit ertasten würde, hielt sie davon ab.

14. Kapitel

»Solange Paskal Cocherel und seine Bande von Gesetzlosen nicht zur Rechenschaft gezogen werden können, wird es keinen echten Frieden im Land geben«, sagte Kérven des Iles entschlossen.

Jean de Montfort sah von dem Siegel hoch, mit dem er gedankenverloren spielte, und runzelte unwillig die Stirn.

»Wieso habt Ihr nur das vermaledeite Talent, den Finger immer genau in die Wunde zu legen, mein Freund?« seufzte er. »Seht Ihr nicht, daß mir die Hände im Moment gebunden sind?«

Für einen kurzen Moment herrschte Stille im Arbeitskabinett des Herrschers. Jean de Montfort bemühte sich mit aller Energie, seine Regierung zu festigen, aber die letzte Schlacht lag erst zwei Monate zurück. Der zerbrechliche Waffenstillstand benötigte Zeit, um zum sicheren Frieden zu werden.

»Cocherels Männer haben nicht an Eurer Seite gekämpft, weil sie den Frieden wünschen«, fuhr Kérven ungerührt fort. »Es ging lediglich darum, die Zahl der Feinde zu verringern. Das nächste Hindernis in seinen Augen seid Ihr! Ihr müßt vorsichtiger sein! Es ist durchaus möglich, daß er zu heimtückischen Mitteln greift, um Euch zu beseitigen!«

Deutlicher wollte und konnte der junge Ritter in seinen Warnungen nicht werden. Jean de Montfort hingegen winkte ungeduldig ab.

»Eure Abneigung gegen Paskal Cocherel wächst sich zur fixen Idee aus, Kérven! Ich unterschätze den alten Halunken wahrlich nicht, aber ich kann es ebenso wenig wagen, meinen Konflikt mit ihm offen auszutragen. Ich würde damit einen neuerlichen Krieg entfesseln, das muß auch Euch klar sein!«

»Woher kommt dieser Kerl überhaupt?« erkundigte sich Kérven und hieb wütend mit der rechten Faust in die offene linke Hand.

»Das weiß niemand so ganz genau«, erwiderte der Herzog und zuckte mit den Schultern. »Er selbst behauptet, er könne seine Vorfahren bis auf König Gradlon zurückführen. Im Grunde fehlt ihm nur noch das Kreuz von Ys, damit er diesen Anspruch auch beweisen kann.«

»Das Kreuz von Ys?« wiederholte Kérven nachdenklich. »Ihr meint diese Legende mit den Sternen von Armor? Irgendwie sieht es dem selbsternannten Herzog von St. Cado nicht ähnlich, einem Hirngespinst nachzujagen!«

»Ich weiß auch nicht, ob es nicht doch mehr als ein Hirngespinst ist, mein Freund«, erwiderte der Herzog. »Es ist stets überliefert worden, daß es existiert. Wenn dem so ist, würde ich mir wünschen, ich hielte es in meinen Händen. Es würde viele meiner Probleme lösen, und ich hätte wenigstens ein Zeichen, das alle Bretonen respektieren!«

»Dann gebt bei einem vertrauenswürdigen Goldschmied ein solches Kreuz in Auftrag und präsentiert es euren Untertanen« schlug Kérven praktisch vor.

»Es wäre nicht dasselbe«, meinte der Herzog schmunzelnd. »So wie Ihr nicht eine x-beliebige hübsche blonde Dame sucht, sondern eine ganz bestimmte, kann man auch das Kreuz von Ys nicht durch ein anderes ersetzen. Die Sage beschreibt es viel zu genau!«

»Tatsächlich?« Kérven versuchte sich zu erinnern und mußte dann zugeben, daß sein Herr recht hatte.

»Es liegt an den Juwelen, nicht wahr? Man sagt, das Kreuz sei mit einmaligen Kostbarkeiten geschmückt!«

»So ist es«, bestätigte Jean de Montfort. »Die Sterne von Armor sind es, die jenes Kreuz zu einem unschätzbaren Kleinod machen. Ein jeder für sich unverwechselbar und größer als ein Taubenei. In der Mitte des Kreuzes ist eine makellose schimmernde Perle, die wie der Schein des Mondes auf dem Meer glänzt. Dann gibt es einen Rubin, der für den roten Granit der Nordküste steht, einen Smaragd für die endlosen Wälder, einen Saphir für das Meer um die bretonische Küste und einen Diamanten, der das reine Herz des wahren Königs der Bretagne gleichnishaft darstellen soll. Niemand könnte fünf Steine in solcher Größe zusammentragen, ohne Aufmerksamkeit zu erregen. Und welcher Goldschmied vermag ein Kreuz zu fertigen, das die geheimnisvollen Symbole der alten Religion mit jenen des Christentumes vereint? Ihr träumt einen unmöglichen Traum, Kérven!«

Der Seigneur des Iles sagte nichts, dafür sah er aus, als sei ihm eben ein leibhaftiger Geist erschienen. Wie unter Zwang griff er in den ledernen Almosenbeutel, den er am Gürtel seines eleganten Wamses trug, und griff nach einem dort verborgenen Gegenstand. Als er dem Herzog die ausgestreckte Hand präsentierte, lag eine Perle darauf. Eine wundervoll schimmernde, makellose Perle von der Größe eines Taubeneis. Jean de Montfort verschlug es für einen Moment die Sprache.

»Bei Gott! Was ist das?« fragte er endlich und suchte im Gesicht des jungen Ritters zu lesen. »Wüßte ich es nicht besser, ich würde meinen ... es ist ... Nein, nein, das ist unmöglich! Sagt mir, wie Ihr an diese Perle gekommen seid, mein Freund?«

»Sie befand sich im Besitz von Graciana«, meinte Kérven seufzend und umschloß das Kleinod, das warm und seidig in seiner Hand zu pulsieren schien. »Ich vermutete, daß sie dieses unschätzbare Juwel irgendwo gestohlen hat. Aber es hat mich verwundert, daß sie keinen Versuch unternahm, es wieder an sich zu bringen, ehe sie Lunaudaie so heimlich verließ.«

Der Herzog strich sich fahrig mit dem Handrücken über die Stirn. Es war eine Sache, über eine Legende zu spekulieren, und eine völlig andere, plötzlich mit einem Gegenstand konfrontiert zu sein, der diese Legende zu bestätigen schien.

»Angenommen, diese Perle wäre einer der Sterne von Armor …«, begann er vorsichtig. »Ihre ungewöhnliche Größe und Reinheit könnten zu diesem Glauben verleiten. Das würde bedeuten, daß das Kreuz von Ys unzweifelhaft existiert! Daß irgendwo das Kreuz mit den übrigen Juwelen sein muß! Gütiger Himmel, dieses Kreuz könnte unserer Heimat einen sichereren Frieden schenken als jede Schlacht! Ihr müßt dieses Mädchen finden, Kérven! Nur Eure Graciana kann uns sagen, was es mit dieser Perle auf sich hat!«

Der Seigneur des Iles starrte seinen Herzog an, als frage er sich ernsthaft, ob mit dessen Verstand alles in Ordnung wäre.

»Aber es ist doch nur eine Sage …«, murmelte er ein wenig fassungslos. »Ein Märchen, das man sich an Wintertagen erzählt, wenn der Sturm durch den Kamin fährt und man nichts Besseres zu tun hat.«

»Viele der Sagen unseres Landes beruhen auf tatsächlichen Ereignissen«, entgegnete der Herzog in tiefem Ernst. »Meint Ihr nicht, daß es besser ist, einer Sage Glauben zu schenken, als neuerliches Blutvergießen zu riskieren? Bisher habe ich das Kreuz von Ys auch nicht sonderlich ernst genommen, aber eines steht fest: Ich habe noch nie eine so riesige und makellose Perle gesehen. Wenn es dieses Kreuz gibt, dann wäre sie der passende Mittelpunkt für die übrigen vier Steine!«

Er stieß einen tiefen Seufzer aus. »Wie dem auch sei, findet mir Eure Graciana und erlaubt mir, diese junge Frau nach der Herkunft dieses Juwels zu fragen!«

»Ich bin Euer gehorsamer Diener!«

Kérven machte seine Reverenz vor dem Herzog und ging dann hinaus, immer noch ganz verwirrt. Wie sich die Situation plötzlich verändert hatte! Nun hatte er den offiziellen Auftrag, Graciana zu finden.

Du lieber Himmel, in welche Situation ihn dies brachte! Sollte er vielleicht noch dazu beitragen, Graciana geradewegs zu ihrem Opfer zu führen? Damit sie den Herzog um so leichter umbringen konnte?

Ludo de Mar hatte in den vergangenen Tagen gelernt, das Schweigen seines Herrn zu respektieren, wenn dieser düster grübelnd vor dem Kamin saß und in den Flammen Bilder zu sehen schien. Auch heute kehrte Kérven in dieser seltsamen Laune vom Rat des Herzogs zurück. Er griff nach dem Gewürzwein, der für ihn bereitstand, und stellte den Becher wieder fort, ohne einen Schluck daraus getrunken zu haben. Er rollte Pergamente auf und legte sie ungelesen wieder weg. Schließlich hockte er wieder vor dem Feuer. Versunken und in sich gekehrt, mit seinen Gedanken in einer Welt, die Ludo nicht kannte.

»Hast du jemals etwas über das Kreuz von Ys gehört, Ludo?« fragte er so unerwartet, daß seinem

Knappen fast das Schwert entglitten wäre, welches er mit Hingabe polierte.

»Natürlich, Messire«. Der Junge nickte. »Es ist das Kreuz des wahren Herrschers der Bretagne. Die Sterne von Armor schmücken es und symbolisieren das Land. Man sagt, wenn es wieder auftaucht, wird die Bretagne unter dem Nachfolger König Gradlons eine unendlich lange Zeit des Friedens und des Wohlstandes erleben! Wie schade, daß seine Gnaden der Herzog es nicht in seiner Schatzkammer gefunden hat!«

»Und wo, glaubt man, sei dieses Kreuz zu finden?« erkundigte sich Kérven des Iles in zunehmender Neugier. Er hatte nicht erwartet, daß Ludo zu diesem Thema etwas vorzubringen wußte.

»Man sagt, daß es sich unter den Schätzen der Fee Viviane im Wald von Brocéliande befindet«, erzählte Ludo. »Es wird von weisen Frauen bewacht, bis der richtige Herrscher seiner Hilfe bedarf!«

»Weise Frauen«, wiederholte Kérven und runzelte die Stirn. Ein flüchtiger Gedanke schoß ihm durch den Kopf. Gracianas manchmal so fromme, gelehrte Bemerkungen fielen ihm ein. »Nonnen sind auch weise Frauen – oder was meinst du, Ludo?«

»Wie man's nimmt, Seigneur«, entgegnete der Page keck. »Meist sind sie eher fromm als schlau!«

Kérven lachte und trank endlich seinen Gewürzwein. Dann runzelte er erneut die Stirn und versuchte sich zu besinnen. Es gab nicht sehr viele Nonnenkloster in der Bretagne. Lag nicht eine dieser frommen Zufluchten in der Nähe von Auray? Es hatte ihn nie sonderlich interessiert, aber plötzlich ließ es ihm keine Ruhe. Graciana hatte weder Kutte noch Schleier getragen, aber eine junge Frau mit ihrer außergewöhnlichen Schönheit, ihrer Bildung, die in ihrem Alter noch Jungfrau war, die verblüffende Tüchtigkeit mit ebenso entwaffnender Naivität verband …

Doch wie paßte dies zu ihren Alpträumen? Zu ihrem Mordplan und jenem Rätsel, das sie an Paskal Cocherel band?

Es war stets das gleiche, sobald er glaubte, ein winziges Stück des Schleiers gelüftet zu haben, der sie umgab, entdeckte er darunter nur ein neuerliches Geheimnis!

Das Licht blendete Graciana, und sie schloß die Augen. Sie hatte keine Ahnung, wieviel Zeit sie in diesem stinkenden Loch verbracht hatte. Irgendwann war sie eingeschlummert, aber die kleinen Tiere, die an ihren Beinen hochkrabbelten, und die übrigen Geschöpfe der Dunkelheit, deren Bewegungen sie um sich herum spürte, hatten sie aus ihrer gnädigen Betäubung gerissen. Sie hatte versucht, sich aufzurichten, aber vergeblich. Ihre Beine gaben immer wieder nach und wollten sie nicht mehr tragen.

Inzwischen war sie jenseits von Hunger oder Durst, von Angst oder Trauer, von Schmerzen oder Müdigkeit. Ihren Geist hatte sie lebendig erhalten, indem sie an Kérven dachte und an die Zeit, die sie gemeinsam verbracht hatten. An die wenigen Stunden der Liebe, die sie in den Armen von Kérven des Iles erfahren hatte.

Wie töricht sie doch gewesen war, mehr zu wollen und ihren dummen Stolz über ihr Herz zu stellen. Wen kümmerte es, was sie tat? Welche Sünden sie auf sich lud oder welche sie vermied?

Den Himmel? Ihr kindlicher Glaube an die göttliche Gerechtigkeit hatte sich in den Flammen von Sainte

Anne aufgelöst. Seitdem vermochte sie nicht einmal mehr zu beten, wie man es sie gelehrt hatte, die Worte wollten ihr einfach nicht mehr über die Lippen kommen.

»Sie ist ohnmächtig!« hörte sie jemanden sagen, während sie die Augen weiterhin geschlossen hielt.

»Dann hol Wasser, damit sie wieder zu sich kommt!«

Schritte entfernten sich, kamen zurück, und dann ergoß sich ein Schwall eiskalten Wassers über ihren Kopf, ihre Schultern, ihre Kleider.

Mit einem heiseren Protestlaut riß Graciana die Augen auf und machte sie sofort wieder zu. Der düstere Raum schien voller Männer und Fackeln zu sein. Bedrohliche, schweigende Schatten, die geduldig darauf warteten, daß sie sich von ihnen einschüchtern ließ.

Graciana fröstelte. Sie hatte sich an die Kälte dieses Loches gewöhnt, aber die Feuchtigkeit ließ sie erschauern. Sie riß einmal mehr vergeblich an den gefesselten Händen, sie fühlten sich taub und fremd an. Ein quälender Atemzug weitete ihre Brust, und sie blinzelte schwach gegen die Fackeln. Sie bot ein erbärmliches Bild. Zusammengekauert, mit nassen, dunklen Haarsträhnen, Schmutz auf Gesicht und Gewand, wo das Wasser sie nicht erreicht hatte. Kein Mensch mehr, nur noch Kreatur.

»Schafft sie hinüber«, sagte die Stimme, die ihr bereits aufgefallen war und die ihrem Vater gehörte, wie sie sich nun wieder erinnerte. Ihrem schurkischen, gewalttätigen Vater. Zu Paskal Cocherel, dem Mordbrenner und selbsternannten Herzog von St. Cado.

Der Befehl galt dem bulligen Gordien. Der beugte sich hinab und zog Graciana auf die Füße. Sie knickte vor Schwäche ein, aber es kümmerte ihn wenig, ob sie laufen konnte oder nicht. Er packte sie unter den Achseln und zerrte sie davon. Sie verlor ihre flachen, knöchelhohen Lederschuhe, und ihre Fersen hinterließen Spuren im Schlamm. Die Strümpfe rissen, und bis sie in der halbrunden Kammer ankam, scheuerten ihre Fersen über rauhe Steine. Die Haut riß auf und blutete, und Graciana grub die Zähne in die Unterlippe.

Dann änderte der Hauptmann seinen Griff, packte sie um die Taille und trennte mit dem Dolch die Hanfseile um ihre Handgelenke. Danach stieß er sie auf eine hölzerne Bank, die an einer Säule stand.

Graciana wollte sich noch abfangen, aber ihre Arme knickten hilflos ein. Nur langsam kehrte das Blut in die abgestorbenen Partien zurück, und das schmerzhafte Kribbeln in Fingern und Füßen lenkte sie für ein paar quälende Atemzüge von allem anderen ab.

Doch als sie sich dann das Haar aus dem Gesicht strich und sich umblickte, wurde sie noch bleicher. Sie hatte noch nie eine Folterkammer gesehen, aber daß es sich bei diesem Raum um eine solche handelte, war offenkundig. Die flackernde Glut in einem großen Kamin und das erschreckende Sammelsurium abstoßendster Gerätschaften sprachen ihre eigene Sprache. Da gab es gekreuzte Balken, benagelte Bretter und Zangen in allen Größen. Peitschen, Stöcke, Riemen, Spieße und Eisenringe. Alles sprach von einer so menschenverachtenden Grausamkeit, daß sie sich unwillkürlich bekreuzigte.

Paskal Cocherel brach in heiseres Lachen aus. Ihre Geste amüsierte ihn.

»Eine fromme Dirne! Die Hexe von Äbtissin hat ihre Brut zu zähmen gewußt!«

Gracianas erschrockener Blick glitt von ihm zu Gordien und den beiden Männern, die ihn begleiteten. Der schwarze Landry gehörte dieses Mal nicht dazu, eine Tatsache, die sie noch mehr erschreckte. Er hatte sie zwar nicht sonderlich freundlich behandelt, aber sie hatte trotzdem in seiner Gegenwart das eigenartige Gefühl gehabt, daß ihr nichts Böses geschehen konnte.

Sie hätte ihn gerne gegen die beiden Kerle mit den dumpfen, ausdruckslosen Gesichtern ausgetauscht. Sie trugen schmierige, lederne Beinlinge und Lederwesten über dem bloßen Oberkörper. Sie kamen Graciana wie Abgesandte der Hölle vor.

Sie konnte nicht ahnen, daß Paskal Cocherel diese Kerle absichtlich einsetzte. Er wußte, welche Wirkung diese abstoßenden Kerle auf Männer hatte, geschweige denn auf eine Frau.

Manchmal genügte schon eine einzige bedrohliche Bewegung dieser Monster, um eine Frau zum Sprechen zu bringen.

Graciana indes war aus härterem Holz geschnitzt. Aus seinem Holz, auch wenn er es in diesem Augenblick noch nicht wußte.

»Nun, Mädchen, ich rate dir zu reden. Was weißt du über das Kreuz von Ys?«

Die flüchtige Regung eines Gefühls glitt über Gracianas Gesicht, aber sie war so schnell vorüber, daß nicht einmal ein so gewiefter Menschenkenner wie der Söldnerführer sie interpretieren konnte.

»Schluß mit den Narreteien! Bisher hat noch ein jeder gesprochen, der an dieser Säule dort hing. Wenn du es vorher tust, ersparst du dir Schmerzen und mir Zeit ...«

Er drohte mit soviel gelangweilter Grausamkeit, daß Graciana geradezu erleichtert einen ersten Anflug von Zorn verspürte. Wut war besser als Furcht! Wild entschlossen, diesem Manne die Stirn zu bieten, schwieg sie auch weiterhin.

Eine kaum merkliche Kopfbewegung des Söldnerführers brachte Leben in die Folterknechte. Sie griffen nach den Peitschen. Verknotete Lederschnüre, die sie mit leisem Klatschen auf ihre Handflächen schlugen, als müßten sie sich vergewissern, daß ihr Werkzeug bereit war. Ein häßliches, gefährliches Geräusch, aber Gracianas Miene blieb ruhig und gelassen.

»Vielleicht solltest du wissen, daß am Ende nicht einmal deine Äbtissin geschwiegen hat«, erklärte Paskal Cocherel in scheinheiliger Freundlichkeit. »Leider war sie schon zu alt, um meinen Männern Vergnügen zu bereiten, aber es hat sich gelohnt, sie dabei zusehen zu lassen, was mit den anderen Betschwestern passiert ist.«

Graciana erschauerte. Wie konnte Gott zulassen, daß so etwas mit frommen Seelen geschah, die keine Sünde auf sich geladen hatten? Weshalb ließ er einen Schurken wie ihren Vater am Leben, während ein Engel wie Schwester Adela den Tod fand?

»An die Arbeit!«

Ehe Graciana begriffen hatte, was diese Aufforderung bedeutete, stand sie schon gefesselt an einer Eisensäule direkt neben dem Kamin. Schmale Lederschnüre umspannten ihre Arme und Beine, und ein ähnlicher Riemen fixierte ihren Hals. Wenn sie der eigenen Schwäche nachgab und sich sinken ließ, schnitten die Fesseln mit brutaler Härte in ihr Fleisch.

Sie sah den hämischen Ausdruck in den Augen des Hauptmanns, und wußte, daß er auf einen Laut der Qual von ihr wartete. Paskal Cocherel betrachtete sie mit der kühlen Reserve eines Mannes, der Gewalt für ein bewährtes Mittel hält. Alle schienen sie sich darin einig, daß es nur eine Frage von Augenblicken sein konnte, bis ihre Nerven versagten. Unwillkürlich straffte sie die Schultern und hob das Kinn in stolzer Verachtung.

Gordien zuckte zurück. Obwohl er nur ein erschöpftes, schmutziges Weib wahrnahm, signalisierten ihm alle seine Sinne Gefahr. Litt er jetzt schon unter Einbildungen? Wut begleitete diesen Gedanken, ließ ihn handeln.

Er griff mit beiden Händen nach Gracianas Ausschnitt und riß ihr Kleid bis zum Saum hinunter auf. Tunika, Untergewand und Hemd klafften auseinander und gaben einen schlanken, alabasterfarbenen Körper preis.

Der matte Schimmer der makellosen Haut verschlug den Männern im ersten Augenblick die Sprache. Diese vollkommene Schönheit in dieser grausamen Umgebung wirkte selbst auf diese abgebrühten Schurken völlig fehl am Platze, kam ihnen ungehörig vor.

Vielleicht lag es auch daran, daß Graciana nicht bereit war, die Augen niederzuschlagen. Sie starrte Gordien in trotzigem, ungebrochenem Hochmut an, während ihm fast die Augen aus dem Kopf traten.

»In der Tat, ein leckeres Täubchen!«

Es war Paskal Cocherel, der das lastende Schweigen als erster brach. Er stieß Gordien roh zur Seite und umfing eine von Gracianas Brüsten mit grober Hand.

Graciana senkte den Blick auf die Finger, die lüstern ihr Fleisch berührten, ehe sie die Lider wieder hob. Ihre Mundwinkel verzogen sich verächtlich, und dann begegnete sie den glitzernden Augen des Mannes. Glühend, golden, herausfordernd und mit einem so urwüchsigen, tödlichen Haß, daß seine Hand herabfiel, als habe er sich an ihrer Haut verbrannt.

»Willkommen in der Hölle!« schleuderte sie ihm entgegen. Ihre rauhe Stimme hallte von den steinernen Wänden wider. »Tut Euch keinen Zwang an! Nehmt mich nur mit Gewalt, damit Ihr nicht nur ein Mörder und Schurke seid, sondern auch noch die Sünde des Inzests auf Eure schwarze Seele ladet, Herr Vater!«

15. Kapitel

»Ich bin Euch für den Hinweis auf Sainte Anne d'Auray zu Dank verpflichtet.« Der Herzog der Bretagne beugte sich zu Kérven des Iles und dämpfte seine Stimme. »Niemand weiß Genaueres, aber wie es scheint, ist das Kloster im Verlaufe der Schlacht tatsächlich überfallen worden!«

»Laßt mich raten«, entgegnete der Graf von Lunaudaie düster. »Der Anführer der feigen Mordbrenner hieß Paskal Cocherel?!«

»Wir werden es erfahren, wenn Jannik de Morvan zurückkommt. Ich habe ihn mit einem Trupp Soldaten nach Auray geschickt!«

Kérven des Iles zog eine Grimasse. »Was erhofft Ihr Euch davon? Cocherel pflegt keine Lebenden zu hinterlassen, die gegen ihn Zeugnis ablegen können!«

»Aber de Morvan wird jeden Stein umdrehen. Vielleicht findet er bei dieser Gelegenheit auch einen Hinweis auf Eure unbekannte Schöne? Habt Ihr nicht die Vermutung geäußert, daß sie möglicherweise aus diesem Kloster stammt?«

»Daran vermag ich ebensowenig zu glauben wie an das Kreuz von Ys!« erklärte Kérven trocken.

»Dann werde ich mich freuen, Euch des Gegenteils zu belehren«, erwiderte der Herzog.

Seit Jean de Montfort die Perle gesehen hatte, war er von dem Gedanken an das sagenhafte Schmuckstück förmlich besessen. Kérven bereute längst, daß er ihm das Kleinod gezeigt hatte. Er befürchtete, daß auch Graciana nur Mittel zum Zweck für den Herzog sein würde, falls sie wirklich in Rennes auftauchen sollte.

Doch die Hoffnung darauf wurde ohnedies mit

jedem Tag geringer, obwohl Kérven nicht aufhören konnte, von Graciana zu träumen. Sie hatte ihn für alle anderen Frauen verdorben. Nicht einmal heute, am Tag des heiligen Martinus, den der Herzog in der großen Halle der Burg mit einem festlichen Bankett feierte, konnte er den Gedanken an sie entfliehen. Still und in sich gekehrt saß er an der Festtafel.

Mehr als ein neugieriges, schönes Augenpaar blickte immer wieder zu der athletischen Gestalt im azurblauen, goldbestickten Brokatwams hin. Der ärmellose, pelzgefütterte Mantel betonte die breiten Schultern, und auf den Haaren saß verwegen ein Barett. Allen Damen fiel der melancholische, freudlose Ausdruck in den Augen des Ritters auf, der mit seinen Gedanken weit fort zu sein schien.

»Man spickt Euch förmlich mit verliebten Blicken«, stellte der Bischof von Rennes griesgrämig fest, der an Kérvens linker Seite saß. »Es ist nicht gut, wenn ein Mann Eures Ranges noch keine Gemahlin besitzt!«

Kérven verschluckte sich fast an seinem Wein. »Wollt Ihr mir zur Ehe raten, Bischof?«

»Warum nicht?« Der geistliche Herr wischte sich die Finger am linnenen Tischtuch ab, wie es Sitte war, und winkte einem Pagen, seinen Weinpokal von neuem zu füllen. »Oder wollt Ihr der Grafschaft von Lunaudaie keinen Erben schenken, der die Ehren, die Ihr Euch erkämpft habt, weiterträgt?«

Kérven schüttelte verblüfft den Kopf. »Ich hatte bisher herzlich wenig Zeit, Zukunftspläne zu schmieden. Bis vor kurzem waren wir alle nur damit beschäftigt zu überleben, Eminenz!«

»Um so wichtiger ist es, daß Ihr diesen Fortbestand für Euer Lehen und Eure Leute jetzt sichert!« erwiderte der Bischof.

Kérven schwieg, aber die Worte des Bischofs schlugen in seinem Bewußtsein heimlich Wurzeln. Sie kamen ihm wieder in den Sinn, als er sich von Ludo aus den Festkleidern helfen ließ und in den pelzgefütterten Hausmantel schlüpfte. Die feuchtkalte, klamme Luft der windigen Novembernacht schien durch alle Ritzen und Fugen der Burg zu kriechen.

»Geh zu Bett, Ludo!« sagte er, dann trat er an den Kamin, wo die lodernden Flammen zu knisternder Glut herabgebrannt waren. Er legte den Arm auf den Sims und starrte nachdenklich auf die glühenden Holzreste.

Die Bilder erschienen wie von selbst vor seinen Augen. Graciana, wie sie mit energischer Hand die Burg von Lunaudaie in ein Heim verwandelte. Graciana, wie sie neben Fiacre de Mar aus dem Brauhaus trat und die säumige Magd schalt, der ein paar Hühner aus dem Pferch entflohen waren. Dann Graciana, wie sie ihn aus ihren bernsteinfarbenen Augen ansah, ehe sie die Lider schloß und seinen Kuß erwiderte.

Eine Gemahlin zu nehmen, hatte ihm der Bischof von Rennes geraten und dabei an eines der hochwohlgeborenen Fräulein gedacht, die rund um die Tafel saßen oder zum Hofstaat der Herzogin gehörten. Vermutlich hätte er entrüstet seine dicke Knollennase gerümpft, hätte er gewußt, daß es den Seigneur des Iles statt dessen nach einer Magd ohne Rang und Stand verlangte. Daß er sich in seinen schlaflosen Nächten einen Narren schimpfte, weil er viel zu spät begriffen hatte, daß er den Schatz, den er besaß, nicht würdigte.

Er war zwar neugierig gewesen, aber er hatte sich nicht wirklich darum bemüht, mehr über sie und ihr Schicksal zu erfahren. Es hatte ihm gereicht, daß sie da war, daß er sie in sein Bett ziehen und sich in ihr verlieren konnte, wenn ihm der Sinn danach stand. So wie an jenem verhängnisvollen Nachmittag, als er sie im Pferdestall mit ihrer eigenen Leidenschaft gedemütigt hatte.

Aber selbst, wenn das Wunder geschah und Jannik de Morvan ihre Spur fand, was wollte er dann tun? Sie wirklich zurückholen? Die Tatsache blieb bestehen, daß sie keine Frau von Rang und Namen war. Ein Kérven des Iles, der eine Magd liebte, würde sich im günstigsten Fall zum Gespött des ganzen Hofes machen … Ging seine Sehnsucht nach ihr so weit, daß er diesen Spott ertragen konnte?

Trotzdem, in diesem einsamen Augenblick zwischen tiefster Nacht und erstem Morgen hätte Kérven des Iles sogar sein Anrecht auf die ewige Seligkeit hingegeben, um Graciana noch einmal in seine Arme schließen zu können. Sie hatte ihn mit dem fatalen Gefühl zurückgelassen, daß er ohne sie nur ein halber Mensch war.

Graciana. Falls jene Graciana, die Pol de Pélage geliebt hatte, ihrer Namensvetterin auch nur im geringsten geglichen hatte, dann verstand er, weshalb der Waffenmeister des Herzogs ein einsamer und verschlossener Krieger geworden war. Ein Mann, der sich nicht mit dem Zweitbesten zufriedengeben wollte, weil er einmal das Wunder absoluter Vollkommenheit kennengelernt hatte. Er konnte es ihm nachfühlen.

»Graciana …«

Niemand hörte seine Stimme. Ein paar Regentropfen hatten sich in den Kamin verirrt und zerplatzten zischend in der Glut.

»Schmeckt Euch das Essen nicht? Es ist besser als alles, was die Männer in dieser Burg erhalten! Ihr seid recht anspruchsvoll!«

Der hörbare Vorwurf, der durch die beleidigte Stimme der drallen Magd klang, ließ Graciana aufschrecken. Wie üblich saß sie in der Fensternische und starrte über die Burgmauern hinaus auf die Wipfel des endlosen Forstes, an dessen Rand sich St. Cado erstreckte.

Es war immer dasselbe Bild. Ein grünes, weites Meer, dessen Farbe sich den Launen des Novemberwetters anpaßte. Matt, fast schwarz und düster, wenn Regenwolken darüber hinwegsegelten, tiefgrün und samtig im seltenen Sonnenschein. Graciana hatte noch nie in ihrem Leben die Muße gehabt, solche Beobachtungen zu machen. Die absolute Untätigkeit, zu der ihre Lage sie zwang, zeigte indes überraschende Vorteile.

Sie hatte nichts anderes zu tun, als nachzudenken. Über sich selbst, ihre Lage, über die Dinge, die sie erlebt und durchlitten hatte. Über den verblüffenden Wandel, den ihr Leben genommen hatte, seit sie Paskal Cocherel die niederschmetternde Tatsache ihrer Blutsverwandtschaft ins Gesicht geschleudert hatte – womit sie ihn eigentlich hatte verletzten wollen.

Immer noch stand diese Szene vor ihren Augen: Die schweren Lider über den gelben Falkenaugen hoben sich in unverhohlener Verblüffung. In absolutem Erstaunen hatte er sie betrachtet, und zum ersten Mal sah Graciana eine Gefühlsregung auf seinem Gesicht.

»Vater?« hatte er schließlich wiederholt.

»Keiner, auf den ich sonderlich stolz wäre«, hatte sie ihm zornig entgegengeschleudert. »Hat es Euch Vergnügen bereitet, Graciana de Cesson zu mißbrauchen?

Ihr habt die Familie meiner Mutter bis auf die letzte Magd massakriert und vernichtet!«

»Nein, verdammt! Ihre dumme Magd habe ich ihr gelassen«, fuhr der verblüffte Söldnerführer sie an, der plötzlich und entgeistert in den gelben Augen des Mädchens und der herausfordernden Haltung sein eigenes Spiegelbild erkannte.

»Wie großzügig«, hatte Graciana gehöhnt. Was hatte sie schon noch zu verlieren? »Erwartet Ihr Dankbarkeit für diese Großzügigkeit? Oder Dankbarkeit, dafür, daß Ihr meine arme Mutter am Leben gelassen habt, anstatt ihr mit einem gezielten Schwertstreich die Kehle durchzuschneiden, als sie Euch zu langweilen begann? Sie hat Euch dafür gehaßt, wenn es überhaupt noch eine Steigerung für ihren Haß gegeben haben sollte. Es war so viel Galle, daß sie auch noch ihre Tochter damit füllen konnte! Seid verflucht, Paskal Cocherel! Verflucht von allen Seelen, die Ihr jemals zerstört habt!«

Es war, als sei ein Damm gebrochen, als könnte sie einfach nicht mehr aufhören. So wie sie verletzt worden war, wollte sie verletzen – denn die Unsicherheit in Paskals Augen schien anzudeuten, daß sie den einzigen schwachen Punkt dieses Mannes entdeckt hatte.

Gordien war es schließlich gewesen, der diesem Auftritt ein Ende machte. Er schlug ihr mit der Hand so hart über den Mund, daß ihr Kopf gegen die Eisenstange prallte und sie halb ohnmächtig in ihren Fesseln zusammensank. Aber sie war noch so weit bei Bewußtsein, daß sie den erbitterten Streit der beiden Männer vernahm, den natürlich Paskal Cocherel für sich entschied.

Danach hatte man sie losgebunden und in diese Turmkammer geschafft, in der es immerhin ein Bettgestell, einen Hocker, einen Wasserkrug und ein paar

Decken gab. Durch die drei schmalen Fensternischen pfiff der Wind auf einer Seite hinein und auf der anderen hinaus. Aber es gab einen winzigen Söller mit einem Abtritt, und dreimal am Tag brachte ihr eine Magd zu essen.

»Ihr müßt essen, sonst werdet Ihr krank!«

Die Magd dachte nicht daran, das anhaltende Schweigen der jungen Frau einfach hinzunehmen. Sie setzte das Tablett mit den dampfenden Schalen energisch auf den blanken Holztisch und knallte den geschnitzten Löffel und – als Gipfel des Luxus' – ein Mundtuch daneben.

»Es ist Ragout vom Hirsch, eingelegter Kalbsfuß und ein Stück Hasenbraten. Der Herr sagt, ich muß dafür sorgen, daß Ihr eßt!«

»Tatsächlich?« Graciana hob die feingezeichneten Brauen und rümpfte die Nase. Seit wann interessierte es sie, was Paskal Cocherel befahl? »Andernfalls hat er dir was angedroht? Die Folter? Den Tod? Oder nur ein wenig Prügel?«

»Kein Wort davon hat er gesagt«, verteidigte die Magd den Burgherrn, der Gracianas neues Gefängnis noch nicht ein einziges Mal betreten hatte. »Aber er hat erfahren, daß Ihr das Essen nicht anrührt …«

»Ich hab' keinen Hunger«, murmelte Graciana, und es war schlicht die Wahrheit.

Der bloße Gedanke daran, etwas davon zu essen, bereitete ihr Übelkeit. Sie zog den viel zu großen, pelzgefütterten Umhang enger um die schmalen Schultern und sah wieder aus dem Fenster. Ein rechteckiges hohes Bild, das ihr den grauen Novembernebel zeigte, der sich wie graues Tuch über die Baumwipfel gelegt hatte.

Das Rascheln auf dem alten Stroh und das Zuschlagen der Tür verkündete, daß die junge Magd den Raum verlassen hatte. Wie üblich folgte das leise Knirschen, mit dem der eiserne Riegel von außen vorgelegt wurde, dann wurde das Klappern der Holzschuhe leiser, als die Magd die Wendeltreppe hinunterging.

Der würzige Duft der Speisen vertiefte Gracianas Unbehagen. Sie hätte etwas gegeben für einen kühlen Trunk. Für einen Schluck des reinen Quellwassers, das im Klostergarten von Sainte Anne in ununterbrochenem Fluß aus der steingefaßten Quelle rieselte. In dem Krug auf dem Tablett befand sich vermutlich nur wieder der säuerliche, muffige Wein, von dem sie Kopfschmerzen bekam, sobald sie etwas davon trank. Am Ende tat sie es doch jedes Mal, weil der Durst übermächtig wurde. So, wie sie das Brot aß, das auf dem Tablett lag und das nach Asche und grobem Korn schmeckte.

Das neuerliche Knirschen des Riegels ließ sie verblüfft aufsehen. Seit Tagen war niemand anders bei ihr gewesen als die Magd, und auch jene nur zu fest bemessenen Zeiten. Weshalb kam sie zurück?

Ihre Hand mit dem Stück Brot sank schwach in den Schoß, als sie die beiden Männer erkannte, die unter dem niederigen Türstock der Pforte den Kopf beugten und sich wieder aufrichteten, als sie vor ihr standen. Anfangs hatte sie stündlich damit gerechnet, aber als tagelang nichts geschehen war, hatte sie gehofft, er würde sie meiden wie die Erinnerungen an Pest und Vernichtung.

Es hatte den Anschein, als habe sie sich getäuscht. Paskal Cocherel hockte sich auf die Kante des Tisches, verschränkte die Arme vor der breiten Brust und musterte sie unter mürrisch zusammengezogenen Augenbrauen. Der Schwarze Landry lehnte an der

Wand neben der Tür. Von den Stiefeln bis zum Wams und den Handschuhen in nachtschwarzes Leder gewandet, das Gesicht unter dem dichten Bart vollständig verborgen. Nur die Höllenaugen glitzerten schwarz und unheilvoll.

»Das Kreuz von Ys!« begann der Herzog von St. Cado ohne lange Vorreden. »Du weißt, was aus ihm geworden ist, soviel konnte ich in Erfahrung bringen.«

»Macht Euch keine Mühe«, meinte Graciana seufzend. »Ihr werdet es nicht finden, denn es existiert nicht mehr. Es war eine Sage, nicht mehr ...«

»Unsinn!« rief der Söldnerführer. »Die alte Nonne war sehr mitteilsam, bis ich mit ihr fertig war. Ich weiß genau, daß jenes Kreuz seit undenklichen Zeiten in Sainte Anne verborgen lag.«

»Mit ihr fertig ...« Graciana wagte sich nicht auszumalen, was diese Worte bedeuteten.

Unwillen glitt über die Züge des falschen Herzogs. »Weshalb diese Sucht nach Einzelheiten? Es muß ein Zug deiner Mutter sein, dieses weinerlichen Weibes. Sie ist hinüber, und das sollte dir genügen!«

»Sie war die Tante dieses weinerlichen Weibes, habt Ihr das gewußt?« erwiderte Graciana. »Die einzige Seele, die zu mir gehörte, außer Euch natürlich, und ich muß gestehen, daß mir diese Tatsache keine sonderliche Freude bereitet.«

Ihre gelassene und wohlgewählte Art sich auszudrücken reizte Paskal Cocherel bis aufs Blut. Er hatte noch nicht entschieden, was er für dieses einzige Kind empfinden sollte, von dem er wußte. Daß er es nicht fertigbrachte, Graciana zu foltern, führte er weniger auf eine milde Regung als auf die Tatsache zurück, daß sie mit ihm verwandt war. Er ahnte instinktiv, daß es nichts gab, was diesem Dickkopf etwas entreißen konnte, was er nicht sagen wollte.

»Nimm dir nicht zuviel heraus, Mädchen!« erwiderte er schroff. »Wenn du auf väterliche Gefühle baust, täuschst du dich gewaltig. Und was das Kreuz von Ys betrifft ...«

»Das ist zu einem Scherbenhaufen geworden, den Mutter Elissa in alle Winde zerstreut hat!« sagte Graciana boshaft. »Sie hat Euch so sehr gehaßt, daß sie es lieber zerstört hat, als es in Eure Hände fallen zu lassen. Also gebt Euch keine Mühe, Ihr werdet es Euch ebensowenig aneignen können wie Jean de Montfort!«

»Verflucht, Mädchen, weißt du nicht, was das bedeutet? Du könntest die Tochter des künftigen Herrn der Bretagne sein! Kein namenloser Bastard, sondern ein Edelfräulein von Rang! Ich könnte dich mit einem Edelmann verheiraten, vielleicht sogar einem Prinzen von Geblüt!«

Gracianas Lachen schnitt wie mit Messern, brachte ihren Vater zum Verstummen und ließ den schwarzen Landry zusammenzucken. Es endete ebenso abrupt, wie es begonnen hatte.

»Wen wollt Ihr mit diesem Narrenmärchen täuschen?« fragte sie bitter. »Euch selbst? Die Menschen in der Bretagne oder mich? Ich bin und bleibe ein Bankert, egal, welches ehrbare Mäntelchen Ihr mir umhängen werdet! Kein Mann von Ehre und Namen wird sein Leben mit der Tochter eines Schlächters verbinden, der seine Heimat in einen endlosen Krieg stürzt! Tötet mich, laßt mich verhungern, stürzt mich vom Turm oder schlagt mir den Kopf ab. Es ist mir egal. Von Euch wünschte ich mir nur einen väterlichen Gefallen: Laßt mich in Frieden!«

Die letzten vier Worte spie sie dem Söldnerführer

förmlich entgegen. Er erstarrte. Noch nie hatte es ein Mensch gewagt, ihm so freimütig und ohne jede Spur von Furcht die Meinung zu sagen. Und auch noch solche Verachtung zu zeigen!

»Verflucht, was bildest du dir ein?«

»Nichts!«

Graciana sah zum Fenster hinaus und drehte den beiden Männern gleichgültig den Rücken zu. Ihre offenen goldblonden Haare lagen schmutzig, dunkel und strähnig über dem Umhang, den man ihr gegeben hatte, damit sie in ihren zerrissenen Kleidern nicht fror. Aber nicht einmal dieser erbärmliche Anblick konnte die Anmut ihrer Bewegungen, die Schönheit ihres Körpers und die Unbeugsamkeit ihrer Haltung zerstören. Man würde sie töten müssen, um sie zu brechen. Sie besaß den Mut, die Kraft und die Todesverachtung des Mannes, der sie gezeugt hatte.

Diese niederschmetternde Erkenntnis veranlaßte ihren Vater zu einem lästerlichen Fluch, ehe er aus dem Raum stürmte. Der Schwarze Landry folgte ihm ein wenig gemächlicher. Graciana beachtete weder den einen noch den anderen, sie existierten nicht mehr für sie.

16. Kapitel

Würgend beugte sich Graciana über den stinkenden Abtritt. Sie mußte krank sein, eine andere Erklärung gab es nicht. Morgen für Morgen wachte sie mit dem schrecklichen Gefühl auf, daß sich ihr Magen von innen nach außen stülpte. Meist konnte sie sich gerade noch zum Abtritt schleppen, ehe sie sich übergab und schweißgebadet und völlig geschwächt wieder auf ihren Strohsack fiel. Es dauerte Stunden, bis sie sich erholte und wieder auf die Beine kam. Nur damit am nächsten Tag alles wieder von vorne begann.

Zitternd vor Erschöpfung wischte sie sich über den Mund und spülte sich die Galle mit einem Schluck Wein aus, den sie zielsicher durch einen der Fensterspalte spuckte. Wie bedauerlich, daß diese Lücken nicht breit genug waren, daß sie ihren Körper hindurchzwängen konnte. Sie verstand längst, was ihre arme Mutter zum Selbstmord getrieben hatte. Der Gedanke an gnädiges Vergessen hatte auch in ihrer verzweifelten Lage etwas höchst Verführerisches. Die Angst vor dem göttlichen Zorn wurde immer geringer, je weniger Hoffnung man verspürte.

An den Wänden entlangtastend, fand sie zu ihrem Bett zurück und ließ sich auf den schmutzigen Strohsack gleiten, der nach verfaultem Heu und ungewaschenen Körpern stank. Unwillkürlich erinnerte sie sich an ihr erstes Bad auf Lunaudaie. An wahre Fluten von warmem Wasser, in denen sie ihre schmerzenden Glieder ausstrecken konnte, an den Duft nach Lavendel und Blumen und nicht nach Verwesung und Dreck.

Aber da war auch die Erinnerung an die Schlafkammer im Kloster. An dünne Strohsäcke, Kälte und im

Winter das Eis in der Waschschüssel. Vielleicht sauberer als dieser Raum, aber weder luxuriöser noch bequemer. Worüber beschwerte sie sich? Sie war nichts anderes gewöhnt …

Sie glitt eben in jenen erschöpften, bleischweren Schlummer, der sie über viele Stunden des Tages brachte, als die Tür so heftig aufgerissen wurde, daß sie umschlug, gegen die Wand prallte und wieder zurückschoß.

»Lieber Gott, das stinkt abscheulich hier«, schimpfte eine ältliche, schmuddelige Bedienerin und knallte das Tablett mit dem Morgenimbiß unwillig auf den Tisch.

Sie hatte es freiwillig übernommen, in den Turm zur Gefangenen zu gehen, weil die Magd, die Graciana normalerweise versorgte, an diesem Morgen nicht erschienen war. Alle in der Burg waren neugierig auf das fremde Frauenzimmer, das angeblich die Tochter des Herrn sein sollte. Besonders hübsch sah sie ja nicht aus. Die Magd rümpfte die Nase und betrachtete das totenblasse, hohlwangige Mädchen im Schein des milchigen Tageslichtes, das durch die hohen Fensternischen hereinfiel.

»Habt Ihr Euch übergeben?«

Graciana ersparte sich die Antwort. Man roch es nur zu deutlich.

»Passiert Euch das öfter?« forschte die Frau jetzt in einem deutlich milderen Ton.

»Jeden Morgen«, ächzte Graciana ergeben und schloß müde wieder die Augen.

»Ach, du meine Güte!«

Die Dienerin beugte sich über die junge Frau und strich ihr unerwartet sanft die Haare aus der Stirn. Dann schlug sie, ohne auf Gracianas Protest zu achten, den Umhang auseinander und schob das zerrissene

Kleid auf. Der Körper, schmutzig, von verblassenden Striemen der Folterfesseln gezeichnet, war dennoch blühend.

»Spürt Ihr Eure Brüste, Mädchen? Sind sie größer geworden?«

»Ich weiß es nicht«, antwortete Graciana von der mütterlichen Sorge dieser fremden Frau aus ihrer schmerzlichen Trance gerissen. »Sie fühlen sich seit einiger Zeit seltsam an. Es schmerzt nicht, es ist nur anders ...«

»Und wann hast du zum letzten Mal geblutet?«

Die Bedienerin gab die respektvolle Anrede auf. Das anstehende Problem erforderte eine gewisse Vertrautheit unter Frauen, bei der überflüssige Höflichkeit nur schaden konnte.

Graciana zuckte verlegen mit den Schultern. Sie hatte nicht darauf geachtet. In ihrer augenblicklichen Lage hatte sie anderes zu tun, als über ihren Körper nachzusinnen ...

»Heilige Mutter Gottes«, die ältliche Magd stieß eine Mischung aus Seufzer und Gebet aus. »Du hast keine Ahnung, nicht wahr?«

»Wovon?«

»Es sieht ganz danach aus, als würdest du ein Kind bekommen. Hast du bei einem Mann gelegen, ehe man dich nach Cado brachte?«

»Ein Kind?« Graciana lachte fast, so absurd erschien ihr dieser Gedanke. »Wie sollte ich ein Kind bekommen? Das ist völlig unmöglich!«

»Dann bist du noch Jungfrau?«

Das zögernde Kopfschütteln entlockte der Frau einen neuerlichen Seufzer. Sie bemerkte auch die sachte Röte, die langsam, aber unaufhaltsam unter der schmutzigen Haut in das schmale Gesicht stieg. Sauber war sie vermutlich hübsch genug, um einen jeden Mann zu reizen. Hatte man sie vergewaltigt? Immer waren es die Unschuldigen, die das Schicksal strafte.

»Du hast also doch einen Mann empfangen, nicht wahr? Wenn er dir seinen Samen gegeben hat, ist kein Zweifel möglich. Du wirst ein Kindchen bekommen. Da man dir sonst noch nicht viel ansieht, würde ich sagen, es ist im frühen Sommer so weit.«

»Ein Kind?« wiederholte Graciana nun in absoluter Fassungslosigkeit. Ihre Augen weiteten sich ungläubig.

»Ich habe keinen Zweifel. Das erklärt auch deine morgendliche Übelkeit. Die meisten Frauen sind zu Beginn der Erwartung damit geschlagen. Wenn sich dein Leib weiter rundet, wirst du dich besser fühlen.«

Graciana starrte in das faltige Gesicht der Magd. Im Unterkiefer fehlte ihr bereits eine Reihe von Zähnen, aber das Lächeln, mit dem sie ihr Mut zu machen versuchte, wärmte ihre kleinen Augen und kam direkt aus einem mitfühlenden Herzen.

»Armes Täubchen. Du wirst es deinem Vater irgendwann sagen müssen«, riet sie ihr sanft. »Es ist nicht richtig, daß du hier in der Kälte liegst und dein Kindchen vielleicht Schaden erleidet.«

»Ein Kind«, murmelte Graciana immer noch völlig fassungslos. »Ich bekomme ein Kind!«

Sie lauschte der eigenen heiseren Stimme, und die Worte hallten in ihren Ohren nach. Gleichzeitig hörte sie das Blut in ihren Adern rauschen, ihr Herz schien schneller zu klopfen, und in ihren Fingern begann es zu kribbeln und zu jucken. Etwas in ihr erwachte jäh zum Leben. So unerwartet und mächtig, daß es ihr im ersten Moment den Atem raubte. Es kam ihr vor, als erwache sie aus einem langen, erschöpfenden Schlaf und müsse sich erst mühsam wieder in der Gegenwart zurecht finden.

»Bleib liegen, bis sich dein Magen beruhigt hat, und dann iß ein wenig von dem Brot«, riet die Frau. »Ich werde sehen, ob ich einen Becher Ziegenmilch und ein paar Mandelkuchen für dich auftreiben kann. Das ist besser als diese Fleischpastete.«

Sie eilte hinaus, aber Graciana bemerkte es kaum. Sie war völlig benommen. Es kam ihr vor, als wäre der Tag mit einem Schlag heller geworden. Sie richtete sich auf und ignorierte den protestierenden Krampf in ihrem Magen. Vorsichtig legte sie eine Hand über ihren Bauch, dort, wo sie mit einem Streifen Stoff, den sie aus ihrem Unterkleid gerissen hatte, das zerstörte Gewand zusammenhielt.

Sie versuchte, in sich hineinzuhorchen. Irgendwo dort tief in ihr wuchs neues Leben. Ein Leben, das Kérven des Iles gezeugt hatte! Die Freude, die sie überflutete, war so ungeheuer, daß sie unter dem Ansturm erbebte.

»Ich danke dir!« seufzte sie aus überquellendem Herzen und richtete dieses Stoßgebet an jene göttliche Macht, deren Existenz und Gerechtigkeit sie noch vor kurzem so heftig bezweifelt hatte. »Du hast mir einen neuen Grund zum Leben geschenkt!«

Sie strich sich die Haare aus der Stirn und bemerkte zum ersten Male, wie schmutzig, strähnig und zerzaust sie waren. Ihre Hände starrten vor Dreck, und ihre bloßen Füße in den Resten der zerfetzten Strümpfe wirkten um keinen Deut besser. Sie sah aus wie eine Schlampe, die sich im Dreck gewälzt hatte, und sie verspürte auf einmal einen Hunger, der ihr förmlich in den Eingeweiden biß.

Sie stand auf und griff nach dem Brot auf dem

Tablett. Sie roch an dem Weinkrug und ließ ihn erschauernd stehen. Sie zwang sich, sorgsam Bissen für Bissen des zähen Brotes zu kauen und zu schlucken, jeden Moment darauf wartend, daß ihr Magen dagegen protestierte. Er tat es nicht, und Graciana riß sich ein Stück der Fleischpastete ab, in das sie mit zunehmendem Genuß ihre weißen Zähne grub. Währenddessen arbeiteten ihre Gedanken fieberhaft. Es ging nun nicht mehr um sie, es ging um ihr Kind.

Von frühester Kindheit an hatte sie gewußt, daß ihr ein Leben als Nonne bevorstand. Ein Leben im Dienst Gottes, in dem es keine Kinder gab, keine Mutterliebe und kein Lachen. Aber bis zu diesem Moment war ihr nie bewußt geworden, wie grenzenlos sie unter dem Verzicht auf all diese Dinge gelitten hatte.

Sie erwartete ein Kind! Ein Kind, das in liebevoller Wärme, in Frieden und ohne jeden Kummer aufwachsen sollte. Aber garantiert nicht in einem Räubernest wie der Festung von Cado! Womit ihre Gedanken wieder bei ihrem Vater waren, bei Paskal Cocherel.

Sie kannte ihn kaum, aber sie war sich dennoch ziemlich sicher, daß er sie nicht gehen lassen würde. Auf seltsame Weise begriff sie, daß es ihm ernst war mit seinem Traum, dieses Land am Meer zu beherrschen. Ebenso wie sie ahnte, daß es ihm schmeichelte, in seinem wüsten Leben ein Kind gezeugt zu haben, daß es an Mut und Stolz mit ihm aufnehmen konnte. Er betrachtete sie als sein Eigentum, das er nicht freiwillig herausgeben würde. Sie war von seinem Blut, und das hatte eine nicht zu unterschätzende Bedeutung für ihn.

»Aber du wirst nicht hier geboren werden«, versprach Graciana ihrem Kind. »Ich werde nicht zulassen, daß dieser Mann dein Leben bestimmt und daß du mit dem Fluch seiner bösen Taten aufwachsen mußt!«

Plötzlich gab es da eine winzige Seele, mit der sie sprechen konnte, der sie all das anvertrauen konnte, was sie fühlte, und die sie uneingeschränkt lieben durfte. Lieben mit all der Kraft und dem Feuer, das sie in sich spürte. Ein Leben, das nur ihr gehörte. Ein Lächeln nistete sich in ihren Mundwinkeln ein und vertrieb die Anspannung und das Leid auf ihren Zügen. Niemand war je dermaßen eng und ausschließlich mit ihr verbunden gewesen.

Mutter Elissa hatte sich der Verwandtschaft mit ihrer Großnichte verweigert. Für die anderen Nonnen und Novizinnen war sie nicht mehr gewesen als eine Mitschwester. Für Kérven vielleicht eine kurze Zerstreuung, die er schon längst vergessen hatte. Die Aufzählung all derer, denen sie nicht wichtig genug gewesen war, schmerzte, besonders der Gedanke an Kérven.

Würde das Kind, das in ihr wuchs, ihm ähnlich sehen? Vielleicht bekam es jene dunkelblauen, wundervollen Augen, den kastanienfarbenen Schimmer seiner Haare oder jenes hinreißende Lächeln, das ihn richtig verwandelte. Sie würde keine Angst mehr haben müssen, daß sich seine Züge im Laufe der Zeit in ihrer Erinnerung verloren. Sie hatte etwas unendlich viel Kostbareres – ein Kind von ihm!

Die Magd, die kurze Zeit darauf mit einem Krug frischer Ziegenmilch und den versprochenen runden Kuchen erschien, die zwar nicht mehr frisch, aber noch genießbar waren, fand eine junge Frau vor, die wie von Zauberhand verwandelt worden war. Kein bedauernswertes Opfer, mit dem sie Mitleid haben konnte, sondern plötzlich eine Herrin, die vor ihr aufragte und Bitten aussprach, welche sich arg nach Befehlen anhörten.

»Kannst du mir Wasser bringen?« erkundigte sie sich freundlich, aber energisch. »Einen Kamm vielleicht und, wenn es geht, Nadel und Faden? Ich muß meine Kleider flicken und mich säubern!«

»Ich frage den Seigneur«, erwiderte die Frau, die den strikten Befehl des Burgherrn kannte, daß das Mädchen in der Turmkammer nichts außer Essen und Trinken erhalten sollte.

»Es kann ihm kaum daran liegen, daß ich halbnackt hier herumsitze«, meinte Graciana trocken. »Vielleicht vermißt er ja auch seinen Umhang …«

»Den hat dir der Schwarze Landry gegeben«, platzte die Magd heraus.

»Dann frag ihn, ob er meine Wünsche erfüllt!« Graciana blieb hartnäckig.

»Na so was …«, murmelte die verblüffte Bedienerin und ergriff die Flucht, ehe sie noch mehr Wünsche, Aufträge und Vorschriften präsentiert bekam.

Graciana runzelte die Stirn. Wenigstens einer von Cocherels Männern schien so etwas wie ein Herz in der Brust zu tragen. Die Bestätigung dafür erhielt sie noch am selben Tag, als der Schwarze Landry in ihre Kammer marschierte, als sei es das Selbstverständlichste der Welt, daß er ihr einen solchen Besuch abstattete, ohne daß er von seinem Herrn begleitet wurde. Sie sah auf und zog den Umhang vor der Brust zusammen, weil sie noch immer kein Nähzeug erhalten hatte, um die schlimmsten Risse in ihrem Gewand zu beseitigen.

»Was willst du?« fragte sie so angriffslustig, daß er überrascht die Stirn runzelte.

»Keine Sorge, Ihr müßt nichts vor mir befürchten«,

besänftigte er sie. »Ich überlasse es Eurem Vater, die Klinge mit Euch zu kreuzen!«

»Meinem Vater«, wiederholte sie spöttisch. »Eine feine Verwandtschaft, die ich da habe. Und was bist du, der Hofhund seines Herrn? Was hat dich dazu getrieben, dich einer Mörderbande anzuschließen, die Angst und Schrecken über deine Heimat bringt?«

Die ungewohnte Angriffslust der in letzter Zeit so schweigsamen und lethargischen Gefangenen verblüffte den Schwarzen Landry gehörig. Er fragte sich, was geschehen sein mochte, daß sie aus heiterem Himmel ihre Krallen an ihm wetzte.

»Ihr solltet Euch lieber für Euer eigenes Los interessieren und nicht für meines«, entgegnete er trocken. »Oder seid Ihr so angetan von Cado, daß Ihr die Festung zu Eurer neuen Heimat wählt?«

Graciana erhob sich von ihrem Hocker. Diese Art von Unterhaltung führte sich schlecht, wenn man ständig aufsehen mußte.

»Was wollt Ihr?«

»Vielleicht Euren Dank, nachdem ich Euch meinen Plan erläutert habe.«

»Welchen Plan?«

»Ihr gehört nicht in diese Burg«, erklärte der Schwarze Landry schroff. »Was auch immer Paskal Cocherel plant, er sollte es ohne Euch tun. Ihr habt nichts zu schaffen mit seinen Plänen. Es ist schlimm genug, daß er Eure Mutter ins Unglück gestürzt hat, er sollte es nicht noch mit der eigenen Tochter tun!«

»Wie recht du damit hast«, gab Graciana verblüfft zu. »Zeig mir einen Weg, und ich bin fort, ehe dein Herr sich einmal umdreht, oder denkst du, ich legte Wert auf seine väterliche Zuneigung? Dieser Mann verspürt nicht mehr Liebe als einer jener Felsen, die hier zu Granitsteinen behauen wurden!«

Sie hieb mit der Faust gegen die steinernen Wände, als wollte sie ihre Worte unterstreichen. Es mußte weh getan haben, aber kein Laut kam über ihre Lippen.

»Dann vertraut mir und haltet Euch bereit«, entgegnete der Schwarze Landry. »Es ist möglich, daß wir sehr schnell handeln müssen.«

»Dir vertrauen?« spottete Graciana. »Verlangst du nicht ein bißchen viel von meiner Einfältigkeit? Wer einer Viper vertraut, stirbt am Ende an Gift! Oder muß ich dich daran erinnern, wem ich es verdanke, in diesem Rattennest zu leben?«

»Ich hatte ebensowenig eine Wahl wie Ihr!« erwiderte er gelassen. »Wenn Ihr entkommen wollt, müßt Ihr wohl oder übel das Risiko eingehen und Euch auf mich verlassen. Seht zu, daß Ihr in den nächsten Tagen ordentlich eßt, damit Ihr den Ritt nach Rennes durchsteht. Ich kann niemandem vertrauen, daß er Euch begleitet, Ihr müßt also selbst auf Euch aufpassen, auch wenn es gefährlich ist.«

Graciana stutzte. »Nach Rennes? Was in aller Welt soll ich in Rennes?«

»Ihr müßt Eure Sache Herzog Jean vortragen! Er ist der einzige, der Euch helfen kann«, erklärte der Söldner zu Gracianas größter Verblüffung. »Berichtet ihm, was Ihr Cocherel gesagt habt. Ihr seid die letzte vom Blute der Cessons. Ihr habt ein Anrecht auf seinen Schutz und seine Hilfe, und er wird Euch beides nicht verweigern!«

»Ihr schickt mich zu Jean de Montfort?« versicherte sich Graciana. Hatte sie wirklich richtig verstanden? »Weshalb sollte er mich empfangen?«

»Nennt ihm den Namen Eurer Mutter, und er wird

es zweifelsfrei tun«, behauptete der Schwarze Landry und lauschte zur Tür, als ob er sich vergewissern wollte, daß auch auf dem Gang niemand zuhörte.

»Aber weshalb?« wiederholte die junge Frau hartnäckig. Sie wurde nicht klug aus diesem Mann, der ihr gegen den Willen seines Anführers half.

»Stellt keine überflüssigen Fragen und kümmert Euch ausschließlich um Eure eigenen Angelegenheiten«, riet er ihr eindringlich. »Ich hoffe, Ihr wißt nicht nur dann hartnäckig zu schweigen, wenn es darum geht, einen Mann bis zur Weißglut zu ärgern!«

Er ließ Graciana mit einem Haufen von Fragen zurück, auf die sie keine Antwort fand. Welch aufregender, seltsamer Tag nach all den ereignislosen Stunden in dieser kargen Kammer. Was sollte sie tun? Dem Schwarzen Landry das Vertrauen entgegenbringen, das er forderte? Wer sagte ihr, daß er sich nicht einen gräßlichen Scherz mit ihr erlaubte?

»Wir werden es riskieren«, teilte sie dem Kind mit, das in ihr wuchs. »Wir haben wenig zu verlieren, aber alles zu gewinnen!«

17. Kapitel

Dichte Regenwolken hingen so tief auf die Türme von Rennes herab, daß sie die feucht glänzenden Schieferdächer zu berühren schienen. Graciana studierte verblüfft die verschwommenen Umrisse der riesigen Stadt, ehe sie den Kopf wieder senkte, damit ihr Gesicht im Schatten der Kapuze verschwand. Sie folgte dem Zug der Lasttiere, Karren und Wagen durch das westliche Stadttor der neuen Residenz des Herzogs. Niemand schenkte der schmalen Gestalt im durchnäßten Umhang sonderliche Aufmerksamkeit. Sie wirkte so jämmerlich erfroren und armselig, daß es den Wachen nicht die Mühe wert schien, sie zu kontrollieren.

Innerlich jedoch jubelte Graciana. Sie hatte es geschafft! Sie war Paskal Cocherel und seinem Raubvogel-Horst in Cado entkommen. Die stürmische Nacht, in der das Grölen der Betrunkenen in der Halle durch die ganze Burg gedröhnt hatte, war anfangs nur eine von vielen ähnlichen gewesen. Sie hatte den Lärm durch die Fensterschlitze vernommen und deswegen völlig überhört, daß sich fast lautlos ihre Tür öffnete.

Das weiche Bündel der Kleider, das in ihren Schoß fiel, ließ sie mit einem erschreckten Laut vom Strohsack hochfahren.

»Ich bin's«, hatte sie im Dunkeln die leise Stimme des Schwarzen Landrys vernommen. »Das sind die Gewänder eines Bauernburschen. Zieht sie an, aber beeilt Euch! Wir haben nicht viel Zeit.«

Es war leichter befohlen als getan, denn Graciana hatte keine Ahnung von den Schnüren und Schlaufen der Männerkleidung, aber irgendwie gelang es ihr, daß die Beinlinge an Ort und Stelle blieben und daß das kratzige Wams von einem Gürtel gehalten wurde. Die Stiefel waren ein gutes Stück zu groß, und so stopfte sie kurzentschlossen Stroh hinein, damit sie einigermaßen Halt fand. Den weiten Umhang nahm sie über den Arm, denn sie wollte nicht über seinen Saum stolpern.

Auf welchen Wegen sie die Burg verlassen und den versteckten Platz erreicht hatten, wo das Maultier geduldig auf sie wartete, vermochte sie nicht zu sagen. Sie erinnerte sich an feuchte Wände, niedrige Gänge und eine unheilvoll knarzende Mauerpforte. Dann indes half ihr eine kräftige Hand in das Gestell des hölzernen Sattels und zurrte einen Sack mit Vorräten fest. In all der Zeit ließ Landry sie mindestens fünfmal die wichtigsten Merkmale des Weges wiederholen, den sie einschlagen mußte, um zur großen Straße nach Rennes zu kommen. Hätte er sie mit dem Holzhammer in ihren Schädel verankern können, hätte er es zweifellos auch noch versucht.

»Warum tust du das für mich?« hatte sie ihn schließlich gefragt, doch er stillte ihre Neugier nicht.

»Beherzigt meinen Rat«, erwiderte er nur. »Kümmert Euch um Eure eigenen Angelegenheiten und tragt sie dem Herzog vor. Sollten Euch die Wachen am Tor aufhalten, so nennt ihnen die Worte Sainte Croix! Merkt es Euch gut, Sainte Croix!«

»Heiliges Kreuz?« murmelte Graciana. »Schon wieder das Kreuz von Ys?«

Er ignorierte auch diese Frage. »Behaltet diese Worte, dann kann Euch nichts geschehen.«

»Gott mit Euch, Feuerkopf!«

»Lebt wohl, Landry ...«

Ein Schlag auf die Kruppe des Maultieres, und es setzte sich trottend in Bewegung.

»Schaut nicht zurück! Eine Graciana de Cesson schaut nur nach vorne!«

Es war das erste Mal, daß sie jemand mit diesem Namen bezeichnete. Einen Namen, der ihr eine Familie und eine ehrbare Herkunft gab. Auf rätselhafte Weise verlieh ihr dieser Name die Kraft, die sie so dringend benötigte. Sie richtete den Blick nach vorne.

Der Zufall kam ihr obendrein zu Hilfe, als sie bereits am folgenden Morgen hinter St. Lery auf den Zug eines Handelsmannes stieß, der aus dem Hafen von Lorient kam und Waren für Rennes auf seinen Lasttieren transportierte. Er hatte nichts dagegen, daß der schweigsame Junge mit dem klapprigen Maultier unter seiner Obhut reiste.

Je mehr Knechte seine Kolonne begleiteten, um so abschreckender wirkte das auf die Räuberbanden, die jeden Kaufmann bedrohten, auch wenn dieses Bürschchen nicht so aussah, als wisse es besonders viel mit dem Dolch anzufangen, der in seinem Gürtel steckte. Das schmale Gesicht unter der eng anliegenden Kappe war das eines tapferen Kindes. Aber immerhin, die Person zählte, und der Handelszug erreichte sein Ziel, ohne sich mit Waffengewalt verteidigen zu müssen.

Im Gewühl hinter dem Stadttor trieb Graciana ihr störrisches Maultier ein wenig zur Seite. Es folgte eher verdrießlich, denn es hatte längst gemerkt, daß sein Reiter seinen Launen völlig ausgeliefert war. Doch auch das eigenwillige Tier sehnte sich nach einem Stall, und so klapperten die dünnen Beine über das Pflaster auf die Burg zu, die Rennes mit ihren Mauern und Türmen überragte. Die steifen, kostbar bestickten Standarten verrieten der Reiterin schon von weitem, daß Jean de Montfort in seiner Residenz anzutreffen war.

Graciana zog die Schultern unter ihrem nassen Umhang unbehaglich hoch. Sie hatte Angst vor dem Herzog. Bisher hatte sie keine guten Erfahrungen mit den Mächtigen gemacht. Doch welche Wahl hatte sie, wenn sie nicht im Arbeitshaus dieser ehrbaren Stadt landen wollte, wo man die Landstreicherinnen und Huren mit höchst drastischen Methoden zu Buße und einem christlichen Leben anhielt? Sie mußte auch an ihr Kind denken! Der Schwarze Landry hatte bisher recht behalten, also wollte sie ihm auch weiter vertrauen. Was blieb ihr schon anderes übrig?

Die Hellebarden der herzoglichen Wache senkten sich vor der empörten Nase des Maultieres. Es protestierte trompetend gegen das lästige Hindernis, und Graciana erschrak so darüber, daß sie fast aus dem Sattel gefallen wäre.

»Du kannst hier nicht einfach in die Burg reiten, Bürschchen!« schnauzte der Soldat sie barsch an. »Das ist keine Herberge für deinesgleichen! Pack dich fort, dieses blökende Gerippe auf vier Beinen beleidigt ja das Auge eines jeden Menschen!«

Doch Graciana dachte nicht daran, sich von diesem einfachen Soldaten einschüchtern zu lassen. Sie schob das Kinn vor und bedachte den Wachmann mit einem ausgesprochen hochnäsigen Blick.

»Laßt mich durch, guter Mann! Ich muß den Herzog sprechen!«

Brüllendes Gelächter lockte die anderen Wachleute herbei, die sich von Graciana und ihrem Widersacher ein wenig Abwechslung versprochen.

»Genau auf dich hat er gewartet, Kerlchen!« keuchte der Mann, nachdem er sich wieder einigermaßen gefaßt hatte. »Möchtest du ihm diese Mähre verkaufen, auf der du sitzt, oder willst du politische Diskussionen mit ihm führen? Mir scheint, der Regen hat den Verstand unter deiner Kappe ganz schön eingeweicht!«

Gracianas Augen verengten sich zu schmalen, wütenden Schlitzen. Sie war müde, naß, erschöpft, und wenn sie nicht bald aus dem Sattel kam, würde sie vermutlich von selbst herunterfallen. Sie hatte nicht die Geduld für solche Spielchen.

»Ich will zum Herzog, Mann!« erklärte sie scharf. »Und vielleicht bringt es dich ein wenig auf Trab, wenn ich ›Sainte Croix‹ hinzufüge!«

Graciana hatte sich nicht viel von diesen beiden Zauberworten erwartet, aber die Wirkung war geradezu erstaunlich. Der Wachsoldat erstarrte förmlich. Ein Ruck ging durch seine ganze Gestalt, und er packte ohne weiteres Wort das Maultier am Zügel und führte es durch den Mauerbogen vor den Eingang zum rechten Torturm.

»Wenn Ihr bitte einen Moment warten würdet!« sagte er mit völlig neuem Respekt in der Stimme und verschwand durch die Pforte.

Ehe Graciana sich fragen konnte, was er damit meinte, erschien er mit dem Hauptmann, der offensichtlich die Torwache befehligte. Über dessen blank poliertem Harnisch schimmerte ein Umhang in den Farben des Herzogs, und seine Waffen wirkten ebenso beeindruckend wie gefährlich. Er senkte den Kopf in einem knappen Gruß.

»Wenn Ihr mir bitte folgen wollt«, bat er Graciana so höflich, daß sie befangen aus dem Sattel rutschte und dem herbeigeeilten Stallknecht das Maultier überließ.

»Wohin ...« Ihre Stimme versagte, und sie mußte

sich erst räuspern, damit sie den ganzen Satz über die Lippen brachte. »Wohin bringt Ihr mich?«

»Unverzüglich zum Herzog, wie Ihr es gewünscht habt!« erklärte der Hauptmann. »Wir haben Befehl, einen jeden, der das Kennwort sagt, sofort zum Herzog zu bringen. Egal zu welcher Tageszeit.«

Graciana schluckte. Offensichtlich hatte sie eine Zauberformel ausgesprochen, die ihr alle Türen öffnete. Wie war das möglich? Wieso wußte der Schwarze Landry davon? Sollten Paskal Cocherel und der Herzog in Wirklichkeit doch engere Verbündete sein, als alle Welt es annahm? Geriet sie vom Regen in die Traufe?

»Wenn Ihr mir bitte folgt«, mahnte ihr Begleiter von neuem, als sie unwillkürlich stehenblieb. »Seine Gnaden befindet sich um diese Zeit in der großen Halle, wo er Gericht spricht und seine Untertanen empfängt.«

Graciana schüttelte ihre Befangenheit ab und beeilte sich, ihm zu folgen. Schon nach kurzem gab sie es allerdings auf, sich die Anzahl der Innenhöfe, Tore, Treppen und Gänge zu merken, die sie auf ihrem Wege passierten. Je näher sie den herzoglichen Gemächern kamen, um so prächtiger wurden die Steinmetzarbeiten, die Fackelhalter und die Steinquadrate der Böden. Jetzt schritten sie über schwarz-weiße Marmorquadrate, die den Gang in ein langgezogenes Schachbrett verwandelten. An den Wänden hingen dicht an dicht Standarten, Fahnen und farbenprächtige Teppiche über dem Mauerwerk.

In diesem Moment blieb ihr Begleiter auch schon vor einer kostbar geschnitzten, doppelflügeligen Holztür stehen, die von zwei Garden mit hoch aufgerichteten Hellebarden bewacht wurde. Ehe er jedoch die Hand heben konnte, um sich bemerkbar zu machen, öffneten sich die Türflügel von innen, weil ein prächtig gekleideter Edelmann eilig davonstürmen wollte. Für einen Herzschlag lang blieben sie alle verblüfft voreinander stehen.

Kérven des Iles reagierte am schnellsten. Vielleicht, weil er sich in endlosen Stunden ausgemalt hatte, wie er handeln würde, wenn genau diese Situation eintraf. Gracianas Augen, ihr Gesicht, ihre Erscheinung hatten sich so tief in seine Seele eingegraben, daß er sie in jeder noch so unglaublichen Verkleidung erkannt hätte. Ihre weit aufgerissenen goldenen Augen konnte sie nicht maskieren!

»Du!« murmelte er fassungslos, und sein Arm schoß zu einem nur zu vertrauten Klammergriff nach vorne. »Bei allen Heiligen, wie ist das möglich! Wie bist du in die Burg gekommen?«

»Ich habe dringenden Befehl, diesen Jungen unverzüglich zu seiner Gnaden zu bringen«, mischte sich nun der Hauptmann ein. »Wenn Ihr uns bitte durchlassen wollt, Messire?«

»Das übernehme ich«, erklärte der Seigneur des Iles geistesgegenwärtig. »Ihr könnt wieder auf Euren Posten zurückkehren, Hauptmann! Ihr habt Eure Pflicht getan, seid bedankt dafür!«

Seine Autorität erstickte jeden möglichen Widerspruch im Keim. Jeder Ritter kannte Kérven des Iles und wußte, daß er zu den engsten Vertrauten Jean de Montforts gehörte. Der Hauptmann verneigte sich und marschierte waffenklirrend davon. Graciana schaute ihm verblüfft nach. Besaß Kérven in diesem Palast die Macht, etwas zu befehlen?

Ehe sie auch nur einen Ton sagen konnte, wurde sie an den Wachen vorbei den Gang hinuntergeschleppt. Wieder davon, und nicht in das Gemach des Herzogs!

Noch ganz unter dem Schock dieses unverhofften Wiedersehens begann sie sich viel zu spät gegen diese Einmischung zu wehren.

»Laßt mich los! Ihr habt kein Recht, mich aufzuhalten! Ich muß den Herzog sprechen!«

»Eben das werde ich zu hintertreiben wissen«, fuhr Kérven sie an und packte nur noch fester zu.

Nie hätte er gedacht, daß er ein solch wirres Durcheinander von Gefühlen empfinden könnte. Eine Hälfte von ihm wollte Graciana in die Arme schließen und nie wieder loslassen. Die andere wollte ihr den Hals umdrehen, sie für das feige Attentat, das er eben noch hatte verhindern können, auf das heftigste bestrafen. Wie konnte sie ihm das antun? Sie, als Knabe verkleidet, vor der Tür des Herzogs zu finden bestätigte seine schlimmsten Befürchtungen!

»Ihr tut mir weh!« flüsterte Graciana, und Kérvens Augen glitten über das schmale, zarte Gesicht mit den riesigen Augen.

Sie sah irgendwie anders aus, als er sie in Erinnerung hatte. Lebendiger, wirklicher und verletzlicher. Gleichzeitig aber auch beklagenswert mager, geradezu ausgezehrt. Der dünne Arm in seinem Griff fühlte sich viel zu knochig an. Violette Schatten lagen unter ihren Augen, und über ihre feinen Wangenknochen spannte sich straff die Haut.

»Ich geb' dich nicht eher frei, bis du keine Fluchtmöglichkeit mehr hast«, entgegnete er und öffnete die Tür zu seinem Gemach.

Ludo schoß unter großem Getöse von dem Kettenhemd hoch, das er mit einem kleinen Pinsel gerade eingeölt und poliert hatte.

»Wer ....«

Er verschluckte den Rest der Frage, als auch er die

goldenen Augen erkannte. Argwöhnisch fixierte er die Gestalt in den Knabenkleidern, die sein Seigneur wie eine Puppe auf das gepolsterte Taburett vor dem Kamin drückte. Sie streckte die Beine aus, und es kam ihm vor, als wollte die ganze Person in den Stiefeln ertrinken, die viel zu groß und von Schlamm bedeckt ihre Beine bis weit über das Knie hinauf bedeckten.

»Raus!« befahl Kérven des Iles, ohne auch nur einen Blick in die Richtung seines Knappen zu werfen. »Und kein Wort zu irgend jemandem von ihrer Anwesenheit, sonst bist du die längste Zeit mein Knappe gewesen!«

Graciana lauschte ungläubig der vertrauten, melodiösen Stimme, die in solchen Momenten wie Stahl klingen konnte. Sie starrte in das kantige Antlitz mit den tiefblauen, intensiven Augen. Die scharfen Falten um Mund und Nase waren neu, und in seinem Blick lag eine so unmißverständliche Drohung, daß sie ganz von selbst in Verteidigungsstellung ging. Was wollte er von ihr? Was warf er ihr vor? Daß sie Lunaudaie verlassen hatte? Es war ihr gutes Recht gewesen!

Das Türschloß klickte, und sie blieben allein. Keiner wollte den Anfang machen. Sie starrten einander schweigend und vorwurfsvoll an, gebannt von diesem Wiedersehen, daß sie beide überrascht hatte. Wie üblich war es dann Kérven des Iles, der sich als erster faßte und ohne Schonung zum Angriff vorpreschte.

»Womit hat er dich in der Hand, daß du dein Leben, deine Sicherheit und deine ewige Seligkeit für ein solches Verbrechen aufs Spiel setzt!« rief er voller Zorn.

»Wer?« wisperte Graciana verwirrt. »Von wem oder was sprecht Ihr?«

»Ich weiß, was du tun wolltest! Weil du nicht ahnst,

daß ich deine Worte gehört habe, wenn du im Traum sprachst!« schrie Kérven unbeherrscht. »Was wäre geschehen, wenn mich der Himmel nicht ausgerechnet in diesem Moment über deinen Weg geschickt hätte?«

Unsinnige Andeutungen waren nicht das, was Graciana von ihm erwartet hatte. Sie wollte weder über ihre Alpträume noch über seine sinnlosen Anschuldigungen diskutieren.

»Was wäre geschehen?« machte sie ihn gereizt nach. »Ich würde jetzt mit dem Herzog sprechen und müßte mich nicht mit einem Ritter herumstreiten, der unweigerlich das Schlechteste von mir annimmt, sobald ich auch nur den Mund aufmache. Eines könnt Ihr mir glauben, Messire des Iles! Sogar die Männer Paskal Cocherels haben mehr Menschenkenntnis als ihr!«

Die Erwähnung des Söldnerführers bestätigte Kérven in seinen schlimmsten Vermutungen. So kam sie also von ihm? Sie hatte nichts Besseres zu tun gewußt, als Lunaudaie zu verlassen, um sich erneut in die Fänge dieses Mordbrenners zu begeben?

»Ich werde nicht zulassen, daß du jemals vor den Herzog trittst!« verkündete Kérven und verschränkte die Arme über seinem dunkelblauen, goldbestickten Wams.

»Wie wollt Ihr das verhindern?«

Graciana ballte die Fäuste. Die stürmische Freude, die wie berauschender Wein durch ihre Adern geströmt war, als sie ihm so unverhofft gegenüber stand, wich mehr und mehr der blanken Wut. Sie wußte nicht, ob ihr der Herzog beistehen würde, aber sie wußte, daß sie den Versuch unternehmen mußte, es herauszufinden. Das war sie sich selbst und ihrem Kind schuldig.

Jenem Kind, dessen Vater so aussah, als wolle er seine unsinnigen Befehle im nächsten Moment mit brutaler Gewalt durchsetzen. Dennoch wagte sie es, Kérven zu trotzen. Es ging nicht mehr um die eigene Person, sie kämpfte für das neue Leben, das in ihr wuchs. Das Leben, von dem sie Kérven nichts sagen konnte und wollte.

»Nichts leichter als das!« beantwortete der Seigneur in diesem Moment ihre ärgerliche Frage.

Mit zwei schnellen Schritten war er bei ihr und riß sie in seine Arme. Sein Mund senkte sich mit hungriger Gier auf die zitternden Lippen. Gracianas Zorn zerstob in dem Moment, in dem sie die Berührung fühlte. Sie hatte selbst nicht geahnt, wie maßlos ihre Sehnsucht nach ihm war.

Sie erwiderte den rohen Kuß mit warmem, verlangendem Druck. Mehr mußte nicht geschehen, um den gemeinsamen Zorn von ihnen beiden in pure Leidenschaft zu verwandeln. Kérven hielt sie so fest, als wollte er sie nie wieder loslassen, während er gierig in diesem Kuß versank.

Graciana schmiegte sich bebend an ihn. Ihre Haut prickelte, und tief in ihrem Leib erwachte ziehend das Verlangen nach Kérven. Sie fühlte, wie er ihre Schultern freigab, unter dem groben Wollwams die eingeschnürten Brüste berührte und mit der anderen Hand ihre Hüften ungestüm an sich preßte, damit sie spüren konnte, wie sehr ihn nach ihr verlangte.

»Du gehörst mir! Du gehorchst mir! Du wirst nicht mehr weglaufen!« Wie aus weiter Ferne vernahm sie seine Stimme, die trotz aller Leidenschaft drohend und böse klang. »Ich werde dich so lange lieben, bis du vergißt, wer du bist und woher du kommst.«

Es war nicht die Art von romantischem Liebesgeständnis, die sie sich von ihm erträumt hatte, und seine nächsten Worte ließen sie vollends erstarren.

»Ich weiß nicht, was mich treibt, aber ich bin besessen von dir. Besessen von einer Diebin, einer Mörderin, einer Lügnerin!«

Gracianas Herz jagte. Sie liebte ihn, aber sie war nicht bereit, diese Liebe zu erkaufen, indem sie sich demütigte. In ungewohnter Entschlossenheit riß sie sich los. Heftig atmend, brachte sie sich hinter dem breiten Tisch vor ihm in Sicherheit. Sie streifte die enge Kappe ab, die ohnehin schief auf ihrem Kopf hing, und befreite ihr Haar.

»Ihr seid verrückt«, erwiderte sie tonlos. »Ich bin nicht ohne Sünde, aber ich habe nie in meinem Leben etwas gestohlen, niemanden getötet und niemanden wissentlich belogen. Ihr mögt mir vorwerfen, daß ich eine Dirne bin, aber Ihr wart es, der mich dazu gemacht hat! Ihr habt kein Recht, mich zu beleidigen! Wie steht es denn mit Eurer ritterlichen Ehre, Seigneur?«

»Du wagst es, meine Ehre in Zweifel zu ziehen?« brüllte Kérven, ohne sich darum zu kümmern, daß seine Stimme bis auf den Gang hinaus klang. »Dann verrate mir doch bitte, wo du diese Perle gefunden hast, die du bei dir getragen hast! Derlei Kleinodien liegen nirgends auf der Straße, und geschenkt bekommt man sie auch nicht!«

»Das geht Euch nichts an«, fauchte Graciana, deren aufflammende Wut ihren Schmerz verdrängte. »Genügt es Euch nicht, daß *Ihr* sie mir gestohlen habt? Sie war *mein* Eigentum!«

»Lügnerin!«

»Niederträchtiger Schurke!«

Mit hochroten Köpfen standen sie voreinander,

bereit, sich weh zu tun, und die fiebrige Leidenschaft, die zwischen ihnen tobte, in tödlichen Haß umkippen zu lassen.

»Ich hasse Euch!« schrie Graciana und stampfte mit dem Fuß auf. »Ich wünschte, ich hätte ein Messer, damit ich es Euch in Euer arrogantes, dummes Herz stoßen könnte!«

»Nehmt den Dolch an Eurem Gürtel, Demoiselle, er erfüllt vermutlich denselben Zweck!« sagte eine ruhige Stimme hinter ihnen, und beide fuhren sie mit einem Laut der Verblüffung herum.

Jean de Montfort, der Herzog der Bretagne, starrte mit einer Mischung aus Verblüffung und Vergnügen auf das wütende Paar. Noch nie hatte er erlebt, daß Kérven des Iles seinem Jähzorn dermaßen die Zügel schießen ließ, und er war klug genug, aus dieser Tatsache seine Schlüsse zu ziehen.

»Dame Graciana, wenn ich mich nicht irre«, fuhr er im selben trockenen Tonfall fort und verbeugte sich.

Graciana errötete und fragte sich, ob er eine Verneigung oder einen Knicks von ihr erwartete. Am Ende machte sie keines von beiden und blieb einfach stocksteif mitten im Raum stehen.

Der Herzog kämpfte erneut mit einem Lächeln. »Mein Freund, Ihr habt eine höchst eigenartige Weise, mit einer Dame umzugehen, die ...«

»Sie ist keine Dame, Euer Gnaden«, fiel ihm Kérven ungehörig ins Wort. Er warf sich besorgt zwischen seinen Herrn und Graciana. »Sie ist ... Nun, sie ist gefährlich ...«

»Das kann ich erkennen«, konstatierte Jean de Montfort gelassen, während Graciana tief durchatmete und sich zu fassen versuchte. »Nicht eines der Edelfräulein unseres Hofes hat Euch je in einen solchen

Zustand versetzt, Kérven. Ich erkenne Euch nicht wieder. Wo bleibt Eure Gastfreundschaft, Euer gesittetes Benehmen?«

Kérven machte den Eindruck, als sei er in voller Rüstung von seinem Gegner beim Turnier aus dem Sattel gehoben worden. Jean de Montfort hatte ihn noch nie so konfus und eigenartig erlebt. Er konnte nicht ahnen, daß der Graf von Lunaudaie annahm, daß er sich in diesem Augenblick zwischen seiner Liebe und seiner Vasallentreue entscheiden mußte. Er wollte den Herzog warnen, aber wenn er es tat, verriet er Graciana. Gütiger Himmel, eines war so unmöglich wie das andere. Er konnte jedoch eines tun: Er trat auf Graciana zu und riß ihr den Dolch aus dem Gürtel.

Die junge Frau zuckte vor ihm zurück, vollends verwirrt von seinem Benehmen. Seine Anrede hatte ihr jedoch verraten, wer der prächtig gekleidete Mann sein mußte, der mit soviel Autorität die Szene beherrschte. Sie warf sich auf die Knie vor ihm und beugte respektvoll den Kopf.

»Ich bitte um Gerechtigkeit und Euer Ohr, Herr Herzog! Sainte Croix!«

Sie fügte die beiden Zauberworte wie eine heimliche Beschwörung an. Hatte sie ihre Macht nicht schon einmal zu spüren bekommen? Vielleicht bewirkten sie ein neuerliches Wunder?

Jean de Montfort versteifte sich förmlich. Dann beugte er sich hinab und griff nach ihren schmalen, schmutzstarrenden Händen. Er zog sie hoch, ohne darauf zu achten, daß er sich selbst dabei befleckte.

»Gütiger Himmel, Kind!« rief er bestürzt aus. »Ich weiß nicht, was hinter Euch liegt, aber eines kann ich erkennen. Ihr benötigt einen Menschen, der sich um

Euch kümmert! Nein!« Letzteres galt Kérven, der sich erneut einmischen wollte. »Habt Geduld, mein Freund, und überlaßt mir alles weitere. Ihr sollt dabeisein, wenn Dame Graciana uns alles berichtet, aber es wird noch genügend Zeit dazu sein. Im Augenblick sieht es mir eher danach aus, als würde dieses arme Mädchen gleich zusammenbrechen. Schickt zur Oberhofmeisterin, sie soll sich um unseren Gast kümmern!«

Bis die respekteinflößende Dame de Tréboule, die das Amt der Oberhofmeisterin am herzoglichen Hofe ausübte, eintraf, führte der Herzog Graciana zu einem Taburett und hieß sie Platz zu nehmen. Kérven hatte ihren Dolch in seinen Gürtel gesteckt, aber seine Wachsamkeit ließ erst nach, als die prächtig gewandete Matrone das Mädchen in den Knabenkleidern davonführte.

»Ich habe Euer Wort, daß Ihr sie nicht ohne mein Beisein seht?« versicherte er sich mit rauher Stimme bei Jean de Montfort.

Der Herzog schmunzelte. »Kann es sein, daß Ihr eifersüchtig seid, Kérven? Wie schmeichelhaft für mich. Ihr habt mein Wort!«

Kérven des Iles verbarg sein Aufatmen ebenso wie seine Bestürzung.

»Ich danke Euch«, erwiderte er.

»Ich muß gestehen, es fällt mir ebenso schwer wie Euch, darauf zu warten, bis die Demoiselle sich ausgeruht hat«, erklärte der Herzog gelassen. »Aber sie scheint sich unsere Gastfreundschaft verdient zu haben. Zudem ist es vielleicht von Nutzen, wenn Ihr Euch ein wenig beruhigt, ehe Ihr sie wiederseht!«

Der Graf von Lunaudaie verneigte sich mit hochroten Wangen, und als er sich wieder aufrichtete, hatte der Herzog sein Gemach bereits verlassen. Er war allein, und nur die Wände hörten den erbitterten Fluch, der sich über seine Lippen drängte. Was zum Teufel führte Graciana im Sinn? Was hatte sie mit Sainte Croix zu schaffen?

18. Kapitel

»Ihr seid so schmal wie eine Weidengerte«, Dame Lucile schlug die Hände vor dem beeindruckenden Busen zusammen, als sie Graciana endlich dazu überreden konnte, ihre groben Knabenkleider auszuziehen.

Die junge Frau hatte bereits gelernt, daß keine Antwort von ihr erwartet wurde. Sie mußte sich lediglich der Fürsorge der Edelfrau unterwerfen mit dem gütigen Herzen einer sturmerprobten Mutter von neun Kindern, von denen sieben am Leben geblieben waren.

Graciana war so müde, bis in die Tiefen ihrer Seele hinein erschöpft, daß sie ohnehin alles nur wie durch einen Nebel wahrnahm. Nach dem unbeherrschten Wutausbruch, zu dem Kérven des Iles sie herausgefordert hatte, fühlte sie sich seltsam ausgebrannt und fremd. Sie begriff selbst nicht, was in sie gefahren war. Niemand außer ihm konnte sie dermaßen die Beherrschung verlieren lassen.

Die Dame de Tréboule mutete ihr nicht die Strapazen einer großen Toilette zu. Sie schickte auch die Bademagd wieder fort, nachdem sie der jungen Frau Gesicht und Hände gesäubert hatte. Sie hüllte Graciana lediglich in ein weiches, warmes Leinenhemd und steckte sie zwischen die Kissen des großen Alkovens, nachdem Graciana die Schale duftendes Ragout gelöffelt hatte, die man ihr gebracht hatte.

»Das Bettzeug kann man waschen«, wischte sie jeden Protest zur Seite. »Schließt die Augen und macht Euch keine Sorgen!«

Sie sah, wie ein tiefer Seufzer die Brust ihres Schützlings hob, ehe sich die Lider mit den langen Wimpern über die unglücklichen Augen senkten. Man würde morgen sehen, was man aus diesem zerzausten, mitgenommenen Vögelchen machen konnte.

Graciana ließ sich in ihre grenzenlose Erschöpfung fallen. Die Wärme dieses wundervollen Lagers, dessen Laken nach Sommer und Lavendel dufteten, legte sich wie Balsam auf ihre straff gespannten Nerven. Die weiche Matratze barg ihren geschundenen Körper auf köstlich flaumigen Federn, und die leise murmelnde Stimme von Dame Lucile begleitete sie in einen tiefen, traumlosen Schlummer. Als sie die Lider wieder hob und sich verwirrt umsah, fiel glasklarer, heller Sonnenschein in das kleine, kostbar eingerichtete Gemach. Wie kam sie hierher?

Die weißgekalkten Wände waren von Künstlerhand mit fein gearbeiteten Blütenranken bemalt worden, und zwischen den geschnitzten Deckenbalken entdeckte sie an der blauen Decke die Sterne des Himmels. Die zweigeteilten Bogenfenster links und rechts vom Kamin waren mit bunten Glasscheiben versehen, und auf den zierlichen Säulen in der Mitte wiederholten sich die Blätterranken der Maler.

Über dem breiten Eichensims des Kamines hing ein Gobelin, der eine Dame mit einem Einhorn zeigte, und in den silbernen Leuchtern darunter schimmerten dicke, gelbe Honigkerzen. Über den Steinquadraten des Bodens lagen wärmende Felle, und durch den Spalt der Bettvorhänge, die Graciana neugierig geöffnet hatte, sah sie eben noch die Kante eines Betstuhles, der vor einer kleinen, bemalten Marienstatue an der Wand stand.

Es war ein weiblich wirkendes, helles und liebevoll ausgestattetes Zimmer, das Luxus und Wärme verströmte, obwohl im Kamin nur noch ein Gluthäufchen lag. Gracianas Hände strichen behutsam über das bestickte Leinen ihrer Decken, und sie stützte sich mit einem Seufzer auf ihren rechten Unterarm, um den Kopf noch weiter aus diesem warmen Nest zu strecken.

»Ihr seid erwacht! Gott zum Gruße, einen schönen Morgen, Dame Graciana!«

Eine zierliche Zofe mit dunklen Kirschaugen und ebenso roten Wangen wie diese Frucht fuhr von einem Taburett hoch und knickste ehrerbietig. Graciana sah, daß sie am Saum eines Gewandes stichelte. Offensichtlich hatte sie geduldig darauf gewartet, daß ihre Dienste früher oder später benötigt wurden.

Graciana erwiderte den heiteren Gruß leicht verwirrt.

»Wo bin ich?«

»Im Palast des Herzogs zu Rennes«, meinte das Mädchen, das diese Frage sichtlich komisch fand, lachend. »Dame Lucile hat befohlen, daß man ihr Nachricht gibt, sobald Ihr erwacht seid. Ihr habt ewig geschlafen ... Einen halben Tag, eine ganze Nacht und noch einmal einen halben Tag. Heute ist bereits das Fest der Heiligen Barbara, und der Palast rüstet zu einem prächtigen Bankett, das heute abend in der großen Halle stattfinden soll ...«

Graciana richtete sich vollends auf und strich sich die Haare aus der Stirn. Sie sah die feinen Stickereien um den Bänderzug an den Ärmeln ihres Hemdes und die Seidenschleife, die es am Hals schloß. Aber sie bemerkte auch, daß ihre Haare vor Schmutz starrten und daß der Gestank, der ihre Nase beleidigte, von ihr selbst aufstieg.

Sainte Croix. Das heilige Kreuz besaß offensichtlich eine enorme Macht im Hause des Herzogs, wenn es ihr all diesen Luxus verschafft hatte. Sie hörte ein eigenartiges Rumpeln und begriff erst mit einiger Verzögerung, daß es ihr eigener Magen gewesen war, der da lautstark sein Recht forderte. Sie hatte Hunger! Enormen, immensen Hunger, und es war ihr nicht im geringsten übel!

»Ist es möglich, daß ich einen Kanten Brot oder etwas anderes zu essen bekomme?« erkundigte sie sich vorsichtig.

Man würde sich doch sicher nicht all diese Mühe mit ihrer Unterbringung machen, wenn man sie am Ende verhungern lassen wollte? Das hoffte sie zumindest inständig.

»Aber natürlich«, versicherte die Zofe eifrig. »Ich sage sofort Dame Lucile Bescheid, und dann komme ich mit einem Imbiß für Euch zurück ...«

Das flinke Mädchen huschte hinaus, und Graciana setzte vorsichtig die bloßen Füße auf das weiche, weiße Fell vor dem Alkoven. Was für ein herrliches Gefühl! Nicht einmal in Lunaudaie hatte es einen solchen Luxus in der Kammer des Seigneurs gegeben.

Lunaudaie war das Wort, das ihre gute Laune empfindlich dämpfte. Kérven war hier! Im Palast des Herzogs! Er hatte sie daran hindern wollen, dem hohen Herrn ihr Anliegen vorzutragen. Wie weit reichte seine Macht in dieser Festung? Konnte er verhindern, daß sie mit Jean de Montfort sprach, oder war das rätselhafte ›Heilige Kreuz‹ stärker als der Graf von Lunaudaie?

Graciana hob den ein wenig zu langen Saum des Hemdes und lief hinüber zum Betstuhl. Vorsichtig kniete sie auf das rote Samtpolster und faltete die Hände. Die Marienstatue mit dem lachenden Kind auf den Armen verbreitete dieselbe Fröhlichkeit wie die übrige Kemenate. Graciana betrachtete die Mutter Gottes plötzlich mit völlig anderen Augen. Sie versuchte, sich das zappelnde, pummelige Jesuskind in ihren Armen als ihr eigenes Kind vorzustellen. War es ein Sohn oder eine Tochter, die da in ihr wuchs?

»So ist es recht, dankt nur dem Herrgott dafür, daß er Euch sicher in das Haus des Herzogs geführt hat«, lobte in diesem Moment die Dame Tréboule Gracianas vermeintliche Frömmigkeit.

Sie rauschte in die entzückende Kemenate, beugte sich zu Graciana hinab und küßte sie mütterlich auf die Stirn. Danach blickte sie prüfend in das feine Gesicht, aus dem die violetten Schatten der Erschöpfung endlich geschwunden waren, wenngleich die Zeichen von Vernachlässigung und Entbehrung noch zu sehen waren.

»Steht auf, meine Kleine. Wir müssen uns sputen, damit wir Euch präsentabel haben, wenn der Herzog Euch empfängt. Arlette wird gleich mit Eurer Mahlzeit kommen, und danach bringe ich Euch am besten in die Badestuben. Mit einem Zuber allein ist es in Eurem Fall nicht getan!«

»Ich soll zum Herzog?« fragte Graciana. »Wann?«

»Ich nehme an, er wird Euch vor dem Bankett eine Audienz gewähren. Die Gerüchte um Eure Person überschlagen sich bereits. Alle sind entsetzlich neugierig, die Frau kennenzulernen, die Kérven des Iles so nachhaltig in ihren Bann geschlagen hat!«

»Ihr täuscht Euch, ich …«

»Ihr müßt mir nichts erklären, Kind!« erwiderte die Dame de Tréboule herzlich. »Ihr sollt lediglich zulassen, daß ich ein wenig für Euch und Eure Schönheit tue. Ich könnte mir vorstellen, daß es Euer Anliegen fördert, wenn Ihr nicht länger ausseht wie etwas ganz besonders Armseliges, das eben aus der Bettelschale des nächstbesten Buckligen gefallen ist.«

Der drastische Vergleich entlockte Graciana ein Lachen. Sie hielt sich nicht für schön, aber Sauberkeit und Ordnung waren in Sainte Anne für jede der frommen Frauen eine Selbstverständlichkeit gewesen. Wenn Dame Lucile ihr dazu verhelfen konnte, würde sie ihr dankbar sein. Es gefiel ihr nicht, übel zu riechen und kratzige Lumpen zu tragen – ob das Eitelkeit war, die Mutter Elissa bestraft hätte? Sie zwang ihre wandernden Gedanken in die Wirklichkeit zurück und lächelte ihrer Wohltäterin dankbar zu.

»Es wäre wunderbar, wenn ich mich waschen könnte!«

»Daran soll es nicht liegen«. Die Oberhofmeisterin nickte. »Aber erst müßt Ihr etwas essen …«

Das Kammermädchen mit den roten Wangen erschien wie aufs Stichwort. Sie schleppte ein gewaltiges Tablett herbei, auf dem zugedeckte Schüsseln, geflochtene Körbchen voller Kuchen, weiße Brote, Früchte und Pasteten zu erkennen waren, und alles duftete unglaublich köstlich.

»Das hast du gut gemacht, Arlette«, lobte Dame Lucile und rückte Graciana einen Stuhl an einem kleinen, eingelegten Tisch vor dem Kamin zurecht. »Greift zu, meine Kleine. Ihr seht aus, als hättet Ihr einen Happen nötig …«

Graciana zierte sich nicht, sondern griff herzhaft zu. Daß sie während ihrer Mahlzeit von der Älteren beobachtet wurde, fiel ihr nicht weiter auf. Die Dame de Tréboule fragte sich in höchst undamenhafter Neugier, welche Pläne der Herzog mit diesem Mädchen hatte. Jean de Montfort gehörte nicht zu den Männern, die sich unter den Augen ihrer Gemahlin eine Buhle hielten. Aus diesem Grunde hatte sie sich auch einverstanden erklärt, die zerraufte Person unter ihre Fittiche zu nehmen.

Aber schon jetzt vermochte sie zu erkennen, daß unter Schmutz und Vernachlässigung die eleganten Linien einer rassigen Gestalt und die Schönheit edelster Abstammung zum Vorschein kommen würden. Graciana mochte vieles sein, ein Bauernmädchen war sie sicherlich nicht.

Man mußte nur die graziöse Anmut beobachten, mit der sie aß. Obwohl sie das Tablett mit der Gier eines hungrigen Wolfes leerte, so zeigte sie dennoch Manieren, und am Ende wischte sie sich sogar mit dem Mundtuch die Lippen ab.

»Ich habe noch nie so etwas Köstliches gegessen«, sagte sie begeistert. »Aber ich fürchte, daß ich mich jetzt nicht mehr rühren kann!«

»Ihr werdet es dennoch tun müssen«, kommandierte die Dame de Tréboule. »Einen Umhang, Arlette! Hast du dafür gesorgt, daß wir die Badestuben für uns haben? Gut, weiß die Näherin Bescheid? Der Schuhmacher, die Putzmacherin und die Frau mit den Kämmen? Der Bader? Dann laßt uns gehen, Dame Graciana!«

Von Kopf bis Fuß in einen dicken schwarzen Mantel gehüllt, eilte Graciana hinter der emsigen Oberhofmeisterin her, gefolgt von Arlette und einer kleinen Prozession von Dienerinnen, die gehörige Aufmerksamkeit erregte, wo immer sie vorbeikam.

In der Badestube wurden sie bereits erwartet. Heißes Wasser dampfte in einem riesigen, steinernen Becken, in dem gut und gerne fünf Menschen Platz gehabt hätten. Eine Bademagd, die nur ein ärmelloses Hemd trug, das mit Trägern über den Schultern befestigt war, nahm Graciana das Nachtgewand ab und führte sie zu den Stufen, die in den Rand des Beckens gehauen waren.

»Wenn Ihr Euch dort gegen die Mulde lehnt, kann ich mich während Eures Bades Eurer Haare annehmen«, sagte sie leise und deutete auf eine kleine Nische.

Staunend ließ sich Graciana in das wundervoll heiße Wasser gleiten und legte gehorsam den Kopf in die angegebene Mulde, sobald das Mädchen die Kanten mit einem mehrfach zusammengefaltenen Leinentuch abgedeckt hatte. Es fühlte sich himmlisch an. Sie schien zu schweben, und der zarte Rosenduft, der aus dem Wasser aufstieg, vermittelte ihr die Illusion, daß sie an einem schönen Sommertag mitten in einen blühenden Garten trat.

Unter ihrem Hinterkopf befand sich ein kleineres Becken, in das die Magd ihre Haare breitete, ehe sie mit vielen Eimern angenehm temperierten Wassers den gröbsten Schmutz ausspülte. Während die Flüssigkeit durch ein Loch in dieser Mulde davongurgelte, schäumte sie die nassen, langen Strähnen sorgfältig Partie für Partie mit einer geheimnisvoll duftenden Paste ein. Die leichte Massage ihrer Kopfhaut zusammen mit dem Wohlgefühl des Bades ließen Graciana genüßlich die Augen schließen.

Sie sah den kritischen Blick nicht, mit dem Dame Lucile die feingliedrige Figur musterte, die durch das Wasser schimmerte. Noch war ihr von der Schwangerschaft nichts anzumerken, und die Tage auf Cado hatten ohnehin an ihr gezehrt. Sie wirkte trotz ihrer Größe und der üppigen Brüste zerbrechlich zart.

Wenn Graciana indes geglaubt hatte, daß damit der Reinigungsprozess beendet sein würde, so sah sie sich getäuscht. Die Oberhofmeisterin kommandierte sie danach auf eine schmale Liege, wo sie sich nackt auf ein Tuch legen mußte. Eine kräftige Magd knetete dort zu ihrer Verlegenheit duftendes Öl in ihre Haut, und ihr scheuer Protest wurde ignoriert. Die Frau schien ihre Bemühungen nur noch zu verstärken, und die energische Massage ihrer Finger schenkte Graciana nach und nach ein völlig unerwartetes Wohlbehagen.

»Ihr werdet Eure seidige Haut nicht lange behalten, wenn Ihr sie nicht besser pflegt!« sagte die Oberhofmeisterin. »Dafür sind Bademägde schließlich da, Kind!«

Danach folgten weitere Güsse, die das restliche Öl von ihrem Körper spülten. Weiche, gewärmte Tücher, die sie trockneten, und neuerliche Fluten von duftendem Wasser, aber dieses Mal auf die bereits mehrfach gewaschenen Haare. Graciana verlor den Überblick, und als sie schließlich auf einem gepolsterten Hocker vor dem großen Kamin wieder in ihrer entzückenden Kemenate saß, hatte sie den Eindruck, daß Tage vergangen sein mußten.

»Ich habe mich noch nie so herrlich sauber gefühlt«, murmelte sie versonnen.

»Gab es denn dort, wo Ihr herkommt, keine vernünftige Badestube?« Die Oberhofmeisterin konnte ihre Neugier nicht unterdrücken.

»Im Kloster?« rutschte es Graciana heraus, und sie hörte sich zu ihrer eigenen Überraschung lachen. »Mutter Elissa hätte es für das Höchstmaß an Sünde gehalten. Es gab Wasser aus dem Brunnen und Seifenkraut zum Haarewaschen. Nur zu hohen Festtagen natürlich.«

»Ihr wart im Kloster?!« Die Oberhofmeisterin konnte ihre Überraschung nicht verbergen.

»In Sainte Anne d'Auray.« Graciana sah keinen Grund, dies geheimzuhalten. »Es wurde im Lauf der Schlacht von Auray zerstört ...«

»Habt Ihr das Gelübde ...«

»Nein.« Graciana schüttelte den Kopf. »Ich hätte es schon längst ablegen sollen, aber Mutter Elissa hatte immer wieder etwas an meiner Frömmigkeit auszusetzen. Doch was wäre mir am Ende schon anderes übrig geblieben ...«

»Seine Gnaden wird Euch gewiß nicht dazu zwingen, den Schleier zu nehmen«, meinte die Oberhofmeisterin, um die plötzliche Traurigkeit der jungen Frau wieder zu vertreiben. »Es wäre eine Verschwendung! Hier, rückt ein wenig näher an das Feuer, damit Arlette Eure Haare kämmen kann. Sie trocknen dann schneller!«

Graciana gehorchte und überließ sich den regelmäßigen Bürstenstrichen Arlettes, die aus den nassen dunklen Haaren glänzend goldene, seidenweiche Locken machten.

»Habt Ihr eine Lieblingsfarbe?« erkundigte sich Dame Lucile.

»Dunkelblau!« platzte Graciana heraus.

Die Oberhofmeisterin runzelte die Stirn und sichtete mit zwei weiteren Mägden den Inhalt einer großen Truhe, die vor den Alkoven aufgestellt worden war, während sie sich in der Badestube befunden hatte. Graciana erhaschte den Schimmer farbenprächtiger Stoffe, zarter Schleier und bunter Bänder. Ein Kaleidoskop der herrlichsten Farben, die mit den Bildern auf den Wänden wetteiferten und mitten im Winter die Illusion einer blühenden Sommerwiese zwischen diese vier Wände zauberten.

»Das ist es!« entschied Dame Anne kategorisch und

legte einen Berg hellgrünen Samts zur Seite, ehe sie weitersuchte. »Dunkelblau ist zu streng und zu formal, Ihr müßt heute auf Eure Lieblingsfarbe verzichten!«

Graciana nickte folgsam. Sie hatte die Frage ohnehin nicht mit einem möglichen Gewand in Verbindung gebracht. Nun konnte sie einen Anflug von Herzklopfen nicht unterdrücken. Bisher hatte sie um das schlichte Wollgewand getrauert, das sie auf Josselin getragen hatte und das in Cado geblieben war. Sogar in matten Farben und ein wenig verschlissen, war es prächtiger gewesen als alles, was sie je zuvor getragen hatte. Dem Vergleich mit diesen Herrlichkeiten hielt es indes nicht stand!

Staunend verfolgte sie, wie die Oberhofmeisterin dem grünen Berg ein paar cremeweiße Strümpfe und grüne Strumpfbänder beifügte. Dann folgten hellgrüne Ziegenlederschuhe, deren Größe sie nach einem Blick auf Gracianas schmale Fesseln billigte.

Arlette schlang die trockenen Locken zu einem lockeren Knoten, den sie vorläufig im Nacken feststeckte, damit die Haare während des Ankleidens nicht im Wege wären. Sie nahm Graciana den Hausmantel ab und hob ein schneeweißes Hemd aus hauchfeinem Stoff so geschickt hoch, daß sie nur noch die Arme in die Ärmel stecken mußte.

Wie ein Streicheln glitt das feine, dünne Gewebe über ihre Haut, während die Zofe bereits die Bänder an den Handgelenken verknotete und den weiten Ausschnitt zurechtzupfte. Die durchbrochene Spitzenkante legte sich als züchtige Borte über den Ansatz von Gracianas Brüsten.

»Setzt Euch, damit ich die Strümpfe und Strumpfbänder befestigen kann!« bat Arlette.

»Und nun das Untergewand!« kommandierte Dame

Lucile, und eine andere Dienerin reichte Arlette eine knisternde Robe aus glänzendem, cremefarbenem Atlas.

Die neuerliche Schicht Stoff fühlte sich unerwartet leicht an, obwohl sich um alle Säume eine breite goldbestickte Borte aus verschlungenen Arabesken zog. Die weiten Ärmel öffneten sich trompetenförmig über der gefältelten Spitze des Unterhemdes. Arlette zog den runden Ausschnitt ein wenig nach unten, damit die Spitzenkante sichtbar blieb, und schloß die Schlaufen im Rücken. Ein mehrfach über Kreuz gelegtes Goldband umspannte den Stoff unterhalb des Busens und betonte die vollkommene Form der Brüste.

Der grüne Berg entpuppte sich am Ende als ein Mitteldding zwischen Überkleid und Mantel. Die mit weißem Pelz verbrämten Seitenschlitze gaben die prächtigen Ärmel des Untergewandes frei, und der Stoff hob sich vorne bis in Höhe der Knie, um auch hier den cremefarbenen Atlas zu zeigen. Unter dem Busen wurde das Gewand von einer kreisförmigen Goldbrosche gerafft, und die elegante, pelzgesäumte Schleppe ließ Graciana noch größer und schlanker wirken, als sie ohnedies schon war.

Zufrieden trat die Oberhofmeisterin zurück und suchte Arlettes Blick.

»Ich denke, keine Haube!« verkündete sie. »Die Haare offen, nur ein Stirnband und einen Schleier! Mit einer Haube wäre sie größer als der Herzog, und das gehört sich nicht …«

Graciana strich staunend über Samt und Atlas, über Pelz und Goldstickerei. Sie betrachtete die Spitzen der grünen Schuhe, die unter dem Rocksaum hervorlugten, und atmete ganz vorsichtig, damit sie keine Falte durcheinander brachte. Sie wagte sich nicht zu bewegen, und Arlette mußte sich auf die Zehenspitzen hochrecken, um die Nadeln aus den hochgesteckten Haaren zu ziehen. Wie eine goldene Wolke sprangen sie auseinander und legten sich in glänzenden Wellen über Schultern und Rücken bis fast auf die Taille hinab. Ein paar letzte Striche mit dem Elfenbeinkamm bändigten die knisternde Pracht.

»Setzt Euch«, kommandierte die Oberhofmeisterin, als Arlette vergeblich versuchte, den Schleier zu befestigen. »Ihr dürft Euch sehr wohl in diesem Gewand bewegen, oder hat Arlette es zu eng geschnürt?«

Graciana schüttelte stumm den Kopf und lauschte dem seidigen Rascheln der Röcke, die sich um das Taburett bauschten. Mit Hilfe der Oberhofmeisterin befestigte Arlette den hauchdünnen, duftigen Schleier mit einem schmalen, goldenen Stirnreif, der in knapper Fingerbreite Gracianas Stirn in der Mitte umspannte.

Danach traten beide Frauen schweigend einen Schritt zurück. Obwohl sich neben Graciana und der Oberhofmeisterin noch drei weitere Mägde im Raum befanden, war es mit einem Male so still, daß man das Fallen einer Nadel hätte hören können.

Irgendwo schlug eine Glocke, und Graciana bekreuzigte sich aus jahrelanger Gewohnheit heraus. Das brach den Bann, und Dame Lucile wandte sich noch einmal der Truhe zu. Sie entnahm ihr einen großen, eckigen Gegenstand, der gut zwei Ellen lang und eine Elle breit war. Er war in dunkle Samttücher gehüllt, die sie sorgsam zur Seite schlug, ehe sie etwas heraushob, das Graciana wie ein Bild vorkam. Es wirkte schwer, und die Dame schnaufte ein wenig, bis sie es gegen die Mittelsäule eines Fensters gelehnt hatte und Graciana zu sich winkte.

»Wollt Ihr Euch nicht betrachten?«

»Ein Spiegel«, wisperte Graciana beeindruckt. »Wie riesig er ist. Ich habe noch nie einen so großen Spiegel gesehen ...«

»Schaut hinein«, unterbrach sie die Oberhofmeisterin. »Dann erblickt Ihr etwas, was ich noch nie gesehen habe: die vollkommene Verkörperung von jugendlicher Schönheit und elegantem Liebreiz!«

Sie schob Graciana vor die reflektierende Silberfläche, auf der sich das Bild einer Edeldame spiegelte, die Graciana nicht im geringsten mit sich selbst in Verbindung brachte. Unwillkürlich berührte sie das fremde Gesicht auf der glatten Platte, das mit seinen großen, goldenen Augen so geheimnisvoll wirkte.

Ein Stirnreif betonte die stolze Form der Brauen, und ein zarter Schleier lag wie duftiger Nebel über den sanft gewellten, goldenen Locken. Duftige Spitze umspielte den züchtigen Ausschnitt, und die Goldbänder hoben den verführerischen Schwung des vollen Busens und der Hüften hervor.

»Unmöglich, das kann ich nicht sein ...«, flüsterte sie beeindruckt.

»Doch, das seid Ihr!« erklärte die Oberhofmeisterin mit hörbarem Stolz auf das meisterliche Werk, das sie vollbracht hatte. »Faßt Euch, Kind, ich bringe Euch jetzt zum Herzog!«

»Ich kann nicht!«

Mit einem Schlag verließ Graciana der Mut, der sie bisher so tapfer aufrechtgehalten hatte. In all dieser geborgten Pracht fühlte sie sich jäh der eigenen Persönlichkeit beraubt. Der Herzog mußte sie für eine Hochstaplerin halten, wenn sie so vor ihn trat!

»Potzblitz, Mädchen«, brauste die Oberhofmeisterin auf. »Ein wenig mehr Format, wenn ich bitten darf!

Es wird doch wohl einen Grund dafür geben, daß Ihr dieses Gezeter mit dem Seigneur des Iles abgehalten habt, um den Herzog zu sehen. Nun wird Euer Wunsch erfüllt, und jetzt seid Ihr zu feige? Wen wollt Ihr mit diesem zimperlichen Gehabe täuschen? Ihr seid keine dumme Gans, Ihr habt den Mut eines Kriegers! Also schlagt gefälligst die Schlacht, die Ihr Euch eingebrockt habt!«

Ein zitterndes Lächeln flog um Gracianas Mundwinkel. Der barsche Ton der hohen Dame erinnerte sie fatal an die wütende Mutter Elissa. Sie war ihr vielleicht nicht die Großtante gewesen, die sie sich gewünscht hätte, aber sie schuldete ihr etwas. Ihr und den anderen Opfern, die in Sainte Anne d'Auray ihr Leben gelassen hatten, nur weil ein Söldnerführer, der zufällig ihr Vater war, den Befehl dazu gegeben hatte.

»Ihr habt recht«, sagte sie nach einem tiefen Atemzug. »Laßt uns gehen!«

19. Kapitel

Die große Halle der Burg von Rennes, in welcher der Herzog der Bretagne Gericht sprach, Gesandte empfing, Feste feierte und Gesetze verkündete, summte von den Vorbereitungen für das abendliche Bankett. Diener hatten die Bretter über die Schragentische gelegt und mit weißen, schweren Leinentüchern geschmückt. Bänke, Sitze, Herrschaftsstühle und Hocker wurden an die entsprechenden Plätze gerückt, schmückende Girlanden aus Tannengrün und Misteln aufgehängt; die Luft schwirrte vor Befehlen, Rufen und Flüchen.

Trotzdem verstummte jeder Laut, als die Gruppe der Damen sie passierte, die zielgerichtet zum Arbeitskabinett des Herzogs schritt. Ein Page in den Farben des Hauses Montfort lief voraus, dann folgte die Oberhofmeisterin Dame Lucile de Tréboule, die eine junge Edeldame begleitete. Eine wahre Schönheit mit stolz erhobenem Kopf, die niemand kannte. Woher kam sie, wer war sie?

Die prächtige Robe, die fürstliche Haltung, das edle Antlitz ließen keinen Zweifel an ihrer edlen Geburt zu. Welcher Ritter hatte dieses Zaubergeschöpf bisher auf seiner Burg versteckt? Welcher Vater erhoffte sich von ihrer Heirat mit einem mächtigen Mann Einfluß bei Hofe?

Graciana fühlte die neugierigen Blicke, das heimliche Getuschel. Sie straffte instinktiv die Schultern und reckte das Kinn eine Spur höher. Hoffentlich verfing sich ihr Fuß nicht in all diesen Röcken! Das fehlte noch, daß sie Jean de Montfort wie eine dumme Magd vor die Zehenspitzen stolperte.

»Der Herzog erwartet uns!« verkündete Dame Lucile und wartete ungnädig darauf, daß die Wachen die Tür zum Herzog freigaben. Sie drückte die schweren Flügel auf und ließ Graciana den Vortritt.

Jean de Montfort hatte die Männer seines engsten Rates um sich versammelt, und die hohen Herren sahen erst ein wenig verärgert, dann neugierig und schließlich fassungslos zur Tür. Ein seltsam erstickter Laut lenkte die Aufmerksamkeit auf den Waffenmeister des Herzogs.

Pol de Pélage erhob sich wie von Schnüren gezogen von seinem Stuhl. Sein Gesicht war grau, und seine Hand verkrampfte sich in Höhe seines Herzens auf dem dunklen Stoff seines Samtwamses. Er starrte Graciana an wie eine Erscheinung aus einer anderen Welt.

Aber nicht nur er stand da wie vom Donner gerührt. Auch Kérven des Iles vermochte die schöne Edeldame nur wie ein Dorftölpel anzugaffen. Ohnehin von den beiden Tagen des vergeblichen Wartens an den Rand seiner Selbstbeherrschung gebracht, umklammerte er den Weinpokal aus kostbarem venezianischem Glas so fest, daß das Glas zwischen seinen Fingern zerbrach. Das leise Klirren wurde von der Stimme Jean de Montforts übertönt.

»Ich freue mich, Euch so ausgeruht und wohl zu sehen, schöne Dame«, sagte er freundlich und warf einen schmunzelnden Blick in die Runde seiner entgeisterten Ratgeber. »Nehmt meinen Dank, Dame de Tréboule, für das, was Ihr vollbracht habt!«

Dame Lucile versank mit hochrotem Kopf in einer Reverenz, während Graciana sich so ausschließlich auf den Herzog konzentrierte, daß sie weder Kérven des Iles noch Pol de Pélage wahrnahm. Der alte Waffenmeister hatte jetzt seinen Platz verlassen und trat auf sie zu, ohne ein einziges Mal den Blick von ihr abzuwenden.

Graciana bemerkte ihn nicht. Sie sah nur den Herzog an. Sie verzichtete auch auf die höfische Verneigung. Das, was sie zu sagen hatte, vertrug keine eleganten Verzierungen, und sie sprach es mit klarer unmißverständlicher Stimme aus.

»Ich fordere Gerechtigkeit, Herr Herzog!« Das Timbre, das ihre innere Anspannung verriet, machte ihre Worte noch eindringlicher. »Gerechtigkeit für die Nonnen von Sainte Anne d'Auray! Gerechtigkeit für die geschundene Äbtissin dieses Klosters, für ihre Schwestern, die einen entsetzlichen Tod gefunden haben, und Gerechtigkeit für Graciana de Cesson, die Ehre und Leben verloren hat, ohne daß ihr Rache zuteil wurde! Macht ein Ende mit den Greueltaten des selbsternannten Herzogs von Cado! Straft Paskal Cocherel mit der ganzen Härte Eurer Gerechtigkeit!«

Jean de Montfort sah in die flammenden, goldenen Augen des hinreißenden Racheengels und gab mit einer Geste allen anderen zu verstehen, daß er keine Unterbrechung wünschte. Weder von Pol de Pélage, noch von Kérven des Iles, der auf dem Sprung zu sein schien, sich einmal mehr zwischen seinen Lehnsherrn und Graciana zu werfen.

»Sprecht, Dame!« forderte er die junge Frau ruhig auf. »Ihr erhebt schwere Vorwürfe, also berichtet uns, was geschehen ist!«

Graciana verschlang die Hände vor den grünen Samtfalten ihres Übergewandes, als könnte ihr dies Stärke geben. Sie senkte den Blick, während sie die Bilder des Entsetzens beschwor, das über Sainte Anne hereingebrochen war. Sie hatte nichts vergessen. Keinen Schrei, keinen Tropfen Blut und keinen Fluch.

In allen erschreckenden Einzelheiten ließ sie den Untergang ihrer Welt vor diesen Männern entstehen. Die meisten von ihnen hatten unweit davon auf dem Schlachtfeld gekämpft. Mann gegen Mann in ritterlicher Ehre. Was in Sainte Anne geschehen war, hatte freilich nichts damit zu tun.

»Er hat sie gefoltert«, endete Graciana tonlos. »Ich weiß nichts davon, ich war nicht dabei. Aber ich kannte Mutter Elissa mein Leben lang. Damit sie aussprach, was sie zu schweigen geschworen hatte, hat er ihr unvorstellbare Dinge angetan. Sie hat das Geheimnis des Klosters verraten, aber es war ohnehin längst zu spät ...«

Bedrückendes Schweigen senkte sich über das Kabinett. Erst der Herzog stellte die Frage, die alle brennend interessierte.

»Und wie ist es Euch gelungen, diesen Schurken zu entkommen?«

Gracianas Lider flatterten. Ohne ihn gesehen zu haben, wußte sie, daß sich Kérven des Iles in diesem Raum befand. Sie spürte seine Anwesenheit mit allen Sinnen, und sie zwang sich, nicht zu ihm hinzuschauen. Sie liebte ihn mehr als ihr Leben, aber sie wußte, daß es keinen Weg gab, ihr Schicksal mit dem seinen zu verbinden. Sie hatte gelernt, daß Träume nichts mit der Wirklichkeit zu tun hatten, und sie ließ keine Schwäche erkennen.

»Es gelang mir, bei der Mühle von Auray zu fliehen, und ich fand den Schutz eines noblen Ritters, der mich vom Schlachtfeld fort und in Sicherheit brachte.« Ihre Stimme wurde leiser, blieb aber dennoch verständlich. »Er wußte nichts von meinem Schicksal, und ich war zu diesem Zeitpunkt nicht fähig, darüber zu sprechen.«

»Weshalb seid Ihr nicht unter seiner Obhut geblieben?« forschte der Herzog. Neugierig darauf, endlich die andere Hälfte einer Geschichte zu hören, die er bereits zu kennen glaubte.

Graciana hob die Lider und schenkte ihm jenen intensiven goldenen Blick, der sie von allen anderen Frauen unterschied. Ein Blick, in dem sich Stolz und Trauer, Resignation und Tapferkeit mischten.

»Ich bin die Tochter einer entehrten Edeldame und eines verabscheuungswürdigen Mordbrenners. Es steht mir nicht zu, Forderungen zu stellen. Ich habe keine Rechte, aber ich bin auch niemandem verpflichtet. Ich kann meine eigenen Entscheidungen treffen, selbst wenn ich dadurch Wohltaten mit Undank vergelten würde.«

Es war nicht unbedingt die Antwort, die der Herzog sich erhofft hatte, aber sie verriet ihm doch eine Menge über den Stolz dieser jungen Dame. Sie gehörte nicht zu jenen, die Zeit mit Jammern vertaten.

»Bei Gott, das ist nicht wahr!«

Der gequälte Aufschrei ließ Graciana zusammenfahren. Sie sah auf den Waffenmeister des Herzogs, der sie mit einem Ausdruck im Gesicht musterte, den sie nicht zu enträtseln vermochte. Weshalb reagierte er so merkwürdig? Er kannte sie doch gar nicht!

Der grauhaarige Recke trat mit ein paar Schritten vor sie und faßte nach ihren Händen. Er blickte in das feine Gesicht und entdeckte das Abbild der Frau wieder, die er seit so vielen Jahren verloren geglaubt hatte.

»Ihr mögt die flammenden Augen des Wolfs von Cado haben«, sagte er, »aber wie es aussieht, fließt kein Tropfen seiner Falschheit und seiner Machtgier in Eurem Blut! Ihr seid die Tochter einer liebenswürdigen, edlen und anbetungswürdigen jungen Frau, die das Schicksal unverdient hart behandelt hat. Erlaubt mir, daß ich mich als Euren Vater betrachte, denn Ihr hättet die Tochter sein sollen, die uns geschenkt worden wäre!«

Der Herzog räusperte sich, um die Rührung zu verbergen, die diese flehentliche Bitte sogar bei ihm hervorrief. Graciana blickte in das kummervolle Gesicht des Waffenmeisters und hob die Hände, um zärtlich die Fingerspitzen an seine Wange zu legen.

»Ihr habt sie geliebt …«, flüsterte sie. »Ihr habt sie nicht vergessen?«

»Wie hätte ich das je gekonnt? Ihr seht ihr so ähnlich, wie aus dem Gesicht geschnitten!«

Graciana senkte den Blick. Nur sie wußte, daß die Ähnlichkeit sogar noch tiefer ging. Auch sie erwartete ein Kind von einem Manne, der nie ihr Gemahl sein würde. Auch sie hatte ihre Ehre längst verloren … doch im Unterschied zu ihrer Mutter hatte sie sich in heißer Leidenschaft freiwillig verschenkt!

»Ihr täuscht Euch in mir«, murmelte sie bedrückt. »Ich bin es nicht wert, daß Ihr mir all diese Gefühle entgegenbringt.«

»Wollt Ihr es mich trotzdem tun lassen?«

Pol de Pélage drückte ihre schmalen Finger. Sie bebten unter diesem Griff, dann entspannten sie sich, und Graciana schenkte dem Ritter ein schmerzliches Lächeln. Er erinnerte sie an Fiacre de Mar. Offensichtlich waren nur die Alten fähig, ihre Person ohne Einschränkung zu akzeptieren.

»Ich werde Euch nicht zürnen, wenn Ihr diesen Entschluß noch einmal überdenkt und Euch anders entscheidet«, sagte sie leise. »Aber selbst dann sollt Ihr wissen, daß ich Euch zutiefst dankbar bin. Niemand wollte mich je haben.«

Die leidenschaftslose, ruhige Feststellung dieser Tatsache entlockte dem Waffenmeister einen lästerlichen Fluch. Er schloß die schmale Gestalt Gracianas ohne große Vorreden in seine Arme. Sie verschwand fast in diesem ungeschickten Liebesbeweis.

Der Herzog vernahm ein eigenartiges Geräusch neben sich. Er blickte zur Seite und sah, daß Blut aus einer Schnittwunde an Kérven des Iles' Hand auf den Tisch tropfte und von dort zu Boden. Es mußte eine tiefe, schmerzhafte Wunde sein, denn es hatte sich bereits eine kleine rote Pfütze angesammelt. Kérven schien es nicht einmal zu bemerken. Er starrte auf Pol de Pélage und das Mädchen, das jener in seinen Armen hielt, als habe sich unvermittelt die Erde vor ihm aufgetan.

Niemand wollte mich je haben! Einfache Worte, aber sie hatten den Grafen von Lunaudaie mitten ins Herz getroffen. *Er* war dieser Niemand, dieser herzlose Tölpel, der sich nicht die Mühe gemacht hatte, ihr zu glauben. Der sie genutzt und gedemütigt hatte, schlimmer noch als Paskal Cocherel es mit ihrer Mutter getan hatte. Denn er hatte sich sicher geglaubt in der ganzen Arroganz eines Mannes, der Sitte, Anstand und ritterliche Moral auf seiner Seite wußte!

»Ihr sollt Eure Gerechtigkeit bekommen, Graciana de Cesson!« sagte Jean de Montfort in diesem Moment, und allen war bewußt, was es bedeutete, daß er die junge Frau mit diesem Namen ansprach.

Es gab keine Cessons mehr in der Bretagne, aber die Baronie dieses Namens existierte noch und war an den Herrscher zurückgefallen, nachdem die Familie von Cocherel ausgerottet worden war. Mit zwei Silben hatte er Graciana aus einer namenlosen, heimatlosen Novizin in eine edle, vermögende Dame verwandelt.

Und das ohne Rücksicht auf ihre außereheliche Geburt! Sie selbst begriff die Konsequenz dieser Anrede am wenigsten. Für sie hatte die Gerechtigkeit nur ein einziges Bild.

»Werdet Ihr Paskal Cocherel in Acht und Bann tun?« wollte sie wissen.

»Es ist mein Ziel, ihn zu vernichten«, gab der Herzog zu. »Aber ich muß es auf eine Weise tun, daß dieses Land nicht noch schlimmer unter den Folgen leidet. Werdet Ihr die Geduld haben, dies abzuwarten? Ihr habt mein Wort, daß Eure Mutter und ihre Familie nicht umsonst gestorben sind.«

Graciana begegnete seinem Blick und hielt ihn geraume Zeit fest. Jean de Montfort zuckte ein wenig zusammen. Er war es nicht gewohnt, von Frauen so unverblümt und prüfend gemustert zu werden. Dieses wunderschöne Geschöpf wog tatsächlich in aller Ruhe seine Worte ab, ehe es seine Entscheidung traf und mit einer Würde nickte, als sei es die Herzogin persönlich.

»Ich danke Euch, Euer Gnaden!« sagte sie leise und senkte wieder den Blick.

Sie mußte es tun, denn die Versuchung war zu groß, daß sie ein wenig zur Seite schaute und jenen Mann ansah, den sie dort wußte. Das Wissen um seine Gegenwart machte ihr Herz schwer. Weshalb sagte er nichts? Weshalb überließ er es dem Waffenmeister, für sie einzutreten?

»Geht mit Gott, mein Kind«, entgegnete der Herzog mit Wärme. »Ich bin sicher, der Seigneur de Pélage möchte Euch in Euer Gemach begleiten. Hört ihn an und laßt Euer Herz entscheiden; ich denke, es wird die richtigen Worte für ihn finden!«

Der grauhaarige Ritter dankte seinem Herrn mit

einer Reverenz, dann ergriff er Gracianas Arm und führte sie hinaus. Dame Lucile folgte eilig mit gerafften Röcken, aber ehe sie draußen auch nur eine Silbe sagen konnte, fühlte sie den Griff des Seigneurs de Pélage um ihr Handgelenk.

»Kein Wort über das, was in der Kammer des Herzogs gesprochen wurde, Dame Lucile!« knurrte er gleich einem bedrohlichen Hofhund.

»Aber ...«, schnaufte die Dame entrüstet.

»Kein Wort!« wiederholte der Waffenmeister seine Forderung. »Dies war der enge Rat, und was in diesem Raum gesprochen wird, ist nicht für andere Ohren bestimmt. Wenn seine Gnaden möchten, daß etwas davon bekannt wird, so wird er es selbst sagen. Haben wir uns verstanden?«

»Haltet Ihr mich für eine Klatschbase?« empörte sich die Dame de Tréboule.

»Nein, aber für eine weichherzige Frau, die in ihrer Freude vielleicht eine Silbe zuviel verrät«, antwortete der Waffenmeister. »Ihr schätzt Euren Schützling genau, wie ich es tue, also laßt uns gemeinsam dafür sorgen, daß kein Makel auf ihre Person fällt. Und schon gar nicht der eines vergangenen Skandals! Sie benötigt kluge Ratgeber an ihrer Seite!«

Dame Luciles Erregung verschwand so schnell, wie sie gekommen war. Sie nickte zustimmend.

»Folgt uns, Messire, ich zeige Euch, wo Dame Gracianas Gemächer sind!«

Auch wenn niemand Genaues wußte, das Getuschel blieb. Der Anblick des Herrn de Pélage, der seine Faust für die unbekannte Schöne hinhielt, die ihn staunend anlächelte, war so verblüffend, daß alle Welt nach einer Erklärung suchte, aber keine fand.

20. Kapitel

»Es geht nicht!«

Graciana stand am Fenster ihres exquisiten kleinen Gemachs, und die bunt ausgelegten Scheiben sprühten leuchtende Muster auf den grünen Samt ihres Kleides. Nach tagelangem Sturm und Regen war plötzlich ein Tag mit azurblauem Himmel und einer klaren, eisigkalten Sonne gekommen. Ein Licht, das keine Heimlichkeiten zuließ.

»Weil Ihr nichts mit mir zu tun haben möchtet? Ihr haltet mich für einen Feigling!«

»Aber nein!«

Graciana fuhr herum und ging zu Pol de Pélage, der auf dem steifen Lehnstuhl saß, der vor dem Kaminfeuer stand. Er lehnte sich nicht an, so als sei er sich selbst nicht ganz sicher, ob er bleiben oder gehen sollte. Sie sank auf ein Kissen vor seinen Füßen und legte ihre Hände auf seine Fäuste, die verkrampft auf den Oberschenkeln ruhten.

»Nein, Ihr wißt genau, daß das nicht der Fall ist!« Sie schenkte ihm ein zitterndes Lächeln. »Ich würde Gott auf Knien danken, wenn Ihr mein Vater wärt und nicht dieses Scheusal in Cado! Aber ich bin nicht die, für die Ihr mich haltet. Meine Mutter mag aus edlem Blute gewesen sein und Euren Vorstellungen einer Edeldame entsprochen haben. Ich bin es nicht!«

Sie schloß gequält die Lider und rang nach Luft, ehe sie in äußerster Beherrschung weitersprach. Es hatte keinen Sinn, sich den Tatsachen zu entziehen. Wenn sie eines begriffen hatte, seit ihre Welt in Trümmer gefallen war, dann das, daß man mit Träumen nicht weiterkam!

»Ich bin im besten Falle eine davongelaufene Novizin! Weder eine richtige Nonne noch ein normales Mädchen. Im nächsten Frühling zähle ich fünfundzwanzig Jahre, und ich weiß sehr wohl, daß ich nicht dem Bild einer wohlerzogenen Edeldame entspreche. Ich weiß nicht, wie man Laute spielt, und ich kann keine feinen Verse dichten. Ich weiß nicht einmal, in welcher Reihenfolge man die Einzelteile dieser kostbaren Roben anlegt!«

Die Fäuste unter Gracianas Fingern lockerten sich, große Hände legten sich wärmend um ihre eisigen Finger.

»Du bist Graciana de Cesson, das einzige kostbare Vermächtnis der Frau, die mir alles bedeutet hat«, sagte der Waffenmeister voller Güte. Er hob eine Hand und strich geradezu andächtig über den duftigen Schleier, der Gracianas Locken bedeckte. »Es ist mir nicht wichtig, was du kannst und wie viele Jahre du zählst! Es ist mir wichtig, daß du lebst und daß du bei mir bist!«

Graciana sah hilflos zu Dame Lucile, die wie ihr eigenes Denkmal neben dem Alkoven stand. Wie sollte sie es ihnen sagen? Die beiden meinten es so gut mit ihr. Sie hatten die Wahrheit verdient, auch wenn sie damit das erste Aufflackern von Zuneigung und Freundschaft endgültig im Keim ersticken würde.

Sie straffte die Schultern und hob in jener anrührend unnachahmlichen Geste das Kinn, wie sie es stets tat, wenn sie sich in einen aussichtslosen Kampf stürzte. Obwohl sie noch kniete, schien sie um eine gute Handbreit gewachsen zu sein.

»Ich bin nicht länger allein«, sagte sie leise, aber unmißverständlich und suchte den Blick des Ritters. »Ich bin in der Hoffnung!«

Dame Lucile ächzte, als habe sie eine unsichtbare Faust geschlagen. Der Seigneur de Pélage reagierte eher seltsam. Er ließ seine Hand auf Gracianas Scheitel ruhen und betrachtete sie mit einer Mischung aus angespannter Wachsamkeit und unpassender Heiterkeit. Ersteres konnte Graciana sich erklären, das zweite gab ihr Rätsel auf.

»Hat man dir Gewalt angetan?«

Sie schüttelte stumm den Kopf.

»Welcher Schurke war es dann?«

»Er ist kein Schurke!« entgegnete Graciana heftig und stand mit raschelnden Röcken wieder auf. Trotzige Röte flog über ihre blassen Wangen. »Ihr könnt Euch auch die Mühe sparen, nach seinem Namen zu forschen. Ich werde ihn nicht nennen.«

»Kind, Ihr wißt nicht, was das bedeutet.« Dame Lucile hatte endlich die Sprache wiedergefunden und rang die Hände. »Alle Welt wird sich das Maul darüber zerreißen. Die Wohlmeinenden werden Euch in falscher Scheinheiligkeit bedauern und darüber spekulieren, welcher Söldner Euch mißbraucht hat, und die Neidischen und Boshaften werden Eure Tugend in Frage stellen. Eine Schönheit wie die Eure schafft nicht nur Freunde.«

»Über meine Tugend muß ich niemandem Rechenschaft ablegen«, flüsterte Graciana mit erstickter Stimme und wandte ihnen den Rücken zu. »Aber seid versichert, daß ich Euch nicht böse bin, wenn Ihr mich wieder allein laßt!«

»Niemand wird Euch im Stich lassen«, erklärte Pol de Pélage, ehe Dame Lucile ihre Entrüstung in Worte fassen konnte. »Ich hätte auch Eure Mutter nicht im Stich gelassen, wenn sie nicht in dieses verdammte Kloster, sondern in meine Arme geflohen wäre! Ich werde wahrhaftig nicht zulassen, daß auch Ihr aus falschem Stolz Dinge tut, die Euch und Eurem Kinde schaden!«

»Das habt Ihr gut gesagt, ich hätte es nicht besser tun können«, schnaufte Dame Lucile zufrieden. Sie trat zu der jungen Frau und schloß sie in eine mütterliche Umarmung. »Zudem wird der Herzog ohnehin daran interessiert sein, Euch umgehend mit einem seiner Ritter zu verheiraten. Ich kann mir nicht vorstellen, daß er die Baronie von Cesson unter der Herrschaft eines unerfahrenen Mädchens lassen möchte!«

Was als Trost für Graciana gedacht gewesen war, versetzte diese in Panik. Sie machte sich aus der Umarmung frei und sah sich um, als suche sie einen Fluchtweg.

»Ich will keinen Mann! Ich will nur, daß man mich irgendwo in Frieden leben läßt!«

»Aber Kind«, die Oberhofmeisterin versuchte ihr die Vorteile des bevorstehenden Arrangements näher zu bringen. »Ihr könnt nicht das Leben eines Schmetterlings führen, nun, wo Ihr Euch unter die Obhut des Herzogs begeben habt. Natürlich erhaltet Ihr Pardon für alles, was zuvor gewesen ist, aber seine Gnaden wird großen Wert darauf legen, daß das Unrecht, das Eurer Familie und Eurer Mutter widerfahren ist, ausgeglichen wird. Vielleicht erhaltet Ihr sogar einen Platz unter den Damen der Herzogin! Ihr könnt Euch dem nicht entziehen!«

»Nein! Das will ich nicht! »

Es lag etwas in Gracianas klarer Stimme, das der Oberhofmeisterin erneut die Sprache raubte. Man schlug derartige Ehren nicht wie ein eigensinniges Kind in den Wind. Bei Gracianas Erziehung lag tatsächlich einiges im argen, wenngleich sie nicht ihr, sondern ihrer Großtante diesen Vorwurf machen mußte.

Pol de Pélage mischte sich nicht ein. Im Gegensatz zu Dame Lucile hatte er so seine ganz persönlichen Vermutungen, was den Vater dieses Kindes betraf. Wenn er je einen unglücklich verliebten Mann gesehen hatte, dann war dies der Graf von Lunaudaie gewesen. Wie würde er reagieren, wenn er davon erfuhr? Sollte er ihm sagen, was er wußte? Durfte er es überhaupt wagen, einen derartigen Vertrauensbruch zu begehen, auch wenn er es nur gut mit dieser dickköpfigen, tapferen jungen Frau meinte? Er mußte gut darüber nachdenken.

»Gütige Mutter Gottes«, seufzte währenddessen die Dame de Tréboule und fügte sich in das Unvermeidliche. »Ihr seid nicht wie andere Frauen, aber das kann man vermutlich auch nicht erwarten!«

Genau wie sie kam auch schon bald eine ganze Reihe von Männern zu dieser Erkenntnis. An erster Stelle Jean de Montfort, der Kérven des Iles ein Taschentuch reichte, das er aus seinem Ärmel zog, nachdem Graciana und ihre Beschützer das Arbeitskabinett verlassen hatten. »Nehmt das, ehe Ihr mir meinen maurischen Teppich vollends ruiniert, mein Freund!«

Kérven öffnete in aufrichtiger Verblüffung seine Hand, und die letzten Scherben klirrten zu Boden. Er starrte auf die Wunde und hatte offensichtlich keine Ahnung, wie das Mißgeschick passiert war. Hastig griff er nach dem Tuch und drückte den klaffenden Schnitt in seiner Hand zusammen.

»Verzeiht, ich war ungeschickt«, murmelte er heiser und wickelte den Stoff um die Wunde. Er sah nicht, daß der Herzog den anderen Herren mit einer Geste bedeutete, daß sie sich zurückziehen sollten.

Der eine oder andere vielsagende Blick blieb an Kérven hängen. Sie alle erinnerten sich nur zu gut an seine Schilderung des rätselhaften Mädchens, das ihm vor Auray in die Arme gelaufen war. Wer hätte gedacht, daß sie gemeinsam Zeugen der abenteuerlichen Fortsetzung dieses Berichtes werden würden?

Kérven indes verweigerte sich den stummen Fragen. Der brennende Schmerz in seiner Hand, der ihm plötzlich zu Bewußtsein kam, war nichts im Vergleich zu der Scham, die er fühlte. Wenn es einen Menschen auf dieser Welt gab, dem er entsetzliches Unrecht getan hatte, dann war es Graciana! Was hatte er sie nicht alles genannt? Dirne, Lügnerin, Mörderin! Sie hatte ihm heilige Eide geschworen, daß sie die Wahrheit sagte, doch er hatte ihr kein Wort geglaubt. Er hatte sie bedroht und sich ihr aufgezwungen. Er hatte ihre Tränen mißachtet, ihre Bitten und ihren Stolz.

Was hatte sie ihm vorgeworfen? Er sei um keinen Deut besser als die Söldner Cocherels? Sie hatte die reine Wahrheit gesagt!

»Wenn Ihr damit fertig seid, Euch selbst zu verurteilen, dann könnt Ihr mir vielleicht die eine oder andere Frage beantworten«, sagte Jean de Montfort in Kérvens düstere Betrachtungen hinein. »Immerhin begreife ich jetzt, welchen Ursprung die Krankheit hat, die Euch um Ruhe und Schlaf bringt, mein armer Freund! Diese junge Frau ist nicht wie andere Damen!«

Kérven sah gequält auf und schloß die Faust um das Tuch. Der Schmerz fügte sich nahtlos zu der übrigen Pein, die ihn erfüllte. Graciana war in seinen Augen ohnehin einmalig.

»Ich habe mich wie das letzte Scheusal benommen«, brach es bitter aus ihm heraus. »Ich bin es nicht wert, ihr den Saum des Gewandes zu küssen. Ich kann nur hoffen, daß Ihr einen edlen Gemahl für sie auswählt, der sie auf Händen trägt und für all das Unglück entschädigt, das sie bisher erleiden mußte.«

»So seid Ihr also der Meinung, daß ich einen Gatten für die schöne Graciana suchen müßte?« forschte der Herzog.

»Wie sonst sollte sie Cesson halten können?« murmelte Kérven, um Fassung bemüht. Er mochte bis in die Seele hinein erschüttert sein, aber das hatte seinen Verstand nicht völlig vernebelt.

Jean de Montfort verschränkte die Arme vor der breiten Goldkette, die er auf seinem purpurfarbenen Samtwams trug. »Nun, ich denke, wir werden Frieden haben, da sollte es keine unlösbare Aufgabe sein, und wie es scheint, ist der Dame im Kloster der Unterricht einer künftigen Äbtissin zuteilgeworden. Sie wäre nicht die erste Burgherrin, die zur Zufriedenheit ihres Lehnsherren herrscht.«

Kérven merkte nicht, daß der Herzog gespannt auf seine Reaktion lauerte.

»Das könnt Ihr nicht tun! Sie benötigt Schutz!« brauste er auf. »Die Burg von Cesson muß doch erst einmal wieder in Ordnung gebracht werden. Wenn die Schäden nur halb so groß wie in Lunaudaie sind, ist es schlecht um ihre Verteidigung bestellt. Und dann ist da noch die Sache mit diesem Kreuz ...«

Ein anerkennendes Lächeln glitt über das Gesicht seines Herrschers. Sogar verzweifelt und abgelenkt, hatte Kérven des Iles die Fähigkeit, seine Gedanken auf die wichtigsten Dinge zu lenken. Nicht umsonst zählte er zu seinen klügsten Ratgebern!

»Wenn es sich nun beim Geheimnis ihres Klosters um das Kreuz von Ys gehandelt hat, ist sie in Gefahr!« fuhr der Graf fort. »Wenn die Perle, die sie bei sich hatte, der Schlüssel zu dem Geheimnis ist, dann besitzt auch Paskal Cocherel dieses Wissen. Habt Ihr vergessen, daß er die Äbtissin des Klosters gefoltert hat? Weshalb sollte er das getan haben? Er ist machthungrig und grausam, aber selbst er wäre nicht unbedingt wegen nichts so weit gegangen. Es hätte genügt, die wenigen Schätze des Klosters zu rauben und sich aus dem Staub zu machen. Es sei denn, er ahnte, daß diese Mauern einen Reichtum besonderer Art bargen.«

»Ihr meint, er hat den Aufruhr der Schlacht ausgenützt, um Sainte Anne d'Auray zu überfallen und das Kreuz zu erbeuten, das er dort vermutete?«

»Ich bin mir dessen sicher.« Kérven nickte. »Was ich freilich immer noch nicht begreife, ist, weshalb Graciana aus meinem Hause geflohen ist. Wohin ist sie gegangen? Zu Cocherel? Weshalb sollte sie das tun? Sie hat ihren Vater offen des Mordes und der Folter bezichtigt. Wie ist sie überhaupt in die Burg gekommen? Die Wachen haben strengen Befehl, nicht einfach jeden Fremden hereinspazieren zu lassen?!«

»Sie kannte ein geheimes Paßwort«, gab der Herzog zu und begegnete dem Blick Kérvens mit völlig nichtssagender Miene.

»Ein Paßwort«, wiederholte Kérven sinnend. »Ein Paßwort, von dem Ihr mir nicht sagen wollt, was es bedeutet und weshalb sie es kannte?«

»Nicht, ehe ich ihr selbst diese Fragen gestellt habe«, erwiderte der Herzog.

Kérven seufzte resigniert. Er hatte nichts anderes erwartet. »Immerhin, in Anbetracht aller dieser Tatsachen müßt Ihr zugeben, daß diese junge Frau ganz besonders den Schutz eines vertrauenswürdigen Ritters benötigt! Sie ist in Gefahr!«

»Verlaßt Euch auf mich, ich werde für sie sorgen.« Der Herzog legte freundschaftlich eine Hand auf Kérvens Arm. »Was jedoch das Kreuz von Ys betrifft, so sollte es fürs erste eine Legende bleiben. Je weniger Leute von der Möglichkeit wissen, daß es tatsächlich existieren könnte, um so besser ist es für uns. Sollte die Perle zu den Sternen von Armor gehören, wird die Dame de Cesson es bestätigen können …«

»Aber sie sagte, die Perle sei ihr rechtmäßiger Besitz«, erinnerte Kérven, der nicht einmal diese Tatsache mehr zu bezweifeln wagte. »Ihr werdet sie dafür entschädigen müssen, wenn Ihr das Kleinod zu besitzen wünscht.«

»Und Ihr?« erkundigte sich der Herzog, ohne auf die Bemerkung einzugehen. »Was gedenkt Ihr in bezug auf die Dame de Cesson zu tun?«

»Ich bitte um die Erlaubnis, den Hof verlassen zu dürfen.« Kérven verneigte sich steif. »Mein Anblick soll sie nicht an ihr Schicksal erinnern. Ich hoffe, daß sie mich ebenso vergißt wie die schreckliche Zeit, die hinter ihr liegt!«

»So wollt Ihr Weihnachten nicht in Rennes mit Euren Freunden feiern?«

Kérven schüttelte nur den Kopf.

»Aber wir sehen Euch wenigstens noch heute abend beim Bankett …«

»Eigentlich wollte ich …«

»Das ist ein Befehl, mein Freund!«

Der Graf von Lunaudaie verneigte sich, wenn auch mit zusammengebissenen Zähnen. Immerhin würde das Bankett genügend Leute versammeln, daß es sowohl ihm wie auch Graciana möglich sein würde, einander aus dem Wege zu gehen. Wenigstens dies konnte er für sie tun.

»Der Gedanke, die Verzeihung der Dame de Cesson zu suchen, ist Euch nicht zufällig gekommen?« fragte der Herzog plötzlich. »Ich könnte ein gutes Wort für Euch einlegen, mein Lieber!«

»Sie hat keinen Grund, mir zu verzeihen«, erklärte Kérven. »Sie haßt mich und verabscheut mich, und das mit Recht! Ich hasse mich selbst für das, was ich ihr angetan habe!«

»Aber gleichzeitig liebt Ihr sie auch, wie mir scheint ...«

Kérven warf dem Herzog einen Blick zu, in dem sich so tiefe Qual spiegelte, daß jedes Wort überflüssig wurde. Diese Liebe war seine Strafe. Die perfekte Folter für einen ausgemachten Narren. Er hatte das reine Glück in seinen Händen gehalten und hatte es in nachlässiger Arroganz zerschlagen.

»Es ändert nichts an den Dingen«, sagte er in dumpfer Verzweiflung. »Ich kann ihr meine Liebe nur beweisen, indem ich ihr meinen Anblick erspare. Indem ich ihr zeige, daß wenigstens noch ein Rest von Ehrgefühl und Scham in meiner Brust steckt ...«

»Ihr geht zu hart mit Euch ins Gericht!«

»Erlaubt, daß ich mich zurückziehe!«

Der Herzog begriff, daß es keinen Sinn hatte. Kérvens unerbittlicher Stolz forderte dieses Opfer. Er ließ ihn gehen und blieb nachdenklich beim großen Ratstisch stehen. Er starrte auf die langsam trocknende Blutlache zu seinen Füßen. Es war wohl an der Zeit, die Meinung der Dame de Cesson in dieser Angelegenheit zu erforschen.

Ihr Verhalten vor dem Rat half ihm nicht weiter. Daß sie es sorgsam vermieden hatte, Kérven des Iles anzusehen, konnte viele Gründe haben. Scham, Haß, Sorge, Zorn – wie sollte er den richtigen herausfinden?

21. Kapitel

»Nein!«

Graciana zuckte zusammen, als sie den Seigneur erkannte, mit dem sie beim Bankett des Herzogs den Teller teilen sollte. Sie saß bereits auf ihrem Platz und hatte ihre Augen suchend durch den festlich geschmückten Saal gleiten lassen. Sie hatte den Ritter nicht entdeckt, aber nun hörte sie seine Stimme neben ihr.

Kérven des Iles ragte bedrohlich vor dem entgeisterten Pagen auf, der ihn eben an seinen Platz geleitet hatte. Noch nie hatte sich ein Seigneur darüber beschwert, neben einer so schönen Edeldame zu sitzen!

»Du hast dich getäuscht!« Der Graf von Lunaudaie versuchte seine Stimme zu dämpfen. »Es kann nicht sein, daß dieser Platz für mich bestimmt ist!«

Der kleine Page straffte die Schultern. Tapfer nahm er seine Aufgabe wahr.

»Die Tischordnung wurde von Ihrer Gnaden der Herzogin persönlich bestimmt«, erwiderte er fest. »Es wurde befohlen, daß Ihr neben der Dame de Cesson Platz nehmen sollt!«

»Zum Henker …«

Der Fluch rutschte Kérven in seinem Zorn heraus, und Gracianas blasse Wangen röteten sich in aufflammender Empörung.

»Wenn es sich nicht mit Eurem Stolz verträgt, neben mir zu sitzen, Messire«, fauchte sie mindestens so wütend wie er, »dann seid Ihr gewiß entschuldigt! Ich lege keinen Wert auf Eure Gesellschaft!«

Leichte Röte färbte Gracianas Wagen, während sie

versuchte sich nicht anmerken zu lassen, wie sehr seine Ablehnung sie kränkte. Natürlich war sie sich der Tatsache bewußt, daß sie nicht gut genug für ihn war, aber mußte er es vor allen Leuten verkünden?

»Nein«, knurrte Kérven. »Sich den Anweisungen der Herzogin zu widersetzen würde nur unnötigen Klatsch hervorrufen. Ihr werdet meine Gesellschaft wohl ertragen müssen ...«

»Wenn Ihr mich so freundlich dazu auffordert, Messire ...«

Graciana spürte ein unbekanntes Brennen in ihren Augen, und sie blinzelte gegen das Licht der zahllosen Kerzen. Die Aufregung, die sie eben noch verspürt hatte, sank in sich zusammen. Sie faltete die Finger im Schoß, damit man ihr Zittern nicht bemerkte. Welch bitterböser Streich, daß sie ausgerechnet neben dem einzigen Edelmann saß, den sie um jeden Preis hatte meiden wollen.

Er wußte, woher sie kam und was sie war. Er würde sie immer daran erinnern, daß sie im Grunde nur eine Magd war.

Eine willige Dirne, die in seinen Armen dahinschmolz, sobald er sie berührte. Die ihn auf dem Stroh im Stall angefleht hatte, sie zu nehmen!

Wie konnte sie es ertragen, einen Abend lang Teller und Becher mit ihm zu teilen? Ihn so nahe zu spüren, daß sie die Mischung aus Lavendel und Iris roch, die aus seinem Wams aufstieg.

Daß Kérven betont Abstand von ihr hielt, führte sie auf seine Verachtung zurück. Er trank mehr Wein als gewöhnlich, und auch dies schien ihr ein Zeichen für seinen mühsam beherrschten Zorn. Er konnte es nicht ertragen, neben ihr zu sitzen. Sie tat ihr Bestes, um ihren Kummer zu verbergen, aber sie konnte nicht verhindern, daß die Luft zwischen ihnen vor Spannung förmlich knisterte.

Kérven schmeckte weder, was er aß, noch was er trank. Er ließ seine Blicke durch den Saal schweifen und begegnete jenen des Waffenmeisters. Pol de Pélage saß ihnen schräg gegenüber und hatte die mächtigen Arme über dem Wams verschränkt. Es lag ein so seltsamer Ausdruck in seinen Augen, daß der junge Seigneur unwillkürlich die Stirn runzelte.

Ein Vorwurf? Eine Warnung? Nahm der Waffenmeister sein selbstgewähltes Amt als väterlicher Beschützer Gracianas so ernst, daß er sich anmaßte, ihn in aller Öffentlichkeit zu rügen?

»Was hast du Pol de Pélage alles erzählt?«

Graciana zuckte bei dem angespannten Klang seiner Stimme zusammen. Kérven kam ihr vor wie eine überdehnte Bogensehne, die jeden Moment zu reißen droht. Hinzu kam, daß er sich nicht einmal die Mühe einer höflichen Anrede machte. Für ihn blieb sie die Schlampe, die man duzte!

»Die Wahrheit«, entgegnete sie.

»Die Wahrheit«, wiederholte er beschämt und griff nach dem Weinbecher. In einem Zug stürzte er den Inhalt hinunter und Graciana schaute ihn in einer Mischung aus Erstaunen und Empörung an.

»Müßt Ihr soviel trinken?« platzte sie heraus und bewirkte damit das, was sie beide unbedingt hatten vermeiden wollen: nämlich einander in die Augen zu sehen.

Wie schrecklich traurig und grimmig er doch erschien! Scharfe Falten in Nasen- und Mundwinkeln, die Augen vom düsteren Blau eines heraufziehenden Gewitters. Im letzten Moment konnte sie die Hand zurückziehen, die sie schon ausgestreckt hatte, um sie zärtlich an seine Wange zu legen.

Sie wollte die Falten fortküssen und seine Augen zum Leuchten bringen, aber sie hatte nicht das Recht dazu. Auch Graciana de Cesson hatte kein Recht dazu.

Kérven des Iles, der sich sonst so viel auf seine Menschenkenntnis zugute hielt, sah nur das Zurückzucken, das traurige Beben des schönen Mundes und die Melancholie in den goldenen Augen. Wie schön sie war! Wie herzzerreißend traurig und schutzbedürftig!

Er sehnte sich danach, die Hände in den seidig schimmernden Locken zu vergraben. Der Gedanke an die Süße ihres Mundes und die Herrlichkeiten ihres Körpers erfüllte ihn mit verzweifeltem Verlangen.

Wer auch immer ihr Gemahl werden würde, er verspürte schon jetzt das mörderische Verlangen, dem Kerl den Hals umzudrehen!

»Nun, mein Lieber?« Die Herzogin legte den Kopf mit der eleganten Spitzenhaube ein wenig schief und lächelte ihren Gemahl an. »Seht Ihr, was Ihr sehen wolltet?«

Jean de Montfort schmunzelte in unverhohlenem Vergnügen. »Sie verschlingen einander mit Blicken und wissen überhaupt nicht, wo sie sich befinden!«

Von dem breiten Herrschaftstisch aus hatte er einen ungestörten Blick auf die lange Seitentafel, an deren oberstem Ende der Seigneur des Iles und die schöne Edeldame saßen. Er in braungoldenem Samt, sie wie der personifizierte Frühling in Grün und eierschalenfarbenem Atlas. Ein beeindruckendes Paar, das nur Augen für sich hatte.

»In der Tat, aber sie tun es nicht mit Leidenschaft, sondern mit Verzweiflung«, konstatierte die Herzogin, deren Blicke tiefer gingen. »Ich möchte vermuten, daß es schwierig sein wird, diese beiden Dickköpfe zu versöhnen!«

»Überlaßt dieses Spiel Eurem Gatten, Madame!« erwiderte der Herzog unternehmungslustig. »Ich habe mich einiger Mitstreiter versichert, die die Dinge vermutlich in Bewegung bringen werden ...«

Graciana, die nun, nachdem ihre morgendliche Übelkeit vergangen war, einen erstaunlichen Appetit entwickelt hatte, fand dennoch wenig Geschmack an den aufsehenerregenden Köstlichkeiten von der Tafel des Herzogs. Sie konnte weder das Mandelmus mit den Kügelchen aus Weißbrot genießen noch die eingelegten Fische, und die in Wein gekochten Krebse beachtete sie kaum.

Kérven legte ihr, wie es die Sitte verlangte, die Speisen vor, aber sie verspürte keinen Hunger. Die gebratene Hammelkeule verlockte sie nicht, und die knusprig gebratene Gans wollte sie nicht kosten. Was auch immer sie probierte, alles schmeckte ihr wie fauliges Stroh und legte sich in ihrem Hals quer.

»Es schmeckt Euch nicht in meiner Gesellschaft«, stellte Kérven schroff fest, und Graciana sah keinen Grund, dem zu widersprechen. Am liebsten hätte sie das Fest, das ihr anfangs so glänzend erschienen war, verlassen.

Als endlich die Speisenfolge zu einem Ende kam und nur noch Früchte und Kuchen auf den Tischen blieben, atmete Graciana auf. Musikanten erschienen, und auf den glänzend polierten Steinquadraten der Halle drehten sich die Paare im Reigen. Die Flöten, Lauten und Schellen vereinten sich zu einer fröhlichen

Melodie, die das Gelächter und die Stimmen wie Vogelgezwitscher übertönte.

Théry de Vanery verneigte sich vor Graciana und eröffnete damit die Folge der Ritter, die sich neugierig um die neue Schönheit des Hofes drängten. Nur der eine, nach dem sich ihr Herz sehnte, blieb mürrisch vor seinem Weinpokal sitzen. Nun, sie würde ihm nicht zeigen, wie sehr sein Verhalten sie kränkte.

Graciana hatte noch nie getanzt, aber ihre angeborene Grazie und Musikalität halfen ihr über die ersten Schwierigkeiten hinweg. Ihre gute Beobachtungsgabe und ihr Gefühl für Rhythmus sorgten schnell dafür, daß sie immer mehr bewundernde Blicke erntete. Nur ein Mann blickte noch düsterer drein, als er es schon die ganze Zeit getan hatte.

Théry de Vanery klopfte seinem Freund aufmunternd auf die Schulter.

»Wenn Ihr bei Eurer Schönen den Sieg davontragen wollt, Kérven, so wäre es an der Zeit, daß Ihr am Turnier teilnehmt!«

»Wer sagt Euch, daß ich das überhaupt möchte?« knurrte Kérven unwillig und winkte den Pagen mit dem großen Weinkrug näher.

»Wer sagt, daß ein hungriger Hofhund einen Markknochen möchte, wenn man ihm das gute Stück duftend vor die Nase hält?« zog ihn sein Waffenbruder auf und ging lachend davon.

Kérven unterdrückte einen lästerlichen Fluch und knallte den Weinbecher auf den Tisch. Er war es nicht gewohnt, daß man sich über ihn lustig machte. Er war es auch nicht gewohnt, daß ihm eine Frau die kalte Schulter zeigte. Bisher hatte er mit seinem Charme noch jede Edeldame erobert, und wenn ihm auch seine Ehre sagte, daß er kein Recht auf Graciana hatte, so fraß ihn doch nackte, blinde Eifersucht fast auf.

Graciana drehte sich mit dem Herzog im Reigen, als Kérven den Saal verließ, und prompt kam sie aus dem Takt. Mit hochrotem Kopf murmelte sie eine Entschuldigung, aber ihr Lächeln wirkte gekünstelt, und ihre Stimme bebte.

Jean de Montfort hatte ein Einsehen mit ihr. Er führte sie aus dem Kreis und reichte ihr seinen Arm.

Doch wenn Graciana gedacht hatte, daß er sie dem nächsten Tänzer überlassen würde, so fand sie sich getäuscht.

Sie sah die versteckte Tür erst, als der Herzog den Vorhang zurückschlug und sie einzutreten bat. Es handelte sich um ein behagliches Kabinett, in dem ein wärmendes Feuer brannte. Vor dem Kamin stand eine gepolsterte Bank, und auf einem silbernen Tisch lagen Urkunden und Folianten. Kein Zweifel, daß es sich um eine private Oase des Herzogs handelte.

»Nehmt auf ein Wort Platz, Dame Graciana«, bat Jean de Montfort und wählte aus den Papieren auf dem Tisch eine versiegelte Rolle, welche er in der Hand behielt. »Es ist an der Zeit, daß wir über die Dinge sprechen, die vor dem Rat besser nicht erwähnt werden sollten. Als erstes: Was wißt Ihr übcr das Kreuz von Ys?!«

Die junge Frau zuckte zusammen und starrte ihn aus großen, erschreckten Augen an.

»Woher wißt Ihr ...«, stammelte sie und wußte plötzlich nicht weiter.

Der Herzog griff schweigend in den Almosenbeutel, den er an seinem Gürtel trug. Als er Graciana die ausgestreckte Hand hinhielt, sah sie ihre Perle dort schimmern.

»Woher ...«, begann sie erneut und schimpfte sich eine Törin, weil ihr nichts Vernünftigeres einfiel.

»Nein, keine solchen Fragen«, unterbrach sie der Herzog ernst. »Ihr wißt genau, wer nach Euch diese Perle in seinem Besitz hatte. Er hat sie mir anvertraut, und ich vermute, daß es noch vier andere Edelsteine dieser Größe gibt und daß sie alle gemeinsam in ein Schmuckstück gehören, das von großer Bedeutung für unser Land, für mich ist! Wo ist das Kreuz von Ys?«

Er hatte Graciana mit dieser kleinen Rede Zeit verschafft, sich zu fassen und nachzudenken. Schon lange war sie zu der Ansicht gekommen, daß es nicht zu Mutter Elissas klügsten Entscheidungen gehört hatte, das Kreuz von Ys zu zerstören.

Sie mochte es gut gemeint haben, aber der Versuch, die Herrschaft der Männer auf diese kindische Weise zu brechen, hatte sie das Leben gekostet. Zudem hatte sie den jungen Frauen, denen sie die Kleinodien anvertraut hatte, gewiß keinen Gefallen damit getan.

Im Gegenteil, sie hatte sie alle miteinander in höchste Lebensgefahr gebracht, denn Paskal Cocherel kannte nun fünf Namen! Und so, wie er sie in Lunaudaie gefunden hatte, würde er auch die anderen vier Novizinnen suchen! Sie zweifelte weder an seiner Energie noch daran, daß er Erfolg haben würde. Sie hatte selbst schmerzhaft erlebt, wie gefahrvoll und schwierig das Entkommen aus Sainte Anne d'Auray gewesen war.

Ihre Gedanken wandten sich dem Herzog zu, den sie als unerwartet großzügigen und gerechten Mann einschätzte. Vermutlich war es das Beste, die Bürde ihres Wissens einfach an ihn weiterzureichen. Vielleicht konnte er die anderen vier Novizinnen sogar schützen. Sie hob den Kopf und sah ihn offen an.

»Wo das Kreuz heute ist, vermag ich nicht zu sagen«, erklärte sie mit einem tiefen Seufzer. »Bis zu jenem verhängnisvollen Tag befand es sich offensichtlich in Sainte Anne d'Auray. Ein streng gehütetes Geheimnis, das von der jeweiligen Äbtissin des Klosters an die nächste weitergegeben wurde. Mutter Elissa befürchtete, daß es nun doch ans Licht kommen würde, und sie brach die Steine aus dem Kreuz, weil sie seine Macht zerstören wollte. Sie war verbittert und von tiefem Zorn auf alle mächtigen Männer erfüllt. Sie sagte, keiner von ihnen verdiene das Kreuz von Ys!«

Graciana schwieg, aber der Herzog machte nicht den Fehler, sie zum Weiterreden zu drängen. Er ahnte, daß sie von allein erzählen würde, sobald es ihr gelang, die schlimmen Erinnerungen unter Kontrolle zu bekommen.

»Wir waren fünf Novizinnen, die den Schleier noch nicht genommen hatten«, fuhr sie leise fort. »Ich kann es nicht mit Gewißheit sagen, aber ich nehme an, daß sie jeder von uns einen dieser Steine gegeben hat! In meinem Falle meinte sie, ich solle damit die Mitgift für ein Nonnenkloster bestreiten. Sie befahl mir, mein künftiges Leben im Gebet für die unglückliche Seele meiner Mutter zu verbringen, aber …«

Sie brach ab, als ob sie auf einen Vorwurf wartete, der nicht kam. Jean de Montfort hatte keineswegs die Absicht, sie zu einem Leben als Nonne zu zwingen. Aber ihre Informationen trugen nicht gerade dazu bei, seine Stimmung zu heben.

»So etwas Ähnliches habe ich befürchtet!« meinte er mit einem tiefen Seufzer.

»Wenn Ihr die anderen vier Steine und das Kreuz haben wollt, müßt Ihr die Novizinnen von Sainte Anne suchen!« riet Graciana. »Aber Ihr seid nicht der einzige, der dies tut. Auch Paskal Cocherel wußte von dem Geheimnis, deswegen hat er Mutter Elissa und die übrigen Nonnen in seine Gewalt gebracht. Deswegen hat er mich von seinen Handlangern aus Lunaudaie entführen lassen ...«

»Ihr glaubt, die anderen Novizinnen sind mit ihrem Schatz entkommen?« Die Stimme des Herzogs schwankte zwischen unlogischer Hoffnung und gesundem Zweifel.

Graciana zuckte nur mit den Schultern, dann fügte sie hinzu. »Ich kann Euch ihre Namen nennen, aber ich weiß nicht, was aus ihnen geworden ist. Die letzten Stunden im Kloster waren zu chaotisch! Allerdings seid Ihr meinem schurkischen Vater einen Schritt voraus: Ihr besitzt wenigstens einen Teil des sagenhaften Kreuzes! Er würde seine schwarze Seele dafür verkaufen!«

»Soll das heißen, Ihr erhebt keinen Anspruch auf dieses Kleinod?«

Die Hand des Herzogs, die noch immer ausgestreckt vor Graciana schwebte, schloß sich besitzergreifend um die matt schimmernde Perle. Die junge Frau schätzte die Geste völlig richtig ein.

»Ich habe ebensowenig ein Anrecht darauf, wie Mutter Elissa das Recht besaß, dieses Erbe unseres Volkes zu zerstören. Es wäre vielleicht das Symbol gewesen, das unser armes Land benötigt hätte, um endlich zum Frieden zu finden!« erklärte sie ruhig.

»Vielleicht wollte die Äbtissin nur um jeden Preis verhindern, daß dieses Symbol einem Schurken wie Paskal Cocherel in die Hände fiel.« Der Herzog versuchte, sich in die Gedanken Mutter Elissas einzufühlen.

»Sie haßte ihn!« Graciana hob den goldenen Blick zu

den Augen des Herzogs. »Und das mit vollem Recht! Er ist kein Mensch! Er ist ein Scheusal, das sich daran ergötzt, anderen Menschen weh zu tun! Von Machtgier zerfressen und darauf aus, alles unter seine Herrschaft zu bringen. So mächtig zu werden, daß alle die Knie vor ihm beugen müssen. Auf wessen Kosten er dieses Ziel erreicht, ist ihm egal!«

»Er will mir die Herzogkrone streitig machen.« Jean de Montfort, der seinen Rivalen gut kannte, nickte. »Nur der Wunsch, einen weiteren Kandidaten auszuschalten, hat ihn dazu bewogen, mir vor Auray beizustehen! Solange der König von Frankreich bloß zusieht und abwartet, wer am Ende gewinnt, hofft er auf seine Chance!«

»Ich bete zu Gott, daß er sie nicht bekommt!« wisperte Graciana. »Was ist das für ein König, der sich nicht darum kümmert, was mit seinem Volk passiert?«

»Die Bretagne erkennt seine Oberhoheit an, aber der Herzog dieses Landes regiert als souveräner Herr, der niemandem Rechenschaft ablegen muß. Also ist es auch meine Aufgabe, für den Frieden in unserer Heimat zu sorgen«, erklärte Jean de Montfort Graciana, die davon keine Ahnung gehabt hatte.

»Dann tut es!« forderte Graciana ebenso knapp wie eindringlich.

»Vertraut Ihr mir diese Perle an?« fragte der Herzog, der die Konturen der glatten, warmen Kugel in seiner Hand spürte, als würde sie von innen heraus glühen. »Was wißt Ihr von meinem Ehrgeiz? Meinen Fehlern?«

»Kérven des Iles dient Euch, und er würde nie sein Haupt vor einem Herrn beugen, der dem Land schadet und seinen Respekt nicht verdient!« antwortete Graciana.

Der Herzog spürte zu seinem Erstaunen, daß ihm

bei dieser ruhigen Feststellung eine leichte Röte in die Wangen stieg.

»Ihr richtet Euch nach Kérvens Urteil, obwohl Ihr ihn haßt?«

»O nein!« Jetzt war es Graciana, die rot erglühte. »Wer hat behauptet, daß ich ihn hasse? Er hat mein Leben gerettet!«

»Er selbst denkt, daß Ihr ihn aus tiefster Seele verabscheut, weil er Euch keinen Glauben geschenkt hat«, entgegnete der Herzog und tastete sich vorsichtig an den Kern der Sache heran.

»Da habt Ihr ihn sicher falsch verstanden«, erwiderte Graciana traurig. »Ich bin es, die er verabscheut. Er hält mich für eine lügnerische Dirne, nicht würdig, an seiner Seite zu bleiben. Im besten Fall amüsant genug, sein Lager zu teilen, aber keinesfalls das Leben des edlen Grafen von Lunaudaie! Ganz davon zu schweigen, daß er nie und nimmer möchte, daß mein verfluchtes Blut in den Adern seiner Kinder fließt!«

»Er scheint keine Beleidigung ausgelassen zu haben, um dich zu zähmen«, seufzte der Herzog und schenkte Graciana ein mitfühlendes Lächeln.

»Ihr mögt es vergnüglich finden«, murmelte sie hörbar verärgert. »Aber Ihr seht mir hoffentlich nach, daß ich nicht mit Euch darüber lachen kann!«

»Dame Graciana!« Beruhigend legte er eine Hand auf ihre Schulter, und in seiner Stimme klang ehrliches Mitgefühl mit. »Ich wollte Euch nicht kränken. Mein Schmunzeln galt eher Kérven. Ich habe ihn noch nie so besessen von einer Frau gesehen, und ich muß gestehen, ein wenig gönne ich es ihm. Er ist zu verwöhnt, was die Schmeicheleien der Edeldamen betrifft, es tut ihm gut, daß Ihr es ihm mit den gleichen Waffen heimzahlt.«

Graciana weigerte sich, diese Bemerkung ernst zu nehmen. Sie konnte ihre Gefühle einfach nicht mit schönen Worten beschreiben. Sie sah auf ihre verschlungenen Hände hinab, doch auf einmal kamen ihr die Worte wie von selbst.

»Ich möchte ihm nichts heimzahlen. Ich bestreite nicht, daß er die Fähigkeit hat, mich außer Fassung zu bringen und mich Dinge sagen zu lassen, die ich nicht meine. Das sind dann Momente, in denen ich ihn hasse, aber sie gehen vorüber wie ein Sommergewitter. Was bleibt, ist nichts als ...« Sie brach ab.

»Nichts als Liebe und herzliche Zuneigung?« vollendete Jean de Montfort leise den Satz.

Graciana stieß einen schmerzlichen Seufzer aus und hob den Blick zu ihm. »Wenn Ihr es wißt, warum reißt Ihr die Wunde dann wieder auf?«

»Weil ich eine Medizin weiß, sie zu heilen, Dame Graciana!« entgegnete er sanft. »Ihr braucht einen Gemahl. Einen Ritter, der Euch und Euer Lehen schützt, der Euch die Schatten der Vergangenheit vergessen läßt und an der Hand in eine schönere Zukunft führt! Ich beabsichtige, Eure Hand Kérven des Iles zu geben!«

»Aber er will mich nicht!« rief Graciana in aufflammendem Protest.

»Er will Euch so wenig wie ein Verdurstender einen Schluck Wasser, ein Verzweifelter Trost und ein Verirrter den richtigen Weg«, behauptete der Herzog.

»Ihr täuscht Euch!« wisperte Graciana und fühlte ein verdächtiges Brennen in ihren Augen. »Wenn das wahr wäre, weshalb verweigert er mir dann das kleinste freundliche Wort? Er hat es kaum über sich gebracht, den Teller mit mir zu teilen! Er hat vor Wut darüber geschäumt.«

»Er schämt sich, Dame Graciana! Gesteht ihm zu, daß er ein Gewissen und erkannt hat, was er Euch antat. Er schäumt vor Wut über sich selbst. Er hält sich nicht für würdig, an Eurer Seite zu sein, weil ihm jede einzelne Beleidigung, die er Euch je zugefügt hat, wie Feuer auf der Seele brennt. Er will sich selbst dafür strafen, indem er seine Gefühle opfert. Habt Ihr noch nicht bemerkt, welches hohe Maß an persönlichem Ehrgefühl ihn antreibt? Er ist krank vor Liebe und Eifersucht und dennoch wild entschlossen, auf Euch zu verzichten, weil er annimmt, daß er Euch nicht verdient!«

Graciana starrte in das Gesicht des Herzogs. Sprach er die Wahrheit?

Er las den Zweifel in ihren Zügen und nickte ihr zu.

»Findet es selbst heraus! Ich werde ihn zu Euch schicken!«

Ehe Graciana dagegen protestieren konnte, hatte er das versteckte Gemach verlassen, und sie blieb allein. Erst jetzt fiel ihr auf, daß sie den Atem angehalten hatte, und sie stieß ihn heftig aus. Verwirrt legte sie die Handflächen auf ihre brennenden Wangen.

Was, wenn sie einfach davonlief? Vor der Konfrontation flüchtete, die sie ebenso fürchtete wie ersehnte? Ihre Vernunft riet ihr, genau das zu tun!

22. Kapitel

»Man hat mir gesagt, Ihr …«

Kérven des Iles brach ab und starrte die Gestalt neben dem Kamin an. Er hatte wahrhaftig genügend Zeit an diesem Tage gehabt, zu bewundern, wie wunderschön sie in diesen eleganten Kleidern war. Die Raffinesse, mit der die Farben den Alabasterton ihrer Haut unterstützten und den Glanz des weich schimmernden Lockengeriesels ihrer Haare.

Dennoch konnte er nun nichts anderes tun, als einmal mehr stehenzubleiben und zu gaffen wie ein Jahrmarkts-Tölpel.

»Das muß ein Irrtum sein«, murmelte er nach einem Augenblick, der ihnen beiden wie eine Ewigkeit vorkam, und machte dann auf dem Absatz kehrt.

»Nein!«

Graciana reagierte ganz instinktiv. Sie raffte ihre Röcke und eilte zu ihm, ehe er die Tür wieder aufstoßen konnte. Sie legte ihre Finger auf eine seiner Hände und hinderte Kérven an jeder weiteren Bewegung.

»Geht nicht!« sagte sie heiser.

»Laßt mich!«

Kérven sprach die Worte nicht ganz so akkurat aus wie sonst. Sein Atem roch nach Wein, und seine Augen blickten nicht so stetig wie gewohnt. Winzige Hinweise darauf, daß er an diesem Abend bei weitem mehr Wein getrunken hatte, als ihm guttat.

Graciana seufzte unmerklich. Nüchtern war er schon dickköpfig genug, aber nach all diesem Weingenuß zweifelte sie daran, daß es ihr auf diplomatische Weise gelingen würde, ihr Ziel zu erreichen. Sie hatte bereits gemerkt, daß ein bestimmtes Quantum an Wein seine Starrköpfigkeit nur noch steigerte.

»Ihr schuldet mir etwas ...«, begann sie, und Kérven dachte einmal mehr das Falsche.

»Diese verdammte Perle, ich weiß!« sagte er scharf. »Der Herzog hat sie in seinem Besitz. Aber wenn er Euch nicht dafür entschädigt, werde ich selbstverständlich mit allem, was ich besitze, dafür einstehen!«

Nachgerade begann Graciana dieses verflixte Juwel zu verabscheuen. Sie war doch froh, daß sie es endlich los war!

Unwillkürlich streckte sie auch die zweite Hand aus, um ihn zu berühren, und als sie seine Hand unter ihren Fingern spürte, schien ein Funke überzuspringen. Doch Kérven wich zurück.

Der Herzog täuschte sich! Kérven wies sie von sich, er verabscheute sie! Er wollte nichts von ihr wissen.

Graciana wurde von einer schrecklichen Traurigkeit erfüllt. Ihre Hände fielen jäh hinab.

»Verzeiht«, flüsterte sie mit brechender Stimme. »Ich wollte Euch nicht belästigen. Geht, wenn Ihr meinen Anblick nicht ertragen könnt!«

Kérven sah in das gequälte, bezaubernde Antlitz und versuchte die Reste seiner Selbstbeherrschung festzuhalten, die ihn mit jedem Atemzug mehr floh.

Und dann sah er es. Eine glänzend feuchte Spur auf ihrer Wange. Sie weinte! Er hatte sie noch nie weinen sehen!

Eine weitere Träne folgte der ersten, und unwillkürlich hob Kérven die Hand, um sie mit einem Finger aufzufangen. Es war eine sanfte, vorsichtige Geste.

»Deinen Anblick nicht ertragen?« sagte er erschüttert. »Wie kannst du das denken? Ich wollte doch niemals Anlaß für deine Tränen sein!«

Ehe Graciana begriff, wie ihr geschah, fand sie sich in einer knochenbrechenden Umarmung gefangen, die ihr die Luft aus den Lungen preßte.

Sie öffnete protestierend die Lippen, aber ein unerwarteter Kuß erstickte jeden Laut. Innerhalb eines einzigen stockenden Herzschlages verwandelte sich ihr Widerstand in Hingabe.

Ihre Lippen wurden weich, sanft und verführerisch. Kérven spürte die Fingerspitzen, die sich unter den empfindsamen Haaren in seinem Nacken vergruben, die verlockenden Brüste, die sich gegen seinen Oberkörper drängten, und den süßen Duft, der von ihr ausging.

Gütiger Himmel, wie er sie vermißt hatte! Wie er sie liebte!

Graciana schmeckte den Wein in seinem Kuß, der erfüllt war von Sehnsucht und Verlangen. Von der gleichen Sehnsucht, dem gleichen Verlangen, das auch sie empfand, immer empfinden würde!

Also hatte der Herzog sie nicht belogen. Kérven liebte sie, alles würde gut werden. Ihre Gedanken schmolzen jedoch unter der Leidenschaft seiner Liebkosungen dahin, und sie vergaß alles um sich herum.

Kérvens Hand schlüpfte durch den weiten Ärmelausschnitt des Obergewandes und fand die vollkommene Wölbung ihrer Bürste. Ohne sich um die modischen Finessen zu kümmern, löste er die Bänder und streifte ihr das Kleid über die Schultern. Getrieben von einer Begierde, die jeden vernünftigen Gedanken auslöschte, küßte er ihre Lippen, ihre Wangen, ihre Stirn, die stolze Linie ihres Halses und die sanfte Grube dort, wo die Ader so heftig pochte.

Graciana seufzte, als Kérven das Gesicht zwischen ihren Brüsten vergrub und die ersten Stoppeln seines nachwachsenden Bartes über ihre zarte Haut kratzten. Ihre Brustspitzen reckten sich hart und wartend dem schmeichelnden Mund entgegen. Sie drückte seinen Kopf fester an sich, spürte, wie ihr Körper unter seinen Zärtlichkeiten zu begehrlichem Leben erwachte. Seine Lippen sandten verlangende Schauer durch ihren Leib, ließen sie aufseufzen vor Lust.

Es war eine stumme, hitzige Begegnung, nur von Seufzern, dem leisen Rascheln der Kleider und schweren, heftigen Atemzügen begleitet.

Graciana schmolz unter der Glut von Kérvens zärtlich-verlangender Annäherung. Sie biß sich auf die Lippe, damit das Wimmern nicht laut wurde, das in ihrer Kehle steckte. Nur eine Mauer weiter drehten sich die Höflinge des Herzogs im Tanz!

Kérven dachte nicht einmal mehr daran. Seit er Graciana schmutzig, erbarmungswürdig dünn und verzweifelt in dieser Burg wiedergefunden hatte, war er seinen widerstreitenden Gefühlen für sie hilflos ausgeliefert.

Eines jedoch war genau wie in Josselin und in Lunaudaie: sein wildes Begehren nach ihr!

Er wollte sie besitzen, sie erobern, sie um sich fühlen und sich in ihr verlieren und vergessen, wer er war.

Der Wein, den er in so reichen Mengen genossen hatte, trug dazu bei, daß er zielstrebig zur Sache kam. Seine Hand fuhr unter die raschelnden Röcke der prächtigen Robe, glitt zwischen Gracianas Schenkel, berührte sie dort.

»Du bist bereit für mich«, raunte er heiser und zog sie von der Tür fort in den Raum hinein. »Komm, beug dich hier über den Tisch …«

Sie hatte keine Ahnung, was er wollte, aber sie wehrte sich auch nicht. Sie wollte es auch gar nicht, denn es verlangte sie ebensosehr nach ihm wie ihn nach ihr.

Die Arme auf den Tisch des Herzogs gestützt, ließ sie zu, daß Kérven ihr die Röcke hochschob und auf erregende Weise über ihren Po und ihre Schenkel strich.

Graciana erzitterte unter seinen Liebkosungen. Erregende Schauer liefen ihr über die Haut, während Kérven geschickt seinen sinnlichen Angriff fortsetzte.

Noch nie hatte Graciana etwas Ähnliches empfunden. Eine Mischung aus hilflosem Ausgeliefertsein und dem Wunsch, sich bedingungslos hinzugeben. Ihr Schoß brannte, und die streichelnden Finger, die sie lockten und verführten, entlockten ihr leise Schluchzer der Ekstase. Kérven fand die empfindsame Stelle und liebkoste sie, bis Graciana verzweifelt um Gnade bat.

»Laß mich nicht länger warten«, flehte sie Kérven an, überwältigt von ihren Gefühlen. »Komm zu mir! Ich brauche dich so sehr!«

Kérven, der selbst heftig nach Atem rang, gab das quälende Spiel endlich auf, um den Bänderverschluß seiner Beinlinge zu lockern. Es erfüllte ihn mit wilder Lust, Graciana so zu sehen, vorgebeugt, bereit für ihn.

Graciana schrie leise auf, als sie spürte, wie er mit einem machtvollen Stoß in sie eindrang, sie ausfüllte, ihr das Gefühl gab, endlich wieder mit dem fehlenden Teil ihrer selbst vereint zu sein.

Ihre Welt zerstob in einem Sternenregen, entführte sie in ein anderes Universum, in dem nur die Gesetze reinen Verlangens galten. Ihre Arme gaben nach, sie fiel kraftlos zwischen die Pergamente des Herzoges, aber Kérven hielt sie und führte sie durch das Feuer dieser Begegnung.

Verloren in dem gewaltigen Taumel dieser Vereinigung, die ihn an die Grenzen seines Fühlens führte, war ihm nur eines bei jedem Herzschlag bewußt: Er war endlich wieder mit Graciana zusammen, gab sich ihr genauso bedingungslos hin, wie sie sich ihm schenkte. Diese wilde, ungestüme Vereinigung war das schönste, was er je erlebt hatte.

Er stöhnte auf, während er versuchte, sich zurückzuhalten, bis auch sie den Gipfel ihres Verlangens erreicht hatte. Doch es gelang ihm nicht, sich lange zu beherrschen. Mit zwei tiefen, mächtigen Stößen fand er seine Erfüllung, im selben Moment, als Graciana ihre Zähne in den eigenen Arm grub, damit sie nicht in heller Lust aufschrie und allen verriet, was sie gerade taten.

»O Gott, was habe ich getan?«

Die heisere Stimme drang nur langsam in Gracianas Bewußtsein. Noch ganz benommen von der wilden Vereinigung versuchte sie, sich in der Wirklichkeit zurechtzufinden. Wo um Himmels willen lag sie? Irgend etwas Hartes drückte sich gegen ihre bloßen Brüste, und eine harte Kante stieß ihr gegen die Hüfte.

Sie versuchte sich aufzurichten und fand sich dabei von einer starken Hand gestützt. Es war der Kasten mit den Schreibfedern des Herzogs, der sie gepiekst hatte, und die Kante entpuppte sich als silbern eingelegte Tischplatte.

Mit einem leisen Rascheln rutschten ihre Röcke wieder an Ort und Stelle, während der Rest des Kleides in verführerischer Unordnung ihre bloßen Brüste freigab.

»Ich muß den Verstand verloren haben«, sagte die Stimme erneut, und Graciana blickte endlich Kérven an, der mit hochroten Wangen und fliegenden Händen eher ungeschickt die Dienste einer Kammerzofe an ihrer Robe zu tun versuchte.

»Laßt«, meinte sie versonnen lächelnd und zog die Bänder ihres zarten Hemdes aus seinen Fingern, die viel zu stark und zu groß für diese feine Arbeit waren. Flink brachte sie Schicht um Schicht wieder an Ort und Stelle, während er halb von ihr abgewandt mit seinen eigenen Kleidern das gleiche tat. Als er sich wieder zu ihr umwandte, nahm sie gerade ein wenig ratlos Stirnband und Schleier ab. Das feenzarte Gewebe hatte arg unter dem wilden Spiel gelitten.

»Ich hatte mir geschworen, Euch nie wieder Schmerzen zu bereiten«, stieß er gequält hervor. »Ich weiß nicht, was über mich gekommen ist!«

»Ihr habt mir keine Schmerzen bereitet«, entgegnete Graciana leise, immer noch ganz erfüllt von der Lust, die ihr gerade geschenkt worden war.

»Es ist unverzeihlich, was ich getan habe«, beharrte Kérven. »Ich verdiene Eure Verachtung!«

»Ich verachte Euch nicht.« Graciana schüttelte den Kopf und fragte sich dabei, weshalb er sie nicht einfach in seine Arme schloß und küßte.

»Bei allen Heiligen, es war der Wein. Ich meine, nüchtern hätte ich nie …«

Langsam wich Gracianas weiche, liebevolle Haltung zunehmender Fassungslosigkeit. Was wollte er damit sagen?

»Was hättet Ihr nie, wenn Ihr nüchtern gewesen wärt?« erkundigte sie sich scharf.

»Mich wie ein Landsknecht an Euch vergangen!« rief Kérven schuldbewußt. Ehe sie begriff, was er vorhatte, sank er vor ihr auf die Knie.

»Was tut Ihr da, steht auf!«

Sie versuchte ungeduldig, ihn hochzuzerren. Sie

mochte es nicht, wenn er sich auf diese Weise zum Narren machte. Was sollte diese Büßerhaltung?

»Ich bin zutiefst beschämt!« Er faßte nach ihrer Hand und drückte tatsächlich wie ein reuiger Sünder seine Stirn dagegen. »Ich werde gehen! Ich werde Euch nie wieder belästigen, Graciana. Ich hoffe, Ihr werdet in den Armen eines edlen Gemahls irgendwann vergessen können, was ich Euch angetan habe. Es ist nur aus eigensüchtiger Liebe geschehen …«

»Aber …«

Ehe sie auch nur einen Satz antworten konnte, war er aufgesprungen und stürmte wie von Sinnen aus dem kleinen Gemach.

Graciana starrte die Tür an und stampfte wütend mit dem kleinen Fuß auf.

»Zum Kuckuck, Kérven des Iles, du bist wahrhaftig der größte Narr der ganzen Bretagne!« rief sie in hellem Zorn, und es war ihr völlig egal, wer diese Beleidigung hörte. Hatte die Welt je einen solchen Dummkopf gesehen?

In ihrem Zorn packte sie den nächstbesten Gegenstand und warf ihn an die Wand, von der er klirrend zu Boden stürzte. Aber erst nachdem das Tintenfaß seinen Inhalt an die weiß gekalkte Wand versprüht hatte, kam ihr zu Bewußtsein, daß sie in ihrem Jähzorn das Privatkabinett des Herzogs verwüstete. Nachdem sie und Kérven sich auf seinem Tisch geliebt hatten! Auch das noch!

Beschämt versuchte Graciana, ihre Beherrschung zurückzugewinnen. Nur mühsam bekam sie ihren Wunsch, zu toben und zu schreien, unter Kontrolle. Ihr Puls jagte, und ihre Hände ballten sich zu Fäusten. Wäre Kérven geblieben, sie hätte sich auf ihn gestürzt, um ihn zu schlagen, zu kratzen und zu beißen.

Als sie sich endlich fähig fühlte, das kleine Gemach zu verlassen, hatte sie zwar ihr Möglichstes getan, ihr derangiertes Kleid und den Schleier wieder in Ordnung zu bringen, aber ihre blitzenden Augen und der kriegerische Zug um ihren Mund verrieten dem Herzog dennoch, daß die Begegnung mit Kérven des Iles nicht in völliger gegenseitiger Harmonie geendet hatte.

»Habt Geduld«, riet er ihr gutmütig. »Irgendwann wird auch ein Eisenschädel wie Kérven des Iles wieder zur Vernunft kommen. Bleibt bei Hof und laßt ihn in seinem geliebten Lunaudaie einige Zeit in seinem eigenen Saft schmoren. Ich möchte wetten, spätestens zum Dreikönigsfest kommt er zurück.«

Graciana senkte beschämt den Kopf. Sie erinnerte sich an die Verwüstung, die sie hinterlassen hatte.

»Ich muß mich entschuldigen, Euer Gnaden. Ich habe ein Tintengefäß an die Wand geworfen, man wird die Stelle neu kalken müssen. Ich ... es tut mir leid. Schon Mutter Elissa hat meine beklagenswerte Neigung, sehr ärgerlich zu werden, stets getadelt.«

Seine Gnaden, Jean de Montfort, brach in so schallendes Gelächter aus, daß die Gäste in der Halle sich erstaunt nach ihm umdrehten und zu gerne den Grund für seine Heiterkeit gewußt hätten. Die überraschende neue Schönheit, Graciana de Cesson, konnte es wohl kaum gewesen sein. Sie schaute drein, als habe sie eben versehentlich einen gepökelten Salzhering in die falsche Kehle bekommen.

»Er hat Euch also wütend gemacht?« Der Herzog hatte sich endlich wieder gefaßt und wischte sich die Lachtränen aus den Augenwinkeln.

»Wütender, als ich es je in meinem Leben gewesen bin«, gab Graciana schuldbewußt zu. »Ich fürchte, ich habe mehr vom teuflischen Naturell meines Vaters geerbt, als gut für mich ist!«

»Macht Euch keine Sorgen«, meinte der Herzog schmunzelnd. »Es wird Euch den Umgang mit einem so stacheligen Charakter wie meinem Freund Kérven erleichtern!«

»Er wird mir keine Möglichkeit dazu einräumen«, seufzte sie betrübt. »Er ist auf und davon, als stünden ihm sämtliche Schrecken der Hölle bevor, wenn er noch länger in meiner Gegenwart verweilt.«

»Und jene Frage, die Ihr von dem Seigneur persönlich beantwortet haben wolltet?« erkundigte sich Jean de Montfort vorsichtig.

Graciana sah an ihm vorbei auf die bunten Banner, welche die Halle schmückten. Wie magisch angezogen, blieben ihre Augen auf dem Wappen von Lunaudaie hängen. Der Adler, der das Schwert in seinen Klauen hielt, war das würdige Symbol für einen Krieger, aber vielleicht nicht unbedingt jenes der Liebe.

»Ich habe meine Antwort«, erwiderte sie verträumt lächelnd, als ihr Blick zum Herzog zurückkehrte. »Aber wie vermag ich einen Adler zu halten, der die Flügel ausbreitet und sich aus dem Staub macht, ohne mir zuzuhören?«

»Vertraut mir!« riet Jean de Montfort und winkte Pol de Pélage, der wartend bereitstand. »Ich denke, es gibt da vielleicht eine Möglichkeit!«

23. Kapitel

Der Tag der Wintersonnenwende war ebenso düster gewesen wie die Wolkenbänke, die der Wind in ständiger Folge über die abgeernteten Felder trieb. Traurig und stürmisch, was Kérvens düstere Laune perfekt widerspiegelte. Seit er in einem wüsten Gewaltritt Rennes verlassen hatte, um über aufgeweichte, winterliche Straßen in sein Lehen zurückzukehren, hatte er kaum zehn Sätze von sich gegeben.

Aber es war nicht das Schweigen eines mürrischen Mannes, der, von schlechter Laune geplagt, seinen Unmut an anderen ausläßt. Fiacre de Mar entdeckte abgrundtiefe Verzweiflung in seinen Augen, die schlecht verborgene Qual eines Mannes, der von wütendem Haß auf sich selbst geplagt wurde. Was hatte den strahlendsten Ritter des Herzogs zu einem so verzweifelten hoffnungslosen Mann gemacht?

Ludo hatte nichts dazu beitragen können, das Rätsel zu lösen. In seiner jugendlichen Ahnungslosigkeit brachte er die Ankunft Gracianas in Rennes nicht mit dem Zustand seines Herrn in Verbindung, und er hatte auch nicht daran gedacht, Graciana seinem Großvater gegenüber zu erwähnen. Sein Herr wollte nicht über Dame Graciana sprechen, also tat er es auch nicht.

»Kommt ins Haus«, mahnte der alte Seigneur nun, nachdem er trotz seiner Gicht die Treppen hinauf zu den Zinnen von Lunaudaie gestiegen war, wo sein Herr im Wind stand und in die Ferne starrte. »Ihr werdet Euch den Tod holen, wenn Ihr noch länger die verfallenen Türme anseht. Sobald die Steine eintreffen, werden wir sie wieder aufbauen. Wenn Ihr jedoch etwas Vernünftiges tun wollt, dann betet darum, daß wir vom Frost verschont bleiben, damit wir die Mauern ohne Verzug errichten können.«

»Es sind nicht die Türme«, entgegnete Kérven und lächelte freudlos. »Seht einmal die Straße entlang. Es scheint, als würden wir Besuch bekommen!«

Fiacre de Mar litt zwar unter Gicht, aber seine Augen waren nach wie vor so scharf wie die eines Falken. Schließlich nickte er erstaunt. »So viele Wagen und Bewaffnete, der reinste Heerzug. Kann es sein, daß ich die Banner Jean de Montforts erkenne?«

»Es kommt mir auch so vor«, knurrte Kérven nachdenklich. »Ich frage mich, was dieser Besuch zu bedeuten hat? Er wird doch nicht von neuem zu den Waffen rufen? So kurz vor Weihnachten, und nachdem wir endlich Frieden hatten? Was kann sich in den wenigen Tagen, seit ich aus Rennes fort bin, so Dramatisches ereignet haben?«

Fiacre de Mar schüttelte den Kopf. Er hatte den Blick nicht von dem näher kommenden Trupp gelassen. »Ich möchte wetten, das sind Fuhrwerke und keine Troßwagen. Äußerst schwere Fuhrwerke, denn sie werden von Ochsengespannen gezogen. Soll ich Anweisung geben, daß die Zugbrücke nach der Dämmerung für sie aufgehalten wird?«

»Tut das.« Der Seigneur des Iles nickte zustimmend. »Ich bin gespannt, was diese unangekündigte Invasion zu bedeuten hat. Trotzdem sollten wir die nötige Vorsicht nicht vergessen. Eine Standarte kann auch falsch sein. Ruft die Männer zu den Waffen und laßt sie rund um das Tor Aufstellung nehmen, damit wir uns verteidigen können, falls es Anlaß dafür geben sollte! Die Bogenschützen auf die Zinnen und die Torwache in Alarmbereitschaft!«

Er half dem alten Burgvogt die Treppen hinunter, ohne eine Bemerkung dazu zu machen, die den Stolz des Greises verletzt hätte.

Fiacre de Mar stellte einmal mehr fest, daß der Graf von Lunaudaie sich geändert hatte. Früher war es nicht seine Art gewesen, so feinfühlig auf jene zu achten, die älter und schwächer waren. Nun jedoch nahm er sich die Zeit, einen alten Mann zu stützen, und erst, als jener wieder auf sicherem Boden stand, eilte er davon, um das Kettenhemd und sein Schwert anzulegen.

Dabei war gar keine Eile nötig. Ehe das erste Fuhrwerk ratternd durch das Tor der Burg zockelte, verging noch gut eine Stunde. Trotz des naßkalten Windes hatte sich überraschend viel Gesinde im Burghof eingefunden, in dem die Fackeln gegen den abendlichen Nebel ankämpften. Jede Magd und jeder Knecht von Lunaudaie, der sich von seiner Aufgabe hatte davonstehlen können, drückte sich zum Ärger des Burgherren müßig in Sichtweite des Tores herum.

Kérven des Iles jedoch zügelte seine Neugier. Er hatte die Arme über seinem Wappenrock mit dem goldgestickten Adler von Lunaudaie verschränkt und stand auf der obersten Stufe vor dem Eingang des Wohntraktes. Das Schwert in der Scheide, barhäuptig mit wehenden braunen Haaren, stand er breitbeinig da und sah den Ankömmlingen entgegen.

Sollte er die Neugierigen ins Haus befehlen? Kam es zum Kampf, ging er das Risiko ein, daß sich sein Gesinde zwischen den Fronten befand. Andererseits, wer zog mit Ochsenfuhrwerken in den Krieg? Stünde wirklich eine bewaffnete Auseinandersetzung an, hätte ihm der Herzog doch unter Garantie einen reitenden Boten geschickt. Aber ehe er eine Entscheidung treffen konnte, tauchten die ersten Reiter unter dem Burgtor auf.

Die Fuhrwerke wurden von einer ungewöhnlich starken Eskorte des Herzogs begleitet, und die Soldaten nahmen ehrerbietig Aufstellung, als der geschlossene Reisewagen mit dem Wappen Jean de Montforts in ihrer Mitte anhielt. Kérven ließ verblüfft die verschränkten Arme sinken. Der Herzog selbst? Unmöglich, der würde doch nie einen Wagen … und dann auch noch wenige Tage vor dem Christfest, das er in Rennes feiern wollte …

Er kam nicht dazu, seine Gedanken zu Ende zu bringen, denn die geschnitzte blaugoldene Tür schwang auf. Eine junge Dienerin hüpfte heraus und klappte die Stufen herunter. Als erster erschien ein grauhaariger Hüne im pelzgefütterten Reisemantel. Kérven erkannte zu seiner Verblüffung den Waffenmeister des Herzogs. Pol de Pélage! Was wollte er in Lunaudaie?

Er eilte die Steinstufen hinunter, um den Ritter willkommen zu heißen. Doch, er wäre fast ins Stolpern geraten, als der Waffenmeister sich umdrehte und seine Hand einem weiteren Reisenden reichte, der sie ergriff, um sicher aus dem Wagen zu klettern.

Die hochgewachsene Edeldame trug einen eleganten, veilchenfarbenen Reiseumhang, der bei ihren Bewegungen kostbares, dunkelschimmerndes Marderfell enthüllte. Eine verschlungene Goldbrosche leuchtete am Halsausschnitt, die sogar aus der Entfernung als das Meisterwerk eines geschickten Goldschmieds zu erkennen war. Obwohl das helle Haar unter Schleier und Kapuze verborgen blieb, erkannte Kérven sofort die Art und Weise, wie sie den Kopf hob und sich umsah.

Ihr Blick fiel auf sein fassungsloses Gesicht, und sie

gönnte ihm ein kühl-gnädiges Lächeln, das jeder Fürstin zur Ehre gereicht hätte.

»Messire!« sagte sie geziert. »Wenn Ihr bitte veranlassen wollt, daß man sich um die Fuhrwerke kümmert und meine Truhen ins Haus bringt. Es ist entsetzlich kalt und kein angenehmer Tag zum Reisen. Ich nehme doch an, daß das Feuer in der großen Halle brennt!«

»Die Fuhrwerke ...«, stotterte Kérven wie ein vollendeter Trottel. »Was zum ...«

»Steine!« entgegnete sie beiläufig und zupfte an ihren feinen, bestickten Lederhandschuhen. »Behauener Granit für die zerstörten Türme. Sandstein für die Verzierungen und Marmor für neue Kamine. Auch Platten für die Gänge und nicht zu vergessen, alles, was ich an Möbeln in der kurzen Zeit in Rennes bekommen konnte. Natürlich auch Vorräte, Waffen und andere Notwendigkeiten, die wir benötigen, wenn die Besatzung der Burg verstärkt wird.«

»Die Besatzung der Burg wird verstärkt?« fragte Kérven und schalt sich selbst einen Narren, weil er nur nachplapperte, was diese Erscheinung vorsagte, die auf eine seltsame Weise wie Graciana aussah, aber doch unmöglich Graciana sein konnte.

»Seine Gnaden der Herzog meint, daß Ihr als Graf von Lunaudaie über zu wenig Truppen verfügt«, erklärte Graciana so frostig-liebenswürdig, als sei er tatsächlich ein Dummkopf, der überflüssige Fragen stellte. »Zudem müßt Ihr Euch ja auch um Cesson kümmern, und es ist sicher angebracht, wenn ihr dort vertrauenswürdige Leute aus Lunaudaie hinschickt, während die Lücken hier von den neuen Männern aufgefüllt werden. Habt Ihr sonst noch Fragen?«

Pol de Pélage hatte Mühe, sein Lachen zu unterdrücken. Was für eine entzückende kleine Hexe dieses Mädchen doch sein konnte! Man konnte fast Mitleid mit dem entgeisterten Seigneur bekommen, der weder seinen Augen noch seinen Ohren traute.

»Nur eine!« Kérven hatte sich endlich soweit im Griff, daß er seinen Verstand wieder gebrauchen konnte. »Was zum Teufel macht Ihr hier?«

Sie beachtete ihn gar nicht, sondern schenkte der vierten Gestalt, die aus dem Reisewagen geklettert war, ein liebenswürdiges Lächeln. Es handelte sich um einen hageren Mönch mit freundlichen blauen Augen, der ganz damit beschäftigt war, sich umzusehen.

»Das ist Pater Raoul!« Sie warf Kérven die Information wie einen Brocken für einen lästigen Hund hin, ehe sie sich wieder dem Mönch zuwandte. »Pater, erlaubt, daß ich Euch dem Herrn dieser Festung, Messire Kérven des Iles, Graf von Lunaudaie, vorstelle.«

»Willkommen Pater«, meinte der Ritter, sich seiner Erziehung entsinnend. »Aber was ...«

»Seine Gnaden meinte, daß es auf Lunaudaie sicher keinen Burgkaplan gibt«, zwitscherte Graciana und raffte Umhang und Röcke mit einer eleganten Bewegung. »Er war so freundlich, mir Pater Raoul mitzugeben, der künftig für unser Seelenheil zuständig sein wird. Können wir nun ins Haus gehen?«

Zum allseitigen großen Bedauern der gespannten Zuhörer kam Kérven dieser Aufforderung endlich nach. Bis auf Fiacre de Mar und Ludo hatte niemand aus Lunaudaie in der vermummten, zierlichen Gestalt Graciana erkannt.

Daher entschlüpfte Rose Melrand auch ein verblüfftes Quieken, als die Edeldame vor dem Kamin den Umhang öffnete und die Kapuze vom Kopf streifte.

»Die Dirne!« murmelte sie zwar leise, aber sie wurde doch verstanden.

Kérven hatte das Wort gehört. Er wirbelte auf dem Absatz herum, und ehe die mollige Hausverwalterin begriff, wie ihr geschah, hatte er sie an den Oberarmen gepackt und hob sie hoch, damit ihre Augen genau auf Höhe der seinen waren, die sie wütend anfunkelten. Daß ihre Füße in den Holzpantoffeln hilflos in der Luft zappelten, kümmerte ihn nicht im geringsten.

»Noch ein einziges kränkendes Wort über die Dame de Cesson, und du bist die längste Zeit in Lohn und Brot bei mir gewesen! Du wirst meinem Gast den untertänigen Respekt entgegenbringen, der einer Dame von Rang und Namen in diesem Hause gebührt!«

Rose klappte in ihre Schuhe und auf den Boden zurück und sank schon aus diesem Grund in eine respektvolle Reverenz. Gracianas Blick ruhte nachdenklich auf dem gesenkten Kopf mit der steifen Leinenhaube. Sie vermochte nicht zu glauben, daß sie einmal fast Angst vor dieser Frau gehabt hatte.

»Verzeiht«, wandte sich Kérven nun seltsam steif an sie. »Aber ich vermag immer noch nicht zu begreifen, was Euer Besuch bei mir bedeuten soll. Der Weg nach Cesson berührt Lunaudaie doch gar nicht!«

»Es ist kein Besuch!« verkündete Graciana bedächtig und ließ sich in dem geschnitzten Stuhl vor dem Kamin nieder.

Das hochgeschlossene, erikafarbene Samtkleid mit den schweren Pelzbesätzen an Kragen, Ärmeln und Saum ließ sie wie eine Königin wirken. Sie hatte die Haare einmal mehr zu dicken Zöpfen geflochten, die unter dem Schleier wie zu einer Krone hochgesteckt waren. Die Hände sittsam im Schoß gefaltet, saß sie da, unnahbar und herzzerreißend schön.

»Das verstehe ich nicht ...«

Der Seigneur des Iles bekämpfte den jähzornigen Impuls, sie ebenso zu schütteln, wie er es mit Rose getan hatte. Sie führte ihn an der Nase herum, dazu bedurfte es keiner großen Phantasie. Er sah es an dem Feuer, das in ihren goldenen Augen glänzte. Wenn sie sich an ihm rächen wollte, wofür er alles Verständnis der Welt hatte, weshalb tat sie es dann auf diese eigenartige Weise?

»Ich statte Euch keinen Besuch ab, Messire«, verkündete sie nun völlig beherrscht. »Ich bin gekommen, um zu bleiben. Pater Raoul wird uns im Auftrag des Herzogs am Weihnachtstag trauen!«

»Pa...«

Kérven brachte nicht einmal das erste Wort vollständig über die Lippen. Seine empörten Blickte glitten über Pater Raoul und blieben schließlich an Pol de Pélage hängen, der sich eben seine Handschuhe auszog und der einzige zu sein schien, bei dem man so etwas wie Vernunft voraussetzen konnte. Bei ihm fand er vielleicht eine Erklärung für dieses Possenspiel.

»In der Tat, mein Lieber«, stimmte der Waffenmeister Graciana zu. »Seine Gnaden der Herzog hat mich gebeten, Euch Dame Graciana vor dem Altar zuzuführen. Er ist der Meinung, daß eine solche Heirat der beste Weg ist, sämtliche Probleme zu lösen, Eure und die Dame Gracianas. Ich bin in seinem Namen hier.«

Kérven sagte immer noch nichts, aber Graciana schien es auch nicht zu erwarten. Sie übernahm ohne große Umstände das Kommando.

»Es geht natürlich nicht an, einen Befehl des Herzogs zu mißachten. Nun, nachdem das geklärt ist, werden wir uns den wichtigeren Fragen zuwenden«, äußerte sie freundlich. »Rose, ich nehme doch an, daß die Gemächer über der großen Halle sauber sind! Wenn nicht, müssen sie sofort gekehrt und ausgewaschen werden. Sorg dafür, daß die Kamine angeheizt werden, und falls die Fenster noch nicht eingebaut sind, hängt Läden davor. Ich wünsche, daß dem Seigneur de Pélage alle Bequemlichkeiten des Hauses zuteil werden und natürlich auch Pater Raoul. Gibt es besondere Räumlichkeiten für den Burgkaplan? Und was das festliche Mahl für heute abend betrifft …«

Ihre Kommandos kamen liebenswürdig, aber unmißverständlich. Kérven konnte sie nur wie eine Vision anstarren. Er mußte träumen. Zweifellos. Wahrscheinlich würde er jeden Moment aufwachen und sich einen vollendeten Dummkopf schimpfen!

Ein leichtes Händeklatschen brachte Bewegung in das Gesinde, zauberte einen Willkommenstrunk für die durchgefrorenen Reisenden herbei und schenkte Graciana wieder die Möglichkeit, sich ihrem Lieblingsopfer zuzuwenden, ehe es sich vollends von seinem Schock erholt hatte.

Eine Mischung aus Zorn, unendlicher Liebe und dem Wissen darum, daß sie ihn überrumpeln mußte, um zu siegen, gab ihr die Kraft, ihr Spiel weiter durchzuhalten. Mit Schwäche eroberte man diesen Seigneur nicht, das hatte sie inzwischen gelernt, und das hatte ihr Jean de Montfort bestätigt.

Aber sie würde siegen! Sie mußte siegen! Hatte sie nicht sogar dem Herzog die Erlaubnis abgerungen, diesen Überfall zum Weihnachtsfest und nicht erst zu Dreikönig zu veranstalten?

»Ihr entschuldigt mich bis zum Essen? Die Reise war ein wenig anstrengend, und ich würde mich gerne etwas ausruhen und ein Bad nehmen, ehe wir uns zu Tisch setzen!«

Sie gab ihrer Dienerin, die sich im Hintergrund gehalten hatte und zwei Knechte beaufsichtigte, die eine riesige Reisetruhe schleppten, ein Zeichen, sich in Bewegung zu setzen. Sie stand von ihrem Thron auf und trat zu Pol de Pélage. Sie reckte sich auf die Zehenspitzen und küßte ihn auf die Wange, dann nickte sie Pater Raoul freundlich zu und schritt mit graziös gerafften Röcken davon. Jeder Zoll eine echte Dame. Eine vornehme Frau, die Kérven des Iles wie Luft behandelte.

»Zum Henker!« platzte der konsternierte Graf von Lunaudaie heraus, ehe er sich an den Waffenmeister wandte, mit dem man ihn allein gelassen hatte.

Der Ritter nippte an seinem dampfenden Gewürzwein und betrachtete den jungen Burgherrn. Er brauchte nicht lange auf die Explosion zu warten.

»Das kann nicht sein Ernst sein!« rief Kérven außer sich. »Ihr wißt was geschehen ist, Ihr wart dabei, als ich es erzählt habe! Denkt Ihr nicht, daß es das Dümmste ist, was …«

»Ich denke, daß der Herzog klare Befehle gegeben hat. Wünscht Ihr seine Nachricht zu lesen?« unterbrach ihn der Ältere barsch. Er zog ein Pergament aus seinem Umhang und reichte es weiter. »Er erwartet bedingungslosen Gehorsam von Dame Graciana und natürlich auch von Euch!«

Kérven starrte auf das große Wachssiegel, ohne den Verschluß zu brechen. Hinter seiner Stirn jagten sich die Gedanken. Er selbst hatte dem Herzog nahegelegt, Graciana einem Manne zu geben, der für sie sorgen und sie die Schrecken der Vergangenheit vergessen lassen sollte.

Weshalb freilich zwang er sie ausgerechnet dem einen auf, der für Graciana eine ständige Erinnerung an Leid und Demütigung sein mußte? Konnte er nicht einmal über den Schatten seiner politischen Erwägungen springen und eine menschliche Entscheidung treffen?

»Wie kann er Dame Graciana das antun?« fragte er verständnislos.

»Er ist unser Herr«, entgegnete Pol de Pélage gelassen. »Es ist eine politische Entscheidung, und sie sorgt zudem dafür, daß die Einzelheiten von Dame Gracianas Schicksal nicht noch mehr Leuten bekannt werden, als es unbedingt nötig ist. Ihr werdet gehorchen und sie zur Gemahlin nehmen! Oder wollt Ihr es auf Euch nehmen, ihrem künftigen Gemahl das verschlungene Schicksal des armen Mädchens zu erklären? Ihm zu sagen, weshalb sie nicht wie andere Bräute in sein Bett kommt?«

Der Graf von Lunaudaie bekam eine hochrote Stirn und schlug die geballte rechte Faust in die linke offene Hand. »Ich kann es nicht tun!«

Der alte Waffenmeister sah nachdenklich in seinen dampfenden Weinbecher. Er fand es leichter, mit Kérven zu sprechen, wenn er dessen Blick ausweichen konnte. Sein Talent zum Theaterspielen war nicht so ausgeprägt wie das von Graciana.

»Das wäre Hochverrat, mein Freund. Es würde Euch Namen, Titel, Burg und Lehen kosten, ganz zu schweigen von Eurem Leben. Seine Gnaden kann es sich nicht leisten, daß Zweifel an seiner neuen Autorität laut werden! Ich bin in offizieller Mission bei Euch!«

Kérven wußte, was das bedeutete. Sein Vasalleneid zwang ihn zum Gehorsam. Aber es mußte noch einen anderen Weg geben …

24. Kapitel

Der Spiegel war ein persönliches Geschenk der Dame de Tréboule, die schweren Herzens von Graciana Abschied genommen hatte. Graciana würde einen Schreiner in Lunaudaie damit beauftragen, einen schönen hölzernen Rahmen zu schnitzen, der der Vollkommenheit des Spiegels angemessen war. Im Moment jedoch lehnte das gute Stück reichlich schmucklos auf einem Tisch an der Wand der Herrschaftskammer.

Ganz und gar nicht schmucklos war das Bild, das er zurückwarf. Arlette, welche ihr die mütterliche Dame als persönliche Zofe überlassen hatte und die ihrer jungen Herrin mehr in Freundschaft als in steifem Respekt zugetan war, klatschte zufrieden in die Hände.

»Den Mann möchte ich sehen, der ruhig Blut behält, wenn er Euch so erblickt«, meinte sie übermütig lachend.

»Meinst du wirklich?«

Noch immer war Graciana nicht ganz überzeugt von der gefährlichen Faszination, die ihre eigene Person angeblich auf den störrischen Grafen von Lunaudaie ausübte. War sie schön genug, charmant genug, verführerisch genug, um ihm ein wenig von dem Kummer heimzuzahlen, den er ihr bereitet hatte? Würde er sie wollen, um jeden Preis und gegen jedes einzelne seiner hochtrabenden Prinzipien?

»Muß es wirklich dieser Ausschnitt sein?« erkundigte sie sich besorgt. »Ich komme mir halbnackt vor!«

»Die Damen bei Hofe tragen noch tiefere Dekolletés«, erinnerte Arlette. »Dieses hier wirkt nur durch den Kontrast der Farben so provozierend. Ihr seid sehr wohl schicklich gekleidet.«

Graciana behielt ihre weiteren Zweifel in dieser Angelegenheit für sich. Arlette hatte sich ihrer Garderobe angenommen und gemeinsam mit Dame Lucile de Tréboule für Gewänder gesorgt, die keinen anderen Zweck hatten, als Gracianas Schönheit in den richtigen Rahmen zu stellen. Keines jedoch tat es so raffiniert wie diese pflaumenblaue Robe aus schwerer, glänzender Seide.

Im Schatten wirkte sie fast schwarz, sobald sich jedoch das Licht der Kerzen in den Fäden des Stoffes fing, wirkte er wie eine lebendige Welle, die sich an Gracianas Körper schmiegte. In jeder Schattierung betonte die Seide die durchsichtige Zartheit ihrer Haut, das klare Bernstein ihrer Augen und das eine Spur hellere Blond ihrer üppigen Locken, die sich offen und schwer bis auf ihre Taille wellten. Arlette hatte sie lediglich mit zwei schlichten Perlenkämmen aus dem Gesicht gehalten. Kein Schleier, kein Stirnreif, keine Haube lenkte von dem Wasserfall aus mattem, flüssigem Gold ab.

Auch das Kleid verzichtete auf Pelzbesatz, auf Spitzen, Stickereien oder Juwelenbesatz. Unter dem spitz zulaufenden Ausschnitt am Busen von einem breiten Gürtel aus dem gleichen Stoff gehalten, fiel es in reichem Faltenwurf auf Gracianas Fußspitzen und endete in einer kleinen Schleppe.

Als Graciana die festlich erhellte Halle der Burg betrat, gefolgt von ihrer Magd und die Hand auf die Faust Pol de Pélages gelegt, stand Kérven wie unter Zwang von seinem Platz auf.

Er trug das gleiche Gewand wie bei ihrer Ankunft, aber immerhin hatte er Harnisch und Waffen abgelegt. Er wahrte die Form, woran Graciana im Grunde ihres Herzens doch gezweifelt hatte. Die Halle war voller

Menschen. Die Besatzung der Burg, das Gesinde und sogar ein paar vornehm gekleidete Herren, die vermutlich den Rat der kleinen Stadt Lunaudaie repräsentierten, sahen ihr entgegen.

Schweigend trat Kérven an ihre Seite und hielt ihr seinerseits die Faust hin, damit er sie zu Tisch geleiten konnte. Pol de Pélage überließ ihm Graciana, und Kérven spürte, wie eiskalt ihre Finger waren.

War sie aufgeregt? Wann hatte er verlernt, in ihrem Gesicht zu lesen? Er sah nur den Schmelz ihrer schönen Lippen und die leichte Herausforderung des goldenen Blickes. Litt sie unter dem Befehl des Herzogs? Fühlte sie sich von der aufgezwungenen Heirat gedemütigt?

»Ihr seht mich entzückt«, sagte sie jetzt in jenem fremden, zwitschernden Ton, den sie den Hofdamen seiner Gnaden abgelauscht haben mußte. »Wie sich diese Halle doch verändert hat, seit ich sie zum letzten Mal sah. Ein paar Glasfenster und Wandteppiche wirken wahre Wunder! Wie prächtig es hier plötzlich ist!«

Machte sie sich lustig über ihn? Kérven schwankte zwischen dem brennenden Wunsch, sie in seine Arme zu reißen, und dem, ihr den Hals umzudrehen. Wie konnte sie völlig beherrscht dastehen und lächeln? Wann hatte sie gelernt, ihre Gefühle so perfekt unter der Maske einer heiteren Edeldame zu verbergen?

»Es war Euer Werk, und die Handwerker der Stadt sind Euch zu Dank verpflichtet«, entgegnete er mürrisch und wartete, bis sie zu seiner Rechten Platz genommen hatte, damit er sich ebenfalls setzen konnte. Nur mit Mühe entsann er sich der höflichen Regeln. »Obwohl ich geplant hatte, die Zuwendungen des Herzogs zuerst für Befestigungen und Waffen auszugeben!«

»Ihr werdet genügend Waffen in den Fuhrwerken finden«, meinte Graciana beiläufig. »Ich bin sicher, der Seigneur de Mar und viele Menschen in der Burg werden im Winter für die Fenster dankbarer sein! Es ist nicht gemütlich, wenn der Wind zum Fenster hereinpfeift und die Böden, auf die man die Strohsäcke legt, unter Wasser stehen.«

Daß sie mit dieser Bemerkung nur zu recht hatte, hob Kérvens Laune nicht im geringsten. Er verfiel in gereiztes Schweigen, was ihn jedoch nicht daran hinderte, Graciana unter halb gesenkten Lidern ständig zu beobachten. Er bemerkte die Wärme, mit der sie sich Fiacre de Mar zuwandte, die unmerklichen Gesten, mit denen sie Rose und das Gesinde dirigierte. Diese Frau war noch keinen halben Tag in der Burg, und alle schienen sich bereits nach ihr zu richten.

Sie wäre eine vollkommene Herrin für Lunaudaie. Eine vollkommene Gemahlin für einen Mann, der es wert war, sie zu bekommen, geißelte er sich selbst. Allerdings sollte es wenigstens einer sein, der sie davon abhielt, dermaßen aufreizende Gewänder zu tragen. Der Anblick brachte einen vernünftigen Mann förmlich um den Verstand! Das spitz zulaufende Dekolleté machte kein Geheimnis daraus, was für Brüste sie hatte, wie cremeweiß und üppig sie waren.

Unwillkürlich erinnerte er sich an ihre letzte Begegnung, und er sah Graciana wieder vor sich, wie sie sich aus ihrer aufreizenden Position über dem Schreibtisch des Herzogs erhoben hatte. Sicher war sie die einzige Frau auf Gottes Erdboden, die in einer solchen Situation nicht in Gezeter ausbrach.

Die Qual, die die Erinnerung daran bei ihm verursachte, trug nicht eben dazu bei, seine Laune zu heben. Er wollte sein Gesicht zwischen diesen Brüsten vergraben und wollte sie liebkosen, sie dazu bringen, daß sie ihn anflehte, ihr Verlangen zu erfüllen und sich ganz mit ihr zu vereinen.

»Es ist warm in der Halle, nicht wahr ...«, sagte sie in diesem Moment so mitfühlend, daß sich die Schweißperlen auf seiner Stirn vervielfältigten. Hastig griff er nach dem Weinpokal.

»Ich hoffe, Ihr werdet nicht wieder soviel trinken wie bei dem letzten Mal, als wir einander sahen«, fügte sie sanft hinzu.

Jetzt lief er endgültig knallrot an und hieb den Pokal zurück auf den Tisch. Wollte sie ihn damit warnen, daß er ihr nicht wieder zu nahetreten sollte? Wollte sie damit andeuten, daß sie Angst vor ihm und den Dingen hatte, die er ihr antun wollte?

»Keine Sorge«, erwiderte er schroff, dann zwang er sich zum Gleichmut. »Ich werde mich zu beherrschen wissen!«

»Das freut mich zu hören«, entgegnete Graciana und lehnte sich dabei so nahe zu ihm, daß er den sanften Druck der Brüste spüren konnte und genau in das verlockende Tal dazwischen sah.

Sie dagegen bemerkte die feinen Schweißperlen an seiner Schläfe und die Bewegung seiner Kehle, als er schluckte. Arlette entpuppte sich als wahrer Schatz mit ihren Ratschlägen, wie man einem Manne zu begegnen hatte, dem man den Kopf verdrehen wollte. Sie setzte sich wieder gerade und führte ihre Unterhaltung mit Fiacre de Mar fort, als hätte es die kurze Berührung nie gegeben.

Ein Glück, daß Kérven nicht ahnte, wie schwach sie

selbst vor Sehnsucht war. Daß es ihr mindestens ebenso schwerfiel wie ihm, die Hände ruhig und die Miene gelassen zu halten. Hoffentlich konnte er den rasenden Schlag ihres Herzens nicht hören, der so verräterisch laut in ihren eigenen Ohren klang.

Das festliche Mahl, bei dem Graciana in königlicher Haltung neben ihrem schweigsamen Bräutigam residierte und die Glückwünsche des Gesindes sowie der Stadtabgeordneten entgegennahm, schien kein Ende zu nehmen. Kérven zweifelte, ob er die Qual weiter ausgehalten hätte, wäre da nicht Pol de Pélage gewesen, der ihn immer wieder prüfend betrachtete. Doch vor dem Waffenmeister des Herzogs wollte er keine Schwäche zeigen. Nicht vor dem Mann, der in allen Einzelheiten über seine Fehler Bescheid wußte und der sich zum Beschützer der Frau erhoben hatte, die Kérven mehr als sein Leben liebte.

Graciana merkte besorgt, daß er seinen Schock überwand, daß er mehr und mehr seine Fassung zurückgewann. Sie hatte den beherrschten Kérven fürchten gelernt.

»Keine Angst!«, Pol de Pélage, der zu ihrer Rechten saß, las ihre Gedanken und neigte sich zu ihr hinüber. »Er wird dem Befehl folgen, denn er ist dem Herzog treu ergeben. Obwohl ich fürchte, daß er versuchen wird, ihn auf seine Weise auszulegen.«

»Das fürchte ich auch«, entgegnete Graciana trocken. »Dieser Mann hat einen Kopf so hart wie die Granitbrocken, die das Fundament seiner neuen Türme bilden sollen. Sollte er Euch vor unserer Hochzeit irgendwelche Papiere anvertrauen, die Ihr erst später öffnen sollt, so gebt mir unverzüglich Bescheid.«

»Was fürchtet Ihr noch, Kind?«

»Das Schlimmste«, wisperte sie bang und preßte die

Hand auf ihr Herz. »Er gehört nicht zu jenen, die sich ihre Fehler verzeihen!«

Kérven sah, daß sie mit dem Mann tuschelte, der die Vaterstelle an ihr vertrat. Es hätte ihn ärgern sollen, aber das Gegenteil war der Fall. Der Waffenmeister würde ihr zur Seite stehen. Er ließ sie nicht allein zurück, wenn er seinen verzweifelten Plan in die Tat umsetzte. Es war ein beruhigendes Gefühl.

»Bitte den Seigneur des Iles zu mir, Arlette! Schnell, ehe er sich zu Bett begibt.«

Graciana zog den Gürtel des pelzgefütterten Hausmantels enger um die schmale Taille und schüttelte die offenen, frisch gebürsteten Haare aus. Die große Herrschaftskammer, die einmal so kahl ausgesehen hatte, wirkte mit dem Spiegel, den samtgepolsterten Taburetten, den Kleiderkisten und kostbaren Teppichen plötzlich wie ein Schmuckkabinett. Nur, der Alkoven war zu groß für eine Person, und wenn Kérven sein Recht auf dieses Lager nicht in Anspruch nahm, dann wurde es Zeit, etwas dagegen zu unternehmen.

»Um diese Zeit?« wunderte sich die Dienerin und versuchte heldenhaft ein Gähnen zu unterdrücken. »Alle Welt schläft sicher!«

Es war weit nach Mitternacht, und sie verspürte keine große Lust, den Herrn in der riesigen Burg, die sie nicht kannte, zu suchen. Aber Gracianas Gesicht verriet ihr, daß es besser war zu gehorchen.

»Ich gehe schon ...«, seufzte sie und schlüpfte hinaus.

Die junge Frau begann nervös auf und ab zu wandern und richtete sich auf eine längere Wartezeit ein. Sie verharrte vor dem immer noch neuen Wunder des

Spiegels und korrigierte den hoch geschlossenen Mantel. Arlette behauptete, daß kein Mann dem Anblick eines wohlgerundeten Busens widerstehen konnte. Warum nicht in diesem wichtigen Moment die Probe auf das Exempel machen?

Sie probierte noch zwischen dem Busenansatz und halb entblößten Brüsten herum, als Arlette ungewohnt schnell wieder auftauchte. Sie hatte erstaunlicherweise nicht Kérven, sondern Ludo im Schlepptau. Genauer gesagt, zog sie den protestierenden Pagen am Ohr in das große Gemach, ehe sie ihn freigab.

»Er weiß etwas!« sagte sie kurz angebunden. »Sein Herr ist verschwunden, aber er weiß, wohin!«

Graciana betrachtete Ludo, der verstockt sein glühendes Ohr rieb und seine großen Füße betrachtete. Sie wußte, daß er seinen Seigneur liebte und ihm treu ergeben war. Was konnte sie tun, um ihn als Verbündeten zu gewinnen?

»Wo ist der Seigneur?« fragte sie knapp und zwang sich zu einem ruhigen, liebenswürdigen Tonfall.

»Ich verrat' es nicht! Es geht Euch nichts an!« entgegnete er trotzig.

»Gut, dann behalt's für dich«, versicherte Graciana überraschenderweise, doch gerade, als er aufatmete, fügte sie streng hinzu. »Aber du sagst mir, was er plant!«

Ludo zuckte zusammen, und plötzlich erkannte sie, daß er den Tränen nahe war. Daß er in höchster Verzweiflung war und nicht wußte, was er tun sollte.

»Er will fort«, rief er wütend und sah sie vorwurfsvoll an. »Ihr habt ihn vertrieben! Dabei wollte er seit Jahren nur zurück nach Lunaudaie! Jetzt seid Ihr gekommen, und er muß fort!«

»Welch ein Unsinn!« antwortete Arlette an Stelle

ihrer sprachlosen Herrin. »Er soll Dame Graciana heiraten und nicht davonlaufen, geht das nicht in deinen Holzkopf? Wo steckt dein Herr? Willst du, daß er sich unglücklich macht und vom Herzog für vogelfrei erklärt wird? Er handelt gegen diesen Befehl!«

»Das tut der Herzog nicht«, meinte Ludo eigensinnig. »Nicht, wenn er das macht, was er plant!«

»Jetzt reicht's!«

Sowohl Arlette als auch Ludo zuckten verblüfft zusammen. Einen solchen Ton hatten sie bei Graciana noch nie gehört. Die Männer Paskal Cocherels hätten ihn erkannt und den beiden geraten zu gehorchen. Aber das taten sie ohnehin bereits!

Graciana packte Ludo an seinem mißhandelten Ohr und zwang ihn, in ihre Augen zu sehen. Es war ein beängstigender Blick, dem er sich ausgesetzt fand. Der Blick einer Löwin, die sich bedroht sieht und kein Erbarmen kennt. Ein Blick voller Unbeugsamkeit.

»Du sagst mir jetzt auf der Stelle, wo dein Herr ist und was er tut, oder ich reiße dir dieses unnütze Ohr ab!« verkündete sie kalt.

Ludo zweifelte keinen Herzschlag daran, daß sie es tun würde. Er schniefte erschreckt und hielt mit Mühe ein paar höchst unmännliche Tränen zurück.

»Er ist bei Pater Raoul in der Burgkapelle«, antwortete er widerstrebend. »Er … er legt die Beichte ab, ehe er sich auf den Weg macht!«

»Die Beichte?« Graciana runzelte nachdenklich die Stirn. »Was hat er vor?«

»Er … er will ins Heilige Land zu den Tempelrittern!« heulte der Page auf. »Er sagt, er will für seine Sünden büßen und sein Leben im Kampf gegen die Heiden einsetzen. Er sagt, er hat nicht länger das

Recht, der Herr von Lunaudaie zu sein! Ihr seid jetzt die Herrin der Burg, und wir sollen Euch gehorchen!«

»Bei Gott!« Graciana ließ abrupt das rote Bubenohr los und holte zitternd Atem. »Das darf nicht wahr sein! Ich bringe ihn um!«

Sie stürmte hinaus, ohne ein weiteres Wort. In Nachtgewand und Hausmantel, barfuß! Mit wehenden Haaren wie eine Furie der Nacht! Es sah so wild und erschreckend aus, daß Ludo keinen Moment daran zweifelte, daß sie tun würde, was sie plante.

»Wir müssen ihm helfen!« schrie er und packte Arlette am Arm.

»Wir müssen ihr helfen«, verbesserte Arlette und lief mit ihm hinterher.

Graciana hingegen kümmerte sich nicht im geringsten um die beiden. Auf bloßen Sohlen lief sie die steinerne Wendeltreppe in den großen Saal hinunter. Sie stolperte über ein paar Schläfer, die dort im Stroh lagen, und erreichte das große Tor, das glücklicherweise nicht verriegelt war. Sie riß es in fieberhafter Hast auf, ohne sich um den Schwall feuchtkalter, eisiger Luft zu kümmern, der über die Schläfer strich. Hals über Kopf eilte sie über die schlüpfrigen, winterlich kalten Stufen des Eingangs, weiter über das unebene Kopfsteinpflaster des Burghofes, bis hinüber zum Kapellenturm auf der anderen Seite.

Sie rutschte ein paarmal aus, aber es gelang ihr, das Gleichgewicht zu wahren. Sie riß sich die Fingernägel ein, als sie im Dunkeln den Riegel der Kapellentür suchte, aber nicht eines dieser Hindernisse drang wirklich in ihr Bewußtsein.

Während sie sich unwillkürlich bekreuzigte, nahmen ihre Augen die Szene vor dem Altar in sich auf. Im

Schein von zwei mächtigen Kerzen kniete dort Kérven des Iles, in voller Kriegsrüstung, aber barhäuptig und mit gefalteten Händen. Pater Raoul schlug eben das Kreuz über ihm, als Graciana wie ein Gespenst aus dem Dunkel auftauchte, in wilder ungezähmter Schönheit und mit dem Ausdruck purer Mordlust in den flammenden Augen.

»Das werdet Ihr nicht tun, Kérven des Iles!« rief sie in hellem Zorn, und der Ritter fuhr verblüfft auf den Knien zu ihr herum.

»Graciana! Bei Gott, was …«

»Nehmt den Namen des Herrn nicht zum Fluchen in den Mund«, schrie sie völlig außer sich. »Ihr werdet nicht wie ein Dummkopf davonlaufen und Euer Leben im Kampf gegen die Heiden fortwerfen! Ich verbiete es Euch! Ihr habt nicht das Recht dazu!«

Pater Raoul, der Graciana bisher als eine höchst zurückhaltende, elegante und fromme Edeldame kennengelernt hatte, starrte sie mit offenem Mund an. Kérven konnte es ihm nicht verübeln. Auch ihm war diese Furie neu, die Befehle erteilte wie ein aufgebrachter Kriegsherr.

»Ihr könnt mir nichts verbieten«, sagte er mühsam beherrscht und versuchte seine Sinne gegen das Bild abzustumpfen, daß sie ihm bot. Gab es eine Frau auf Erden, die ihr an Leidenschaft glich?

»Ach?« Gracianas Augen wurden schmal, und sie trat so nahe zu ihm, daß er sah, wie sich ihre Brüste unter ihrem heftigen Atem hoben und senkten und wie die feine Ader an ihrem Hals pochte. Der wütende Lauf hatte den Ausschnitt ihres Hausmantels weit über die Grenze des Schicklichen entblößt. »Dann geht, mein frommer Freund! Geht!«

Eine Geste zur Tür unterstützte diese Aufforderung,

und Ludo und Arlette, die eben hereinstürzten, blieben wie vom Donner gerührt stehen.

»Aber ich gehe auch!« hörten sie Graciana im selben Moment verkünden. »Beim ersten Schritt, den ihr aus dieser Kapelle tut, werde ich nach Cado reiten und bei meinem schurkischen Vater bleiben, habt Ihr gehört, Messire? Und dort, in diesem verabscheuungswürdigen Rattennest aus Verbrechen und Sünde, aus Mord und Folter wird Euer Sohn zur Welt kommen! Während Ihr in scheinheiliger Frömmigkeit Eure vermeintlichen Sünden abbüßt, werden wir zur Hölle fahren! Auf Wiedersehen beim Satan, Kérven des Iles!«

»Dame Graciana, bitte, so beruhigt Euch doch!« flehte der entsetzte Pater, aber weder Graciana noch Kérven hörten auf ihn.

»Du bekommst ein Kind?« flüsterte Kérven rauh.

»Dein Kind!« bestätigte Graciana wild und warf die wirre Flut ihrer Locken über die Schultern zurück.

»Aber …«

»Es ist deine Entscheidung!« fiel sie ihm ins Wort. »Wenn ich den Kampf um dich verliere, ist mir egal, was aus mir wird!«

Kérven sah die Leidenschaft in ihrem schönen Gesicht, die Kompromißlosigkeit und den Willen zu kämpfen. Sie mochte ihrer Mutter wie aus dem Gesicht geschnitten sein, aber sie hatte den ungezähmten Kampfgeist ihres Vaters. Sie gehörte nicht zu jenen, die aufgaben oder verloren!

»Es geht mir doch nur um dich!« Kérven dämpfte seine Stimme zu eindringlicher Inbrunst. »Ich will, daß du glücklich bist, daß du die Schrecken der Vergangenheit vergißt und ein neues Leben beginnst. Ich gehöre zu deiner Vergangenheit!«

Graciana strich sich die Haare aus der Stirn und fühlte sich plötzlich müde und schwach. In einem wilden Kaleidoskop tanzten die Bilder vor ihren Augen. Sainte Anne in Flammen, Paskal Cocherel in der Folterkammer, Kérven mit dem Adler von Lunaudaie auf der Brust.

»Denkst du, man könnte ein neues Leben beginnen, wenn man der Vergangenheit davonläuft?« fragte sie heiser. »Ich hätte lieber, wenn du meine Vergangenheit und meine Zukunft wärst. Ich liebe dich! Ich liebe dich mehr als mein Leben, mehr als meine Seligkeit, mehr als mich und – Gott strafe mich – sogar mehr als dieses Kind, das in mir wächst. Wenn du gehst, dann sterbe ich …«

»Ihr versündigt Euch, Dame Graciana!« mahnte Pater Raoul besorgt, der dieses rückhaltlose Geständnis als geradezu heidnisch empfand.

Kérven hingegen konnte Graciana nur ansehen. Er hatte gebetet, gebeichtet und doch nicht die Erlösung gefunden. Erst jetzt, beim Blick in die goldenen Augen Gracianas, fühlte er die Schleier der Düsternis und Schuld weichen. Was mußte sie noch tun, damit er ihr endlich glaubte?

»Traut uns, Vater!« sagte er, ohne den Blick von diesen hellen Augensternen zu nehmen.

»Aber das geht nicht!« protestierte Pater Raoul perplex. »Es ist mitten in der Nacht. Warum wollt Ihr nicht die zwei Tage bis Weihnachten warten? Alles schläft, und die Zeugen …«

»Traut uns!« wisperte Graciana, die in Kérvens strahlenden Augen ertrank.

»Und was die Zeugen betrifft!« Kérven winkte Arlette und Ludo, die plötzlich neben ihm auftauchten. »Die beiden sollten genügen!«

Pater Raoul betrachtete das Paar, das sich selbstvergessen in die Arme gesunken war. Er bedachte die Aufregungen, die ihm die wenigen Stunden auf Lunaudaie bereits beschert hatten, den verzweifelten Burgherrn, der eben noch vor ihm gekniet hatte, und die leidenschaftliche Dame, deren Schicksal er in den Händen hielt. Vielleicht war eine schnelle Trauung nicht der schlechteste Weg, alle weiteren Schwierigkeiten aus dem Wege zu schaffen. Außerdem hatte der Herzog die Ehe zwar befohlen, aber nichts davon gesagt, wann sie geschlossen werden sollte.

»Nun gut, wenn Ihr es wünscht«, sagte er mit einem Seufzer und bedeutete Ludo und Arlette, zu beiden Seiten des Paares vor dem Altar zu erscheinen.

Kérven strich über Gracianas Haar, ehe er nach ihrer Hand griff und sie Seite an Seite vor dem steinernen Kreuz von Lunaudaie niederknieten. Graciana spürte nur diesen Griff. Die Wärme, die von dort durch ihren ganzen Körper rieselte, und die unendliche Erleichterung, die sich gleichzeitig in ihr verbreitete.

Welch unwirkliche Szene! Durch die offenen Fensterschlitze der eiskalten Kapelle wehte der nächtliche Nebel herein. Das goldene Licht der flackernden Kerzen fiel über die fünf Menschen, die sich eingefunden hatten, um vor dem Angesicht des Herrn eine Liebe zu segnen, die über alle Mißverständnisse gesiegt hatte. Pater Raoul segnete den Bund in unziemlicher Hast, ein wenig so, als traue er dem Frieden nicht, der nun nach all dem Streit und Geschrei über das kleine Gotteshaus gesunken war.

Graciana hörte Kérvens »Ja!« und ihre eigene Stimme klang stark und kräftig, als sie ihm antwortete. In Ermangelung eines Eheringes zog der Herr von Lunaudaie seinen Siegelring vom Finger und streifte ihn über Gracianas Hand. Er mußte die Finger darum schließen, damit sie ihn nicht verlor.

»Gott segne Euch, meine Kinder!« sagte Pater Raoul mit hörbarer Erleichterung. »Ich nehme an, Ihr wollt nun die Nacht nicht mehr im Gebet in der Kapelle verbringen, Seigneur?« fügte er mit leisem Spott hinzu.

Kérven legte seinen Arm um Graciana und zog sie sacht an sich. Noch konnte er selbst nicht fassen, was gerade passiert war, daß Graciana ihm nun für immer und ewig gehörte. Dann blickte er den Pater an.

»Wir werden dem Herrn morgen beim Gottesdienst danken, Pater Raoul! Aber seid bedankt für Eure Geduld und Euer Verständnis. Wir werden versuchen, sie künftig auf Lunaudaie nicht mehr derart zu strapazieren!«

Er spürte Gracianas Frösteln und entdeckte zum ersten Mal die bloßen Füße unter dem Saum ihres Hausmantels. Sie war nicht nur halbnackt, sie trug auch keine Schuhe!

»Zum Henker! Du mußt halb erfroren sein, du närrisches Ding!« schimpfte er und hob sie auf die Arme. »Warum trägst du keine Schuhe? Du bist barfuß zur Gräfin von Lunaudaie geworden!«

»Besser barfuß als gar nicht!« entgegnete Graciana übermütig und schmiegte ihren Kopf an seine Schulter, während er sie davontrug. Die Müdigkeit drohte sie zu übermannen, während sie dem Priester ein letztes Lächeln schenkte. »Gute Nacht, Pater Raoul!«

Arlette und Ludo liefen hinter dem Paar her wie zwei kleine Hündchen, sichtlich überwältigt von dem Aufruhr der Gefühle und der Zeremonie, deren Zeugen sie geworden waren.

Vor der Herrschaftskammer drehte sich Kérven des

lles jedoch um und betrachtete die beiden mit einem leisen Lächeln.

»Wir benötigen euch nicht mehr. Habt Dank für eure Dienste und eure Treue. Geht schlafen, morgen ist auch ein Tag …«

25. Kapitel

Graciana konnte im ersten Moment nicht sagen, was sie geweckt hatte. Sie blieb mit geschlossenen Augen liegen und versuchte sich zurechtzufinden. Die Tage ihrer Abenteuer hatten sie gelehrt, aus Kleinigkeiten Rückschlüsse zu ziehen. Nun denn, sie lag auf einer himmlisch weichen Matratze, begraben unter Decken und Federbetten in wohliger Wärme. Sie hatte vergessen, ihre Haare zu flechten, denn wilde Strähnen fielen ihr halb ins Gesicht, und ein schweres Gewicht lag halb auf ihr. Sie trug ein seidiges Hemd mit langen Ärmeln, und ihre so kälteempfindlichen Füße schmiegten sich an einen gewärmten Ziegelstein. Doch …

Das war kein Ziegelstein, das war Haut! Behaarte Männerbeine! Graciana riß die Augen auf und sah direkt in Kérvens Gesicht. Halb auf seinen Arm gestützt, betrachtete er sie in konzentriertem Ernst. Mit einem Schlag wurden alle Erinnerungen wach. Er gehörte ihr! Er konnte nicht mehr weglaufen! Oder etwa doch?

»Nein, du hast es nicht geträumt!« Kérven entdeckte, daß er wieder in ihrem ausdrucksvollen Gesicht lesen konnte. »Es ist wahr! Du hast mich zu einer Heirat gezwungen, die ich um jeden Preis vermeiden wollte! Du hast meine Welt auf den Kopf gestellt!«

Graciana suchte in den blauen Augen nach einem Lächeln, doch sie fand nur gespannte Wachsamkeit. Tiefen Ernst und etwas Neues, Fremdes, das vorher nicht da gewesen war.

»Was werdet Ihr jetzt tun?« flüsterte sie und schluckte trocken. Sie hatte gekämpft, geschrien und geliebt, aber hatte es gereicht? Oder mußte sie nun, ausgerechnet am Beginn dieses neuen Tages, eine verheerende Niederlage eingestehen?

»Was werde ich tun? Ich werde mein Leben damit verbringen, dich anzubeten«, entgegnete Kérven noch immer in tiefem Ernst. »Ich wußte nicht, daß ich so etwas empfinden kann. Ich wußte nicht, daß es Liebe ist. Aber als ich es begriff, schien es mir viel zu vermessen, dich festzuhalten ...«

»Schscht!« Graciana legte einen Finger auf seine Lippen und spürte, wie eine überwältigende, alles verzehrende Freude in ihr aufstieg. »Wie war das mit dem neuen Leben? Laß uns doch damit beginnen ...«

Sie ersetzte den Finger durch ihre Lippen und teilte den tiefen Atemzug, der Kérvens Brust weitete. Er war nackt! Die Erkenntnis durchzuckte sie wie ein Blitz. Sie spürte die Wärme seines Körpers durch den dünnen Stoff des Hemdes, und ihre Hände glitten über die straffen, glatten Muskeln seiner Schultern, seines Rückens. Wie wunderbar er sich anfühlte, wie stark, wie männlich!

Ihr Mund verschmolz mit seinem, und die Magie, die ihre Körper stets zueinanderzog, sprang mit dem längst vertrauten Funken zwischen ihnen auf. Doch, so wie jetzt war es noch nie gewesen. Denn diesmal stand kein Zorn, kein Mißverständnis, keine Frage und keine Angst zwischen ihnen, nur vollkommene, ausschließliche und zärtliche Liebe.

Die Leidenschaft war ein Teil dieser Liebe. Einer Vertrautheit, die sie lächeln ließ, als Kérven das Hemd über ihre Schultern streifte und das Gesicht zwischen ihren Brüsten barg. Sie spürte seine Lippen, die über ihre Haut glitten und die Brustwarzen umfingen.

»Ich mag' es, wenn du mich dort küßt und streichelst«, wisperte sie wohlig. »Es gibt mir das Gefühl, schön und begehrenswert zu sein!«

»Du bist die schönste und begehrenswerteste Frau der Welt!« raunte Kérven und fuhr mit der Zunge um die Knospen, die sich verhärteten.

»Ich fürchte, ich bin auch unbeherrscht, dickköpfig und nicht so damenhaft, wie ich jetzt sein sollte ...« Graciana stöhnte auf und versuchte, über seinen Zärtlichkeiten nicht den Verstand zu verlieren.

»Ich liebe es, wenn du unbeherrscht bist«, meinte Kérven lachend und hob den Kopf.

Ehe sie ahnte, was er vorhatte, packte er den Saum des feinen Hemdes und riß es mit einem kräftigen Ruck einfach auseinander, so daß sie nackt und verführerisch vor ihm lag. Eva zwischen hellen Seidenfetzen. So provozierend wie alles, was sie getan hatte, um ihn zu erobern.

»Du bist verrückt!« protestierte Graciana und lief rot an, als sie den Blick sah, mit dem er ihren nackten Körper betrachtete. Ohne das nötige Quantum Zorn, das ihre Bedenken beseitigte, kam sie sich in diesem Moment ein wenig schamlos vor.

»Verrückt nach dir!« bestätigte Kérven und runzelte die Stirn. »Kann es sein, daß deine Brüste größer geworden sind?«

»Und die Taille wird in Kürze einem Faß gleichen«, fügte Graciana hinzu. »Zumindest hat das Arlette behauptet. Es sei so, wenn man ein Kind erwartet. Wirst du mich auch dann noch lieben?«

»Ich werde dich lieben, solange ein Atemzug in meiner Brust ist!« raunte Kérven und begann eine Spur aus Küssen und Liebkosungen über den schönen Körper zu ziehen, der sich ihm verlangend entgegenwölbte.

Graciana genoß seine Worte ebenso wie seine

Berührungen, seine Küsse. Es hatte Augenblicke in ihrem Kampf um Kérven gegeben, da war sie nahe daran gewesen, zu verzweifeln und aufzugeben, aber nun fand sie sich auf das Wundervollste belohnt. Geborgen in den Armen ihres Gatten, beschenkt mit einem Glück, von dem sie nicht zu träumen gewagt hatte, wagte sie zum ersten Male, sich wirklich sicher und behütet zu fühlen.

»Was zum Henker …!«

Das unerwartete Gebrüll ließ Kérven von seiner höchst leidenschaftlichen Beschäftigung hochfahren, und Graciana zog mit einem leisen Schrei die Decke vor ihre bloßen Brüste. Pol de Pélage stand wie der Rächer persönlich in der Tür und starrte auf das Paar im Bett.

»Verdammt, habt Ihr denn gar kein Schamgefühl?« brüllte er noch lauter. »Könnt Ihr denn nicht wenigstens warten, bis Ihr in Ehren mit ihr verheiratet seid, ehe Ihr sie wie ein brünstiger Eber bespringt!«

Mit hochrotem Kopf und außer sich vor Zorn, machte der Waffenmeister Anstalten, Kérven mit eigenen Fäusten aus dem Bett zu reißen. Schon knirschten die Bettvorhänge, und Graciana schrie entsetzt auf.

»Das Kind ist eine Dame! Ihr schuldet Ihr Respekt und keine …«

»Haltet ein!«

In einem Wirbel aus Kissen und Decken warf sich Graciana mit ausgebreiteten Armen vor Kérven. Sie reagierte sogar noch schneller, als der ausgebildete Kämpfer vieler Schlachten. Sie würde sich von nichts und niemand ihr Glück wieder nehmen lassen!

Pol de Pélage knurrte unwillig. Sein Zorn galt dem Ritter und nicht der jungen Frau.

»Ihr müßt ihn nicht beschützen, meine Kleine! Er

sollte Manns genug sein, für seine Fehler selbst einzustehen! Ich konnte es nicht glauben, als ich ihn nicht in seiner Kammer fand und dieser Page zu stottern begann wie eine närrische Magd!«

Graciana schwankte zwischen Lachen und Ärger. Armer Ludo, kein Wunder, daß ihm die Worte gefehlt hatten. Wie hätte er dem wütenden Gast auch die heimliche Hochzeit schildern sollen?

»Mein Gemahl wird Euch gerne zur Verfügung stehen, wenn Ihr uns die Möglichkeit gebt, aufzustehen und uns anzukleiden, Seigneur!«

»Euer Gemahl«, brummte Pélage und schnaubte dann. »Damit hat er es ja nun weniger eilig als damit, zu Euch ins Bett zu schlüpfen!«

»Faßt Euch!« rief Kérven, der nun auch seinen Zorn nicht länger kontrollieren konnte. »Ihr mögt so etwas wie der Vater meiner Frau sein, aber ich erlaube es Euch nicht, in unserem Schlafzimmer herumzupoltern. Wartet in der Halle auf uns!«

»Euer Schlafzimmer wird das erst sein, wenn Ihr den Bund der Ehe vor dem Altar geschlossen habt!« schrie der alte Ritter zurück.

»Aber das haben wir doch!« rief Graciana hastig und blickte in ein so fassungsloses Gesicht, daß sie sich das Lachen verbeißen mußte. »Fragt Pater Raoul, er hat uns heute nacht in allen Ehren getraut! Wir sind wirklich verheiratet!«

»Heute nacht?« wiederholte der Waffenmeister fassungslos. »Ihr macht Scherze!«

»Nein!« entgegnete Kérven knapp. »Wenn Ihr zweifelt, fragt ihn, und jetzt seid so freundlich, diesen Raum zu verlassen!«

Es lag eine Autorität in seiner Stimme, der sich sogar Pol de Pélage unterwarf. Vielleicht lag es auch an dem glücklichen Strahlen in Gracianas Augen. So hatte er sie noch nie erlebt. Blühend, glücklich und mit einem verträumten Lächeln, das im Herzen eines Mannes die Sonne entfachen konnte.

»Ich frage den Pater! Und gnade Euch Gott, wenn Ihr Euch einen Scherz erlaubt habt ...«

Ebenso plötzlich, wie er erschienen war, verschwand er wieder, und Graciana warf sich eilends wieder in Kérvens Arme. Nackt, strahlend und mit einem Glitzern in den Augen, das keine Zweifel zuließ.

»Schnell! Er wird nicht ewig Geduld haben! Sobald er mit Pater Raoul gesprochen hat, wird er mit Sicherheit Erklärung für die Geschehnisse fordern!«

»Aufklärung«, schnaubte Kérven und küßte Graciana auf die Schulter, während sich seine Rechte um eine ihrer Brüste schloß. »Und wer sagt mir, was hier gespielt wird? Hat dir der Herzog eigentlich die Perle zurückgegeben? Sie ist dein Eigentum!«

»Ich wollte sie nicht«, schnurrte Graciana und revanchierte sich mit spielerischen kleinen Küssen auf seine Brust. Falls er etwas anderes im Kopf hatte, würde sie ihn eines Besseren belehren. »Ich habe sie ihm verkauft. Für den ganzen Plunder, der sich draußen auf den Fuhrwerken befindet ...«

»Für den ganzen Plunder ... Du hast ...« Kérven wurde abgelenkt, weil sie eine seiner Brustwarzen mit der Zunge umspielte. Was er konnte, vermochte sie auch für ihn zu tun. »Für Lunaudaie hast du ...«

»Für unseren Sohn oder unsere Tochter«, korrigierte Graciana sanft und bedeckte die warme Haut seines Körpers mit Kissen. Das hier hatte nichts mit der verzweifelten Heftigkeit zu tun, mit der sie in der Nacht zusammengefunden hatten, ehe sie erschöpft einschliefen. »Wenn Jean de Montfort denkt, daß er damit einen ersten Schritt zum Frieden getan hat, so ist es auch in ihrem Interesse …«

Ihre Hand glitt tiefer und umfaßte sein Glied. Sie änderte ihre Position und kniete sich über ihn. Mit einem leisen Stöhnen ließ sie sich sanft auf ihn gleiten und begann, sich zu bewegen. Tief und tiefer nahm sie ihn in sich auf, bis sie das Gefühl hatte, nur ein Körper, ein Gedanke, eine Wonne zu sein.

»O Gott, was tust du …«, stöhnte Kérven und umfing sie mit seinen Armen.

»Dich lieben!« wisperte Graciana und begann sich in wollüstigem Rhythmus auf und ab zu bewegen, weil sie es nicht anders ertragen konnte.

Sie hatte freilich nicht geahnt, daß es so wonnevoll sein würde, das zu tun. Vor ihren Augen explodierten die Sterne. Sterne, die ihr wichtiger waren als die kalten Juwelen, die man die Sterne von Armor nannte. Sollten sich die anderen um ihren Besitz streiten. Sie hatte gefunden, wonach sie gesucht hatte; einen Menschen, der zu ihr gehörte und den sie lieben konnte mit ihrer ganzen Seele.

Kérven sah in das zarte Gesicht, auf dem die geschlossenen Wimpern wie Schmetterlingsflügel flatterten. Wie hatte er nur glauben können, daß er jemals auf sie verzichten konnte? Sie war sein Leben, sein Herz, sein Atem, seine Seele.

»Jetzt!« flüsterte Graciana rauh, und er folgte ihr auf dem Weg zu den Sternen, direkt in den Himmel einer Liebe, der nur ihnen allein gehörte.

Die Burg von Cado – Weihnachten 1364

Der plötzliche Frost hatte den Wehrgang von Cado mit einer glitzernden Schicht aus Eis überzogen. Niemand hatte damit gerechnet, daß es Weihnachten schneien würde. Jeder, der die Möglichkeit hatte, am Feuer zu sitzen, mied die klirrende Kälte.

Jeder, bis auf den einsamen Mann, der über das froststarrende Land hinaussah, das unter dem Licht eines blassen Mondes erstarrt zu sein schien. Die Bretagne, seine Bretagne. Das Land zwischen Meer und Meer. Sie gehörte ihm, und er würde sie beherrschen! Niemand vermochte ihn daran zu hindern. Niemand?

Wie jedes Mal, wenn er in der letzten Zeit bei diesem Gedanken angelangt war, schob sich ein blasses, stolzes Gesicht vor seine Augen. Ein Gesicht, aus dem ihm seine eigenen Augen voller Verachtung und Gleichgültigkeit entgegenblickten. Es gab keinen Mann, der ihn jemals besiegt hatte. Aber die Prophezeiung der Frau, die er in den hintersten Winkel seines Gedächtnisses verbannt hatte, hob ihr Medusenhaupt.

Graciana de Cesson hatte sie damals ausgesprochen. Jene Graciana, die der jungen Wölfin das Leben geschenkt hatte, die ihn verachtete und floh.

»Du magst die Männer besiegen können, Paskal Cocherel! Aber am Ende wird es eine Frau sein, die dich dein Leben kostet!«

Er hatte darüber gelacht. Es nicht ernst genommen, bis er in in jene Augen geschaut hatte. Er würde es auch jetzt nicht ernst nehmen, rief er sich selbst zur Ordnung. Aber eine Spur von Beunruhigung blieb, als er die Stimmen der Wölfe hörte, die über die Weiten der schneebedeckten Felder hallten. Der Kampf war noch nicht vorbei. Er wußte es an diesem Weihnachtsabend des Jahres 1364 …

ENDE

Band 18 190
Julie Garwood
Verwirrspiel der Herzen
Deutsche Erstveröffentlichung

Rose Clayborne, von allen nur Mama Rose genannt, wünscht sich nichts sehnlicher, als daß ihre Söhne endlich heiraten und eine eigene Familie gründen.
Die verführerische Emily, die schöne Isabel und die unwiderstehliche Geneviève wären auch durchaus bereit, die Clayborne-Brüder von den Vorzügen einer Ehe zu überzeugen. Aber Travis, Douglas und Adam waren vernünftigen Argumenten gegenüber noch nie besonders zugänglich.
Und so müssen die drei jungen Damen sich etwas ganz Besonderes einfallen lassen, um Mama Roses Herzenswunsch zu erfüllen ...

BASTEI LÜBBE

Band 18 189
Emma Merritt
Besiegt von deiner Liebe
Deutsche Erstveröffentlichung

Es war nur eine Legende, die Kolby von Apelstadt in das gefährliche Land gebracht hat und ihn nach den drei zauberkräftigen Äpfeln suchen läßt, die seinen sterbenden Vater heilen und ihr verdorrtes Land wieder fruchtbar machen sollen.
Doch Kolby wird von seiner Suche abgelenkt, als er der schönen Raven begegnet. Leidenschaft und wildes Begehren flammen zwischen ihnen auf, lassen die Welt und alle Sorgen vergessen.
Noch ahnt Kolby nicht, daß Raven die Hüterin des Schatzes ist, den er so verzweifelt sucht – und den sie mit ihrem Leben verteidigen muß ...

BASTEI LÜBBE

Band 18 188
Katherine Sutcliffe
Dunkle Blüten der Leidenschaft
Deutsche Erstveröffentlichung

Rache, das ist der einzige Gedanke, der Ariel beherrscht, als sie nach zwei langen, demütigenden Jahren aus der Irrenanstalt entkommt. Rache an Nicholas Wyndham, der ihr die Unschuld genommen und sie betrogen hat; Rache dafür, daß man ihr den Sohn und die Freiheit raubte.
Doch als sie Nicholas gegenübersteht, kann sie nur noch Mitleid empfinden. Er erkennt sie nicht. Er hat sein Gedächtnis verloren, doch er fühlt sich auf unerklärliche Weise zu Ariel hingezogen. Sie allein kann ihn davor bewahren, endgültig in Dunkelheit und Grauen zu versinken, dessen ist er ganz sicher.
Und Ariel kann nicht anders, als ihm zu helfen. Sie liebt ihn immer noch, trotz allem – und schon bald findet sie heraus, daß merkwürdige Dinge auf Walthamstow Manor passieren ...

BASTEI LÜBBE